Aqui quem fala é Albert Einstein

R. J. Gadney
Aqui quem fala é Albert Einstein

Tradução de Vera Ribeiro

Copyright © R.J. Gadney, 2018
Publicado mediante acordo com a Canongate Books Ltd, 14 High Street, Edinburgh EH1 1TE.

Trechos dos trabalhos e de cartas de Albert Einstein © The Hebrew University of Jerusalem

TÍTULO ORIGINAL
Albert Einstein Speaking

PREPARAÇÃO
Nina Lopes

REVISÃO
Júlia Ribeiro
Eduardo Carneiro

DIAGRAMAÇÃO
Ilustrarte Design e Produção Editorial

DESIGN E ILUSTRAÇÃO DE CAPA
Valeri Rangelov

ADAPTAÇÃO DE CAPA
Antonio Rhoden

CIP-BRASIL. CATALOGAÇÃO NA PUBLICAÇÃO
SINDICATO NACIONAL DOS EDITORES DE LIVROS, RJ

G12a

    Gadney, R.J., 1941-2018
      Aqui quem fala Albert Einstein / R.J. Gadney ; tradução Vera Ribeiro. - 1. ed. - Rio de Janeiro : Intrínseca, 2021.
      288 p. ; 23 cm.

      Tradução de: Albert Einstein speaking
      ISBN 978-65-5560-201-2

      1. Einstein, Albert, 1879-1955. 2. Físicos - Biografia - Alemanha. I. Ribeiro, Vera. II. Título.

21-68924   CDD: 925.30943
                                           CDU: 929:53(430)

Camila Donis Hartmann - Bibliotecária - CRB-7/6472[2021]

Todos os direitos desta edição reservados à
EDITORA INTRÍNSECA LTDA.
Rua Marquês de São Vicente, 99, 3º andar
22451-041 — Gávea
Rio de Janeiro — RJ
Tel./Fax: (21) 3206-7400
www.intrinseca.com.br

Nell, Jago, Toby, Elliot
&
Tom

"Se todos tivessem uma vida como a minha,
não haveria necessidade de romances."

> Albert Einstein, aos vinte anos, dirigindo-se
> a Maja, sua irmã, em 1899

UM

```
Princeton, Nova Jersey,
14 de março de 1954
```

— Aqui quem fala é Albert Einstein.

— Quem? — pergunta a moça ao telefone.

É a manhã do 75º aniversário de Albert. O cientista está sentado diante da escrivaninha de seu gabinete, no segundo andar da pequena casa na rua Mercer, em Princeton, virando as páginas de seu álbum de recortes, que tem uma gravação em relevo prateado:

ALBERT EINSTEIN SAMMELALBUM

Ele aproxima mais do ouvido o fone do aparelho de plástico preto da Western Electric.

— Desculpe — diz a moça. — Liguei para o número errado.

— Seu sotaque é típico da elite de Boston.

— Ligou para o número certo — retruca Albert.

— Liguei? Posso lhe perguntar qual é seu número, por favor?

— Eu não sei...

— O senhor não sabe o número do seu telefone? O senhor é Albert Einstein. Como o cientista mais famoso do mundo não sabe o próprio telefone?

— Nunca decore uma coisa que você possa consultar — responde ele. — Ou, melhor ainda, que outra pessoa possa consultar por você.

Fagulhas de fumo do seu cachimbo caem sobre uma carta do físico alemão Max Born. Albert as apaga com um tapa.

— Está bem, senhor — diz a moça. — Desculpe o incômodo.

— Pois não me incomodou em nada. Quantos anos você tem?

— Dezessete.

— Hoje estou fazendo 75.

— Está? Setenta e cinco anos... um número e tanto. Feliz aniversário.

— Obrigado. Você me deu um belo presente de aniversário.

— Dei?

— Levantou um problema filosófico interessante. Discou o número errado. Número errado para você. Número certo para mim. Um enigma extremamente intrigante. Como é seu nome?

— Mimi Beaufort...

— De onde está ligando?

— Do meu alojamento, nos arredores de Princeton.

— Seu alojamento, você disse... e onde é sua casa de verdade?

— Em Greenwich, no condado de Fairfield, em Connecticut.

— Belo lugar. Você vai me ligar de novo?

— Se o senhor for mesmo Albert Einstein, vou ligar de novo. Com certeza.

Albert brinca com seu abundante bigode branco.

— Procure-me na lista telefônica.

Sua perna direita está sacudindo e quicando. A ponta do pé sobe e desce rapidamente. Ele flexiona os músculos da panturrilha.

Não tem nenhuma noção de que sua perna está fazendo movimentos tão acelerados.

Soltando baforadas com o cachimbo cheio de fumo Revelation — uma mescla de tabaco das marcas Philip Morris e House of Windsor —, Albert contempla os cartões e telegramas de aniversário empilhados na escrivaninha, nas mesas e até em sua estante de música de madeira. Não faz a menor ideia de quem os mandou.

Há telegramas de felicitações de pessoas que ele efetivamente conhece: Jawaharlal Nehru, Thomas Mann, Bertrand Russell e Linus Pauling.

Albert se remexe na cadeira, irrequieto, incomodado pela dor abdominal.

Abre o *New York Times* e constata que a página do editorial citou a opinião de George Bernard Shaw de que o mundo se lembraria do nome de Einstein como equiparável aos de Pitágoras, Aristóteles, Galileu e Newton.

Sobre as cadeiras, cômodas de mogno e uma ou outra mesa há artigos acadêmicos mimeografados do Instituto de Estudos Avançados da Universidade de Princeton, marcados para a atenção dele: artigos de matemáticos, físicos, arqueólogos, astrônomos e economistas. Um suporte de cachimbos fica ao lado de um porta-lápis, diante de um gramofone e de discos de vinil, quase todos de músicas de Bach e Mozart para violino e piano.

Há quatro retratos na parede. Um de Isaac Newton. Outro de James Maxwell, cujo trabalho Albert havia descrito como o mais profundo e produtivo que a física conhecera desde os tempos de Newton. O terceiro é de Michael Faraday. O quarto, de Mahatma Gandhi. Abaixo dos retratos fica o emblema emoldurado da religião jainista, símbolo da doutrina da não violência. Albert olha para a carta de Born.

"Creio", declara Born, "que ideias como a certeza absoluta, a exatidão absoluta, a verdade última etc. são fantasias da imaginação que não devem ser admissíveis em nenhum campo da ciência."

— Concordo — diz Albert para si mesmo.

"Por outro lado", continua Born, "toda afirmação de probabilidade é certa ou errada, do ponto de vista da teoria em que se baseia. Essa flexibilização do pensamento [*Lockerung des Denkens*] me parece ser a maior bênção que a ciência moderna nos deu."

— Muito bom — murmura Albert.

"Pois a crença em uma verdade única e em ser alguém o possuidor dela é a causa principal de todos os males do mundo."

— Assim diz Born — fala Albert. — Com muito acerto.

Seu precioso relógio de pêndulo, no estilo Biedermeier, anuncia as dez horas. Terminados os repiques harmoniosos, Albert sorri para si mesmo. $F = L + S$. *Frieden entspricht Liebe und Stille*. Ou: $P = A + S$. Paz é igual a Amor mais Silêncio.

EINSTEIN ASSISTE A UM CONCERTO COM HELEN DUKAS NA GRANDE SINAGOGA DE BERLIM, 1930

*

Do lado de fora do gabinete de Albert, sua secretária e governanta residente, *Frau* Helen Dukas, estava esperando o relógio terminar de bater a hora. Não gosta do que acabou de ouvir Albert dizer ao telefone: "Você vai me ligar de novo?"

Você = outra admiradora que é pura perda de tempo.

Ela entra no gabinete, trazendo consigo o aroma de cânfora. Faz tempo que Albert pensa em lhe dizer: "A substância química orgânica $C_{10}H_{16}O$ é desagradável." Mas nunca reuniu coragem para fazer isso.

Frau Dukas abre as venezianas verdes da janela principal do gabinete com um floreio, fazendo um barulho que pretendia ser uma reprimenda. A janela dá para os salgueiros-chorões, bordos e olmos da rua arborizada do subúrbio residencial.

A luz do Sol faz os olhos de Albert lacrimejarem mais. Ele os esfrega com o dorso da mão e pisca.

Frau Dukas, austera, alta e magra, é originária do sudoeste da Alemanha, filha de um comerciante judeu alemão. Sua mãe era de Hechingen, a mesma cidade da segunda esposa de Albert. Como secretária e vigia dos portões do cientista há cerca de 25 anos, ela se dedica a proporcionar a ele uma vida tranquila.

Seu quarto na casa da rua Mercer fica ao lado do de Albert, do qual é separado por um banheiro. Há também um pequeno gabinete e um quarto reservados para quando a enteada dele, Margot, o visita. E um outro foi da irmã de Albert, Maja. Faz quatro anos que Maja morreu.

— Com quem o senhor estava falando? — pergunta *Frau* Dukas.

— Uma moça chamada Mimi Beaufort. Gostei da voz dela. Da velha e querida Boston. Terra do feijão e do bacalhau, onde os Lowell só falam com os Cabot e, pelo que supomos, com os Beaufort. Famílias que só falam com Deus. Você acha que consegue descobrir quem ela é?

— Ela lhe telefona por engano e o senhor quer que eu descubra quem é?

— Quero. Quem nunca cometeu um erro nunca experimentou nada de novo.

— Se me permite dizer, o senhor não deveria perder seu tempo.

— Helen, *Kreativität ist das Resultat Verschwendeter Zeit*. Criatividade é resultado do tempo perdido. Descubra quem é essa Mimi Beaufort. Procure o nome na lista telefônica de Greenwich, em Connecticut. E me traga uma xícara de chocolate quente, por favor.

Albert usa chinelos surrados de couro, sem meias. Sua camisa puída, aberta no pescoço, revela uma velha camiseta azul.

Frau Dukas ajeita um cobertor em volta dos pés dele.

— Nunca vi tantos cartões de aniversário — admira-se.

— O que há para comemorar? Aniversários são coisas automáticas. Enfim, aniversários são para crianças. — Mais uma vez, ele secou os olhos lacrimejantes, cujo brilho contrastava com as linhas e rugas da testa. — Estou com 75 anos. Nenhum de nós está ficando mais jovem.

Ele enche o cachimbo com fumo da lata do Revelation e o acende. Uma nuvem de fumaça se eleva em ondas.

— Por favor, Helen, traga meu chocolate quente.

— Tudo a seu tempo.

— O que está segurando, Helen?

Frau Dukas lhe entrega uma fotografia de jornal mostrando a nuvem em forma de cogumelo da bomba atômica que destruiu Hiroshima em 6 de agosto de 1945.

— Umas crianças de uma escola de Lincoln, no Nebraska, lhe pediram que assine isto. Está disposto a assinar para elas?

Envolto na nuvem de fumaça do cachimbo, Albert observa a imagem, consternado.

— Se for preciso.

— Vou buscar sua xícara de chocolate — diz *Frau* Dukas, como se prometesse uma recompensa.

Deixou-o sozinho para assinar a foto. *A. Einstein, 14 de março de 1954.*

Em seguida, ele pega uma folha de papel e escreve:

Cento e quarenta mil almas pereceram em Hiroshima. Cem mil pessoas foram terrivelmente feridas. Setenta e quatro mil pereceram em Nagasaki. Outras 75 mil sofreram lesões fatais, por queimaduras, ferimentos e radiação gama. Em Pearl Harbor... quantos morreram? Disseram-me que foram 2.500. O poeta britânico Donne nos diz: "A morte de qualquer homem me diminui, porque faço parte da humanidade; por isso, nunca procures saber por quem os sinos dobram; eles dobram por ti." O mundo ocidental está satisfeito, satisfeito. Eu, não. As coisas maravilhosas que vocês aprendem na escola são obra de muitas gerações, produzidas pelo esforço entusiástico e pelo trabalho infinito de todos os países do mundo. Tudo isso é posto nas mãos de vocês como sua herança, para que possam recebê-la, honrá-la, ampliá-la e, um dia, entregá-la fielmente a seus filhos. É assim que nós, mortais, alcançamos a imortalidade, nas coisas permanentes que criamos em comum.

Frau Dukas volta com o chocolate quente. Albert coloca mais fumo no cachimbo, enquanto faz um sinal com a mão para que ela se sente.

— Uma carta, por favor, Helen... para Bertrand Russell. — Dita: — Concordo com seu esboço de proposição de que a perspectiva da raça humana é sombria, em um grau sem precedentes. A humanidade se encontra diante de uma alternativa clara: ou pereceremos todos ou teremos de adquirir nem que seja um pequeno grau de bom senso.

O relógio de pêndulo badala um quarto de hora.

— Eis, portanto, o problema que lhe apresentamos — continua Albert —, claro, pavoroso e inescapável: daremos fim à raça humana ou deverá a humanidade renunciar à guerra? As pessoas vão se recusar a enfrentar essa alternativa porque é muito difícil abolir a guerra. Com minhas cordiais saudações, Albert Einstein.

Ele tira um dos chinelos velhos, remove uma pedrinha de granito do espaço entre dois dedos do pé e a deposita sobre a carta de Born.

— Gostei da voz da moça. Pense na relatividade. Quando um homem se senta com uma moça bonita por uma hora, parece que foi um minuto. Mas ele que vá se sentar em um fogão quente por um minuto; isso lhe parecerá mais longo do que qualquer hora. Isso é relatividade. Mimi Beaufort. Beaufort é um sobrenome notável.

— Por quê? — indaga *Frau* Dukas, em um tom que sugere não haver nada de notável nele.

Virando-se para as janelas a fim de ponderar sobre a luz do Sol que brincava de espalhar pontos luminosos sobre as árvores, Albert diz:

— Significa a bela fortaleza.

A visão de um grupo de crianças negras brincando ao sol o faz sorrir.

O líder do grupo canta:

— Mamãe está morando...

E o grupo canta:

— Está morando onde?

Fazendo uma dança para balançar os quadris, eles cantam em uníssono:

— Ora, ela mora num lugar chamado Tennessee.
Dê um pulo, Tenna, Tennessee.
Bem, nunca fui à faculdade,
Nunca fui à escola.
Mas, em matéria de *boogie,*
Sei dançar feito um doido.
É só ir pra frente, pra trás, prum lado e pro outro.
Pra frente, pra trás, prum lado e pro outro.

Albert se levanta com esforço e faz seu próprio *boogie-woogie.* Ainda de costas para *Frau* Dukas, diz:

— Anote isto, por favor: "Restam preconceitos dos quais eu, como judeu, tenho clara consciência; mas eles não importam, se comparados à atitude dos brancos para com seus concidadãos de tez mais escura. Quanto mais me sinto norte-americano, mais essa situação me entristece. Só consigo fugir da sensação de cumplicidade com ela ao falar disso livremente."

— Para quem devo mandar? — pergunta *Frau* Dukas.

— Para mim. Para mim, Helen. Um lembrete para mim mesmo. Agora... quero que trate o seguinte como estritamente confidencial. — Ele suspira fundo e continua: — Todos os meus relacionamentos pessoais foram um fracasso. Que homem não visitaria a própria enteada morrendo de câncer? Minha primeira esposa morreu sozinha em Zurique. Minha filha desapareceu. Não faço ideia de onde está. Nem sei se continua viva.

— Por favor... não deixe que seu passado o destrua.

— Meu filho... meu filho, você sabe, Helen... meu filho Eduard está em clínicas para esquizofrênicos há quase 25 anos. A terapia, o tratamento eletroconvulsivo, destruiu a memória e as aptidões cognitivas dele.

— Mas não sua relação afetiva com ele.

— Minha única relação afetiva é com o povo judeu. Este é o meu vínculo humano mais forte. Eu disse à rainha Isabel da Bélgica: "A estima exagerada que dedicam ao trabalho da minha vida deixa-me muito constrangido. Sinto-me obrigado a pensar em mim como um trapaceiro involuntário. *Ich bin ein Betrüger* [Eu sou uma fraude]." Preciso de ar puro, meu fígado está doendo.

Frau Dukas abre as janelas.

Lá fora, do rádio de um caquético sedan Buick de quatro portas, vem o som de Doris Day cantando "Secret Love".

Albert faz um gesto de impaciência.

— Vá verificar a lista telefônica, Helen.

Frau Dukas assim faz, e descobre que a residência da família Beaufort é o Beaufort Park, em Greenwich, no condado de Fairfield, Connecticut. Albert imagina como Mimi Beaufort é. Sua voz certamente guarda o eterno encanto da juventude. Ela vai se tornar uma nova amiga? Uma confidente, talvez. Um amor secreto para lhe acalmar a alma perturbada pela idade, pelas dores e mal-estares e por seus maus pressentimentos. Os raios de sol caem sobre sua escrivaninha. Ele se deleita com os desenhos. Folheia as páginas gastas da "Sonata para violino e piano em mi menor, K. 304", de Mozart.

É uma honra ver se desdobrar tamanha ternura, tanta pureza de beleza e verdade. Tais qualidades são indestrutíveis. Como Mozart, ele acredita ter desvendado as complexidades do universo, cuja essência do eterno está além da mão do destino e da humanidade iludida. A idade nos permite sentir essas coisas.

Ele observa as sombras bruxuleantes no chão. Imagina ver nos desenhos o rosto de seus familiares, amigos e pessoas queridas. Suas amizades íntimas e mais apreciadas lhe parecem ter sido cíclicas. Um número excessivo delas evaporou. Desde seu nascimento. Faz muito tempo. Em Ulm, às onze e meia da manhã, na Bahnhofstrasse, 135, a casa destruída por um dos mais violentos ataques aéreos dos

Aliados, em dezembro de 1944. Ele se lembra de ter escrito a um correspondente de cujo nome se esqueceu: "O tempo afetou [a cidade] ainda mais do que a mim."

Será que resta algo da antiga Ulm?, pensa. E de meus amigos e entes queridos, aqueles que compuseram minha vida e me formaram? A mim: O Rosto Mais Famoso do Mundo.

Como foram gentis comigo os residentes de Ulm que pretenderam dar meu nome a uma rua! Em vez disso, os nazistas a chamaram de Fichtestrasse, em homenagem a Fichte, cuja obra Hitler lera e que era lido por outros nazistas, como Dietrich Eckart e Arnold Fanck.

Depois da guerra, ela foi rebatizada de Einsteinstrasse. A reação dele a essa notícia, enviada pelo prefeito da cidade, sempre o faz sorrir. "Existe uma rua lá que leva o meu nome. Pelo menos, não sou responsável pelo que vier a acontecer nela. Acertei ao recusar os direitos de cidadão honorário de Ulm, considerando o destino dos judeus na Alemanha nazista."

Pega a caneta e escreve:

Tal como vocês, não há nada que eu possa fazer para ajudar minha cidade natal. Mas posso fazer algo pela história da minha intimidade juvenil. O paraíso religioso da juventude foi minha primeira tentativa de me libertar dos grilhões do "meramente pessoal", de uma vida dominada por desejos, esperanças e sentimentos primitivos. Lá adiante fica o mundo, em toda a sua vastidão, existindo independentemente de nós, seres humanos, erguendo-se à nossa frente como um imenso e eterno enigma, ao menos parcialmente acessível à nossa inspeção e ao nosso pensamento. A contemplação desse mundo acena como uma libertação. Na infância, notei que muitos dos homens que eu aprendera a estimar e admirar haviam encontrado a liberdade e a segurança íntimas ao buscá-la. A apreensão mental desse mundo extrapessoal, no arcabouço de nossas capacidades, apresentou-se a meu pensamento, de modo meio consciente, meio inconsciente, como uma meta suprema. Homens de motivação similar, do presente e do passado, bem como as percepções que eles haviam alcançado, eram os amigos que não podiam ser perdidos. O caminho para esse paraíso não era tão confortável e atraente quanto o caminho para o paraíso religioso, porém mostrou-se confiável, e nunca me arrependi de havê-lo escolhido. A não ser, talvez, pelo fato de eu duvidar que exista um único ser senciente, em qualquer parte do mundo, que não conheça meu rosto.

►►►◄ DOIS ►►►◄

Ulm, Württemberg, Alemanha

**AQUI ESTÃO MEU PAI, HERMANN,
E MINHA MÃE, PAULINE**

— A cabeça, a cabeça! — exclama Pauline Einstein, então com 21 anos. — É monstruosa.
 — É uma bela cabeça — opina Hermann Einstein, espremendo os olhos por trás do pincenê, precariamente equilibrado no nariz, acima do bigodão de morsa. — Nosso filho Abraham tem uma bela cabeça.
 — É deformada.

— Abraham não é deformado, Pauline.

— O crânio, olhe só, Hermann.

— É perfeito.

— Não é perfeito. Fica em um ângulo torto em relação ao resto.

O casal se aquieta. Apenas os sons da cidade quebram o silêncio.

Ulm é uma cidade barulhenta da Suábia, no sudoeste da Alemanha, às margens do rio Danúbio, famosa pela torre de sua catedral, com 161,53 metros de altura, chamada *der Fingerzeig Gottes*, o Dedo de Deus, a mais alta do mundo. Mozart tocou o órgão dessa torre em 1763.

Cavalos, carroças de carvão e pequenos motores sibilantes a vapor enchem suas estreitas e sinuosas ruas de paralelepípedos, ladeadas por casas estilo enxaimel, com madeira aparente. O fedor de estrume quente de cavalo é avassalador.

A residência dos Einstein, na Bahnhofstrasse, fica muito perto da estação de trem. *Der Blitzzug*, o velocíssimo expresso Paris--Istambul, havia começado a fazer paradas pré-programadas em Ulm.

Hermann Einstein brinca com o bigode. Depois, dando uma olhada em seu cabelo no espelho, ajeita-o com leves tapinhas.

— Andei pensando no nome do menino. Nossa família pertence à comunidade judaica. Eu quero um nome que signifique nobre e inteligente.

— E qual é?

— Albert. Albert Einstein.

Em 15 de março de 1879, dia seguinte ao do nascimento de Albert, uma carruagem alugada leva mãe, pai e filhinho através da neblina até o cartório de registro civil de Ulm. Hermann, com o terno preto bem ajustado e a gravata estreita amarrada em laço, como convém a um ex-sócio da fábrica de colchões de penas Israel & Levi, posta-se orgulhoso diante do escrivão, ao lado de Pauline, que segura o bebê Albert. O traje requintado da mãe consiste em uma touca adornada com fitas, um corpete espartilhado e saia combinando, cheia de dobras, pregas e drapeados.

Os pais parecem um casal próspero. A empresa de colchões podia até ter falido dois anos antes, mas agora Hermann havia decidido abrir um negócio com seu irmão mais novo, Jakob.

Jakob é formado em engenharia e se deu conta de que eletrificação é o negócio do futuro. A experiência comercial de Hermann será valiosa. O mais relevante, porém, é o fato de o pai de Pauline ser um rico negociante de cereais e bem relacionado em Württemberg. Com um pouco de sorte, Hermann estará apto a obter verbas substanciais de seus sogros para fundar a Elektrotechnische Fabrik J. Einstein & Co., fabricante de equipamentos elétricos com sede em Munique.

O escrivão do cartório de registro civil lê em voz alta:

— Número 224. Ulm, 15 de março de 1879. Hoje, o comerciante Hermann Einstein, residente em Ulm, na Bahnhofstrasse, 135, de religião israelita e pessoalmente conhecido, compareceu diante do escrivão abaixo assinado e declarou que uma criança do sexo masculino, que recebeu o nome de Albert, nasceu em Ulm, na residência dele, trazido à luz por sua esposa, Pauline Koch, de religião israelita, em 14 de março do ano de 1879, às 11h30. Lido, confirmado e assinado: Hermann Einstein. Escrivão Hartmann.

Agora é oficial.

O escrivão dá uma olhadela na criança com uma admiração bem treinada. Na mesma hora, Pauline cobre a cabeça enorme do bebê. Sente-se culpada e com raiva por ter gerado uma criatura tão estranha.

De volta a casa, o médico passa para uma visita no fim da tarde.

Pauline murmura:

— A cabeça, a cabeça. Albert é uma anomalia.

— Eu não diria isso — retruca o médico. — O crânio grande pode ser simples reflexo de uma mãe ou de um pai com a cabeça maior do que a média. Não é indicação de distúrbio da aprendizagem nem de deficiência. A cabeça grande de fato pode estar ligada a problemas intracranianos. Vamos medir a cabeça do Albert para nos certificarmos de que a circunferência vem aumentando desde o nascimento. Uma coisa eu posso lhe garantir: não vejo nenhuma complicação. Albert será dotado de uma inteligência normal.

— Inteligência normal?

— Sim. Inteligência normal.

Pauline observa o crescimento do filho e, a não ser quando fala com Hermann, mantém em segredo os receios que tem a respeito dele e reza a Deus todo-poderoso, pedindo para não ter dado à luz uma *Laune der Natur* — uma aberração da natureza.

AOS DOIS ANOS, MAIS OU MENOS

*

— Brinquedo novo para mim, brinquedo novo para mim! — exclama Albert, ao ver pela primeira vez sua irmã caçula, Maria, mais familiarmente conhecida como Maja, em 18 de novembro de 1881. — Cadê as rodinhas?

Uma vez estabelecidos em Munique, primeiro em uma casa alugada, na Müllerstrasse, 3, depois na Rengerweg, 14, com um jardim espaçoso, os Einstein desfrutaram uma vida burguesa.

— Albert está demorando para falar como as outras crianças — disse Pauline a Fanny, a irmã mais velha que fora visitá-la. — Por que ele fala tudo duas vezes?

Pauline estava bordando uma toalha de mesa com os dizeres *Sich regen bringt Segen* [O trabalho árduo compensa].

— Brinquedo novo para mim — repete Albert, devagar. — Cadê as rodinhas?

— Entende o que eu quero dizer, Fanny?

— Talvez ele seja apenas curioso.

— Curioso. Curioso. Não quero um filho curioso. Quero um filho normal.

— Será uma pena se ele só ouvir todas essas críticas de você. Ele vai se retrair, se fechar. Você não vai saber quem ele é.

— Eu sei quem ele é. Se continuar assim, nunca será ninguém.

— Tem mais alguém que pense como você?

— É claro. Até a governanta diz que Albert é um *schwachkopf* [pateta]. O menino fica resmungando sozinho.

Albert observa a mãe e a tia e sorri. Mexe a boca. Resmunga. Saliva. Forma uma frase incompreensível.

— O que está tentando dizer, Albert? — pergunta a mãe.

Um filete de saliva escorre da boca do menino. Ele bate com o pé esquerdo.

— Não babe! — diz a mãe, em tom ríspido. — Olhe, Fanny. Ele é muito diferente das outras crianças. A governanta tem razão.

O menino fica em pé com dificuldade. Ele pensa antes de dar cada passo, estendendo os bracinhos gorduchos para se equilibrar.

— O chão está tremendo embaixo dos meus pés. *Ein Erdbeben.* [Um terremoto.] *Wunderschön!* [Que maravilha!]

— Toque piano — pede Fanny a Pauline. — Na sua carta, você me disse que ele gosta quando você toca piano.

Pauline se aproxima do piano e Albert cambaleia pelo tapete até ficar ao lado dela.

Pauline toca Mozart.

Albert a observa, encantado, enquanto ela toca a "Sonata para piano em dó menor, K. 457".

— Não para, mamãe. Continua, continua.

— Não posso passar o resto da vida tocando piano para ele — diz Pauline.

— Talvez ele se torne pianista — comenta Fanny.

Na mesma noite, o pai de Albert embarca em leituras de Schiller.

O menino se aninha no colo dele, escutando com atenção, fascinado com o som da voz do pai.

— "Não existe acaso; e aquilo que nos parece um mero acidente brota da mais profunda nascente do destino." "Só quem tem paciência de fazer as coisas simples com perfeição adquire a habilidade de fazer coisas difíceis facilmente." "O homem só brinca quando é homem, no sentido pleno da palavra, e só é um homem completo quando brinca."

De Heine:

— "Onde se queimarem livros, também acabarão por queimar seres humanos."

E ainda:

— "Todo período de tempo é uma esfinge que se atira no abismo assim que seu enigma é decifrado."

E mais:

— "Os romanos jamais teriam encontrado tempo para conquistar o mundo se primeiro fossem obrigados a aprender latim."

Albert sorri com admiração para o pai.

Com frequência, os membros das famílias Einstein e Koch fazem fila à porta do nº 14 da Rengerweg, vindos do outro lado da Alemanha e do norte da Itália.

Crianças bagunceiras enchem o quintal dos fundos da Rengerweg, 14, entre elas algumas primas de Albert: Elsa, Paula e Hermine, filhas de Fanny. Fanny é casada com Rudolf Einstein, um fabricante de tecidos de Hechingen. Rudolf é filho do tio de Hermann Einstein, Rafael. As famílias se comprazem com a complexidade desses parentescos bizantinos. O pequeno Albert decora os nomes de todos.

Ele prefere cada vez mais a própria companhia. Seu corpo e sua mente parecem separados. Uma visitante sugere que ele é mais isolado que qualquer outro menino. Albert arregala os olhos castanhos, que alguns observadores notam serem escuros e sem brilho, como os olhos de uma criança cega.

Ele se mantém longe do centro das atenções, observando os pombos ou manobrando seu barquinho de brinquedo em um balde d'água. Retrai-se de toda sorte de esportes ou jogos competitivos; apenas perambula sozinho, às vezes mal-humorado, ou se fecha e fica brincando com uma locomotiva a vapor — presente de seu tio materno Caesar Koch, de Bruxelas —, ou com uma maquete que imita uma fábrica, ou com um motor móvel semelhante aos usados nas locomotivas e barcos a vapor. Esse motor tem válvulas de segurança de molas e apitos. A casa fica repleta do tchac-tchac dos trenzinhos, de barulhos de manivelas e dos apitos intermináveis.

Albert adora irritar a família com o barulho da locomotiva:

— Piuí-piuí! — grita. — Tchac-tchac, tchac-tchac, tchac-tchac. Tuf-tuf-tuf, *die Eisenbahn* [a estrada de ferro]!

E observa os parentes pelo canto dos olhos.

Para decepção de Albert, uma gripe significa que ele vai ter que passar seu quinto aniversário de cama.

— Olhe o que eu trouxe para você — anuncia o pai. — Tome.

E entrega ao filho um pacotinho.

— Posso abrir, papai?

— É claro.

— O senhor vai me dizer o que é?

— Descubra você mesmo.

Albert abre o papel de embrulho, depois uma caixinha, de onde tira uma bússola.

— Que maravilha, papai! Obrigado, do fundo do coração. Obrigado.

— Espero que você goste.

— Adorei, papai.

Albert alisa a janelinha de vidro da bússola.

— Ótimo. Até mais tarde.

— Eu amo você, papai.

— Também amo você, Albert.

Uma vez sozinho, Albert vira e sacode o instrumento, certo de que pode enganá-lo e fazê-lo apontar sua agulha na direção que ele quiser. Mas a agulha sempre dá um jeito de apontar na direção do norte magnético.

Ora encantado, ora prazerosamente assustado com esse milagre, Albert fica com as mãos trêmulas e todo o seu corpo esfria. Trata-se de uma força invisível, prova de que o mundo é dotado de poderes ocultos e misteriosos. Há algo por trás das coisas, algo escondido nas profundezas.

Maja observa seu irmão de sete anos, admirada por vê-lo construir um castelo de cartas de quatorze andares.

— É um milagre — comenta. — Como você faz isso?

— É engenharia científica — responde Albert. Quando se interessa por alguma coisa ou por alguém, ele fala com fluência. — Olhe, Maja. Eu uso cartas velhas, está vendo? Primeiro, crio o ponto mais alto. Encosto duas cartas uma na outra, na forma de um triângulo. Faço uma fileira delas. Agora, construo dois ápices. Escolho uma carta para ser o telhado e a ponho em cima dos dois ápices. Pego essa carta e a vou baixando com cuidado, até ela ficar bem em cima das outras. Com o telhado no lugar, ajeito as cartas com delicadeza. Pego meus ápices cobertos pelo telhado e faço um terceiro ápice, depois o quarto, o quinto, e assim por diante.

— É um milagre, Albert. Você vai fazer milagres e levar uma vida feito Jesus, na Bíblia?

— Maja, nós somos instruídos na Bíblia e no Talmude. Somos judeus. Somos judeus.

— O que acha de Jesus? Você sabe tanta coisa!

— Não sei nada.

— Mas você sabe tudo.

— Não, Maja. Quanto mais eu aprendo, mais descubro quanto não sei.

Sua curiosidade o domina constantemente.

Ele passeia a esmo pelo bairro, pelas feiras e galerias cobertas, tomando o cuidado de evitar as carretas pesadas dos cervejeiros, que passavam chacoalhando e fazendo barulho. Pauline, para grande prazer de Albert, incentiva-o em suas explorações. Começa a lhe dar uma liberdade maior. Para pensar, para ficar sozinho com suas convicções.

Um dia, ele vê uns estudantes jogando *Kegel* (boliche de nove pinos) sob a garoa.

— Posso jogar uma vez, por favor? — pergunta Albert.

— Pode jogar, sim, baixinho — diz um dos estudantes, rindo. — Tome — diz, rolando a bola para ele.

Mas a bola é pesada demais para o menino, que erra completamente os pinos. E, em seguida, cai.

Os estudantes riem dele. Albert tenta esconder o sofrimento de ser alvo de chacota.

Volta para casa aos prantos.

Para animá-lo, o pai o leva para passear de *Droschke*, a última moda em carruagens de aluguel, uma nova atração do transporte de Munique. Aos sacolejos, eles passam pelo Isartor, o portão leste que separa a cidade velha dos bairros de Isarvorstadt e Lehel, enquanto o pai aponta para os afrescos do desfile triunfal do imperador Luís da Baviera.

Uma tutora é chamada para dar aulas a Albert, que vê a contratação dela como uma interrupção inútil do seu pensamento.

Ele joga uma cadeira na mulher. Apavorada, ela vai embora imediatamente para nunca mais voltar. Albert só quer ser deixado em paz, sentado sossegado, lendo, sem que ninguém preste atenção nele.

Sua sede de conhecimento é insaciável. Em viagens solitárias da mente, ela o leva a lugares em que ninguém mais pode acompanhá-lo. É nelas que se sente mais feliz. E continua em suas perambulações por Munique.

Numa caminhada debaixo de uma intensa chuva de granizo, um italiano idoso oferece abrigo ao encharcado Albert em sua casa majestosa.

Albert olha para as cristaleiras repletas de bugigangas de cristal, porcelana e maquetes pequenas. Sobre uma mesa de madeira resistente e brilhante há uma maquete da Catedral de Milão, construída em papelão creme. O rendilhado gótico das janelas, os baixos-relevos, as colunas, os pináculos e as estátuas são feitos de pão. O ancião não é arquiteto. Diz ter construído suas maquetes com base na imaginação:

— Passo a vida na minha cabeça — diz o italiano idoso.

— Eu também — responde Albert. — O que é este túmulo?

— É a maquete do túmulo da minha esposa, que morreu na cama há dois anos. Ali onde está a maquete. A maquete marca o local da morte.

Albert conta ao pai sobre o italiano bondoso. Hermann diz:

— Esse *signore* é um completo autodidata. Fez uma pequena fortuna aos vinte anos e, sem ter muito o que fazer, vive com suas maquetes na imaginação.

Como forma de presenteá-lo, Hermann leva Albert para assistir à viagem inaugural do barquinho a vapor do lago Starnberg, na manhã da *Frühlingsfestival*, a festa da primavera. Nessa época, os barcos a vapor são mais comuns no Danúbio, no Elba e no Reno.

O dia está lindo. Albert saboreia as fragrâncias dos viburnos e narcisos brancos. Identifica nas campinas as flores lilases de *Crocus tommasinianus*.

Munique inteira parece ter comparecido às margens do lago Starnberg, por entre os bosques de faias. As casas brancas de Starnberg, a igreja de São José e o hotel construído como um chalé suíço cativam Albert. Ao longe, podem-se ver os Alpes. Azuis. Prateados. Rosa--azulado. Picos com recortes irregulares. Tom laranja-claro.

No primeiro plano, bandeiras, guirlandas e tapeçarias decoram as casas. Albert vê o barco a vapor ser decorado com guirlandas. Na linha das árvores, para sua mãe e Maja, ele colhe e monta buquês de gencianas alpinas e prímulas. Não faz mal que o almoço seja uma carne cozida borrachuda com salada seca de batatas. Albert e o pai participam dos festejos quando o barco é inaugurado.

À noite, ele tem dificuldade para dormir. Principalmente por medo do escuro. Deita-se, acordado, e espera ouvir o pai e a mãe se deitarem, quando se torna seguro sair do quarto descalço, na ponta dos pés, e acender o *Stubenlampe* [candeeiro da sala]. O pavio de textura fina é largo, proporcionando um círculo reconfortante de luz branco-avermelhada. Voltando à cama, ele observa a luz que se infiltra pela abertura na base da porta. Isso bane a ideia de um monstro à espreita, nascido após um suicídio, ou quem sabe uma morte acidental. Um monstro que prenuncia náuseas, moléstias, agonia e esquecimento. Por último, come seus familiares e devora o próprio corpo e suas mortalhas fúnebres.

Ao alvorecer, Albert acorda, inquieto. Nessa hora, a luz embaixo da porta é um obstáculo ao sono. E, de qualquer modo, ele não quer que os pais saibam que a acendeu. Assim, torna a sair do quarto, furtivamente, e a apaga.

De volta à cama, a luz que entra pelas frestas das venezianas de madeira o incomoda. Ele enterra a cabeça no travesseiro. Mas é claro que a luz continua presente. Entrou no quarto após percorrer uma distância de 149.600.000 quilômetros. Obrigado, Sol.

Viagem rápida. Deslocando-se a 299.792.458 metros por segundo. Portanto, aquela luz entrando pelas venezianas estava no Sol oito minutos antes. *Posso torná-la mais lenta.* Ele move o copo d'água em direção aos raios, que se curvam, refratando-se. Albert aperta os olhos. A luz passa por seus cílios e se difunde em tiras. Ele aperta ainda mais os olhos. A luz se espalha por um campo mais amplo. Quando ele fecha completamente os olhos, ela desaparece.

Todo mês de novembro, depois de nevar por vários dias, para grande alegria do menino, os trenós começam a aparecer.

No Englischer Garten, Albert se deslumbra com a neve pesada pendendo em formas estranhas dos galhos escuros dos abetos. A pureza e o silêncio são interrompidos pelo som das sinetas de um trenó verde-claro e dourado, puxado por um cavalo preto. O condutor vem embrulhado em uma capa, com um boné de pele que lhe cobre as sobrancelhas.

Carruagens sobre esquis, em vez de rodas, enchem as ruas. Tudo é transportado sobre as lâminas: tinas de água e baldes, latões de leite feitos de madeira com aros de metal. Todos sentem um prazer infantil nos trenós. As cores do inverno fascinam Albert. Folhas vermelhas, verde-róseas e prateadas, os fantásticos caramanchões de clematite que servem de guirlanda para os galhos e os montes de neve branca e pura. A luz é deslumbrante. Cintila e se curva, curva, curva.

— Vamos ao Aumeister — anuncia seu pai.

— O que é Aumeister?

— O melhor café da cidade, com moças bonitas e bolos. Uma porção de bolos. E, principalmente, moças bonitas.

— Moças bonitas, moças bonitas — cantarola Albert.

Ele adora a alegria do pai.

Aos doze anos, Albert gosta de fazer preleções sobre religião e cultura em casa.

O pai adora apresentá-lo.

— Tenho a honra de pedir ao professor Einstein que discurse para a família sobre um tema de sua escolha.

— Obrigado. Hoje o tema da minha aula são os judeus asquenazes ou asquenazim, com algumas propostas modestas.

A família aplaude.

— Como sabemos, somos judeus asquenazes. Os asquenazes se uniram em uma comunidade distinta de judeus no Sacro Império Romano, quase no fim do primeiro milênio. De acordo com a Halachá, o Shabat é observado desde alguns minutos antes do pôr do sol, no anoitecer da sexta-feira, até o aparecimento de três estrelas no céu, no sábado. O acender de velas e o recitar de uma bênção introduzem o Shabat. Tipicamente, a refeição noturna começa por nossa bênção, o *kidush*, proclamada sobre dois pães chamados chalá. O Shabat se encerra na noite seguinte com a *havdalá*. No Shabat, somos dispensados de nossos trabalhos habituais. Contemplamos a espiritualidade da vida. Passamos tempo com a família.

Ele continua:

— Agora, vou focar na dieta. Minha proposta é que não comamos carne de porco. Em vez dela, sopa com bolinhos *matzá* e massa recheada de carne picadinha, servida no caldo de carne, ou carne em conserva com panquecas de batata e talharim misturado com frutas secas, gordura e açúcar.

De repente, ele se cala.

— E...? — pergunta sua mãe.

— Como sabemos, somos judeus asquenazes. Os asquenazim se uniram em uma comunidade distinta de judeus no Sacro Império Romano, quase no fim do primeiro milênio.

— Albert? — diz sua mãe.

— Por favor, não interrompa, mamãe.

— Mas você já disse isso.

— É a verdade.

— Não posso levar isso a sério — retruca a mãe.

— Quem não leva a sério a verdade nas coisas pequenas também não pode ser digno de confiança nas grandes.

— Acho que já ouvimos o bastante — afirma ela.

Nunca serei compreendido, diz ele a si mesmo.

— A álgebra — diz o tio Jakob — é o cálculo da indolência. Quando você não conhece certa quantidade, dá-lhe o nome de x e a trata como se a conhecesse; depois, anota a relação dada e, posteriormente, determina esse x.

Tio Jakob mostra ao menino o teorema de Pitágoras e Albert busca a solução dele. Leva apenas 21 dias para chegar à prova correta, usando seu intelecto e nada mais.

Vê a semelhança dos triângulos, traçando a perpendicular de um vértice do triângulo-retângulo para a hipotenusa, e chega à prova que busca desesperadamente.

— Não há escolas exclusivamente judaicas em Munique — diz Hermann ao filho. — Você vai entrar na Volksschule Petersschule, na Blumenstrasse.

— Uma escola primária católica que fica aqui perto — diz Pauline.

— Não judaica? — pergunta Albert.

— Católica — responde Pauline.

— Isso é uma boa notícia? — indaga o menino.

— Não é má notícia — retruca a mãe.

Hermann guarda suas opiniões para si.

Albert enterra a cabeça em *João Felpudo*. E o decora.

> Este é o rei do desmazelo:
> Não corta unha nem cabelo,
> Pois tem preguiça de tudo.

> Tudo cresce — e ele não corta.
> Tem preguiça. E nem se importa
> Que o chamem João Felpudo!*

No começo, há boas notícias.

Pauline escreve para sua mãe: "Ontem Albert recebeu as notas da escola. É o primeiro da turma e tem um boletim excelente." E isso apesar das gentilezas de seu professor, que ensina a tabuada de multiplicação batendo nas crianças toda vez que elas cometem erros. Albert abomina a imposição rigorosa da obediência e da disciplina.

Nada parece dissuadi-lo de zombar de colegas pedantes e professores arrogantes e dogmáticos.

Dentre todos os professores, é com o de religião que Albert se dá melhor. O professor gosta dele. Nesse departamento, tudo corre bem, até o professor mostrar às crianças um cravo enorme e anunciar em tom solene:

— Este foi o cravo que os judeus usaram para prender Jesus na cruz.

A demonstração do professor inflama o antissemitismo latente dos alunos, que na mesma hora o voltam diretamente contra Albert.

Chamam-no de João Honesto, amante da verdade e da justiça; ele revida a implicância contorcendo a boca e lançando um olhar de sarcasmo, e espicha seu trêmulo lábio inferior. Como muitas crianças submetidas a intimidação na escola, ele aprende ali mesmo: o oxigênio das escolas, como o da sociedade, é envenenado pelo poder, pela autoridade pervertida e pelo medo; sobretudo pelo

---

* Heinrich Hoffmann, *João Felpudo*. Tradução de Guilherme de Almeida. São Paulo: Edições Melhoramentos, 1942.

medo. O antídoto é o silêncio. Tal como seu pai, Albert aprende a guardar para si suas ideias e opiniões.

O líder dos perseguidores de judeus cospe nele.

— Você caiu no ostracismo. Não vão falar com você. Você não existe mais. É completamente invisível e inaudível. Leia Heinrich von Treitschke: *"Die Juden sind unser Unglück!* Os judeus são nossa desgraça! Os judeus já não são necessários. O judeu internacional, escondido sob as máscaras de nacionalidades diferentes, é uma influência desintegradora; não pode mais ter serventia para o mundo." E você também não. *Schmutzige Internationale Jude.* Judeu internacional sujo.

Albert fica lívido. Suas mãos tremem. Ele sente um aperto no peito. Encarando seus colegas estudantes, vê que todos tinham lhe virado as costas.

Ouve a própria voz dizer:

— É raro um país do mundo não ter um segmento judaico na população. Onde quer que os judeus residam, eles são uma minoria da população, e uma pequena minoria, ainda por cima, de modo que não têm poder suficiente para se defenderem dos ataques. É fácil os governos desviarem a atenção dos próprios erros culpando os judeus por esta ou aquela teoria política, como o comunismo ou o socialismo. Ao longo da história, os judeus têm sido acusados de toda sorte de traições, como envenenar poços de água potável e assassinar crianças como sacrifícios religiosos. Grande parte disso pode ser atribuído à inveja, porque, apesar de o povo judaico sempre ter tido uma população muito pequena em vários países, sempre contou com um número desproporcionalmente grande de figuras públicas destacadas.

Eleva-se um refrão:

— *Müll. Juden sind Perversen! Müll. Juden sind Perversen!* Lixo! Os judeus são pervertidos!

Os outros alunos batem nas carteiras.

— *Müll. Juden sind Perversen! Müll. Juden sind Perversen!*

A porta da sala de aula se abre.

— O que está acontecendo aqui? — grita o professor em meio ao barulho.

Albert passa por ele cambaleante e sai da Volksschule Petersschule.

Jura ser decidido. Tirar forças da família. Volta às pressas para casa, o chapéu de feltro preto cobrindo o cabelo escuro, andando rápido como quem está em fuga, seus olhos castanhos se movendo rapidamente, atentos. E foi cantando a letra de *João Felpudo*, com uma melodia que ele mesmo compusera.

AQUI ESTÃO MEUS COLEGAS DE TURMA DO LUITPOLD GYMNASIUM

```
SOU O TERCEIRO DA DIREITA PARA
A ESQUERDA, NA PRIMEIRA FILEIRA
```

O ano de 1888 assiste à fundação da National Geographic Society, nos Estados Unidos, e à publicação de *O vale do medo*, de Conan Doyle, no Reino Unido. Em Braunau, a 124 quilômetros de Munique, Klara Hitler engravida, passando a gestar o mais infame de seus filhos.

Hannah Chaplin também engravida, esperando Charlie, na East Street, no bairro de Walworth, zona sul de Londres. Enquanto isso, Albert Einstein ingressa no Luitpold Gymnasium, uma escola ecumênica de Munique.

Ele gosta das aulas dadas por Heinrich Friedmann, compartilhadas com seus colegas de turma judeus. Friedmann ensina os Dez Mandamentos e os rituais dos dias santos judaicos. Albert não esconde sua opinião sobre o estudo disciplinado de latim e grego na escola. Detesta-o.

— Livros! — grita o professor. — Peguem seus livros. *João Felpudo*. Primeira página.

Albert deixa seu exemplar cair no chão.

— Deixe-o onde está, Einstein!

— E se eu não deixar?

— Os nós dos seus dedos serão espancados.

— É mesmo? Por quem?

— Por mim.

— Não preciso do livro.

— Precisa do livro, sim.

— O que acontece se eu souber a primeira página?

— Você não sabe.

— Sei, sim.

— Está mentindo.

— O senhor sabe?

— Você não sabe.

O professor vai perdendo o controle rapidamente. Os outros alunos começam a dar risadinhas.

— Silêncio! — berra o professor. — Einstein?

Albert suspira de forma teatral.

— Se o senhor insiste.

E recita *João Felpudo* em latim.

O professor diz:

— Você é um baixinho gordo. Não vai prestar para nada. É um fracasso patético.

— Talvez eu consiga o seu status admirável num campo descoberto por mim — retruca Albert, com um sorriso.

— Saia daqui! Vá para casa. *Raus! Raus!* [Fora!]

Pouco depois, Albert começa a trabalhar com empenho nos teoremas, em casa, provando-os para si mesmo.

Max Talmud, um polonês empobrecido que estuda medicina na Universidade de Munique, é um convidado habitual no jantar das noites de quinta-feira. Albert o intriga. Max lhe dá alguns livros. Albert devora os *Naturwissenschaftlichen Volksbücher* [Livros populares de ciências naturais], de Aaron Bernstein, e *Kraft und Stoff* [Força e matéria], de Ludwig Büchner. Os livros de Bernstein e Büchner captam sua imaginação e os livros de Bernstein, em particular, aumentam imensamente seu interesse pela física.

A vida em Munique sofre uma mudança abrupta quando, mais uma vez, a empresa dos Einstein vai à falência.

Em 1894, quando Albert está com quinze anos, a família opta por se mudar para Milão, porque os Koch sentem que querem exercer uma influência mais direta sobre a atividade empresarial de Hermann. Hermann e Pauline levam Maja com eles e deixam Albert em uma pensão.

— O plano — explica Hermann — é que você obtenha seu diploma no Luitpold Gymnasium, entre na universidade e siga carreira de engenheiro elétrico.

Esse, de qualquer modo, é o plano de seu pai. Albert tem outras ideias.

Manda um artigo para seu tio Caesar, em Stuttgart.

"Estou aceitando o desafio de um tema científico altamente debatido", diz ao tio. "Trata-se da relação entre a eletricidade, o magnetismo e o éter, sendo este último a entidade hipotética imaterial que se acredita preencher todo o espaço e transmitir ondas eletromagnéticas."

Com sua letra gótica fina, escreve as ideias em cinco folhas de papel pautado. Dá a seu estudo o título de "Über die Untersuchung des Ätherzustandes im magnetischen Felde" [Sobre a investigação do estado do éter nos campos magnéticos].

"Atualmente, pouco se sabe sobre a relação dos campos magnéticos com o éter", assinala o adolescente de quinze anos. "Mas, se os estados potenciais do éter nos campos magnéticos fossem examinados em estudos experimentais rigorosos, a magnitude absoluta dele, de sua força elástica e de sua densidade poderia começar a ser conhecida."

O garoto havia descoberto um paradoxo extraordinário.

"O que aconteceria se alguém seguisse um feixe luminoso à mesma velocidade com que a luz se desloca? O resultado seria um campo magnético espacialmente oscilatório em repouso."

Albert acrescenta que "isto ainda é bastante ingênuo e imperfeito, como seria de esperar de um jovem como eu. Não me importarei se o senhor não se der o trabalho de ler o texto, mas deve reconhecê-lo, pelo menos, como uma tentativa modesta de superar a preguiça de escrever que herdei de meus queridos pais".

Ainda faltam mais três anos para ele concluir seus estudos no Gymnasium, antes da universidade.

Albert é deixado para se hospedar na casa de um parente e cai em depressão. Volta-se para o médico da família e confessa sofrer de um grave mal-estar nervoso.

As coisas passam por uma reviravolta estranha. Seu professor de grego, Degenhart, lhe diz para sair da escola. Simples assim.

— O que fiz de errado? — argumenta Albert.

— Você é uma influência disruptiva — afirma o professor.

— É claro que sou disruptivo. Não aprovo seus métodos educacionais.

— Então, vá embora.

— Não quer ouvir meus argumentos?

— Não.

— Sua relutância prova meu ponto de vista.

Ele arruma suas coisas e segue o resto da família rumo a Milão.

Na verdade, a falta de uma educação formal estabelecida lhe convém. Deixa-o entregue apenas a seus próprios recursos, imerso em pensamentos. Ele é um exemplar à parte, obstinado. Em um ensaio intitulado "Mes projets d'avenir" [Meus projetos de futuro], confessa não ter nenhum "talento prático". Todavia, "há na carreira científica certa independência que me atrai enormemente".

Ele não consegue aceitar a alma alemã tal como esta parece se encarnar em gente como Degenhart. É claro que sou *disruptivo*.

E o pior é que os alemães são convocados a prestar serviço militar. Há uma saída. *Deixar o país bem antes do meu aniversário de dezessete anos e renunciar à minha cidadania. Caso contrário, serei preso por deserção.*

Albert pega o trem para Pavia, situada 35 quilômetros ao sul de Milão, onde seus pais não terão alternativa senão lhes dar as boas-vindas.

Ele adora viajar no *Schnellzug*, o trem expresso. Ouve o som das portas batendo, anunciando a partida. Saboreia o cheiro da fumaça gerada pelo carvão, o resfolegar das máquinas, os apitos estridentes. O chique-tique, chique-tique, chique-tique das rodas nos trilhos de ferro batido. As fagulhas dançantes da combustão. A chuva impactante escorrendo pelas janelas. A visão dos pátios ferroviários enormes de Munique e das locomotivas Hagans Bn2t. Os montes de entulho. No inverno, neve escura, celeiros e tílias antigas. Na primavera, pomares floridos. No alto verão, milharais parecendo prata, pastagens alpinas, pinheiros, o feno dourado da colheita. A passagem pelas agulhas ferroviárias. As viagens solitárias de Albert são as únicas a lhe proporcionar tempo para pensar sem interrupções. Ele tapa os ouvidos para o falatório dos outros passageiros, perdido nas ideias que rodopiam em seu cérebro, no ritmo do trem.

Meine Gedankenexperimente. Meus experimentos mentais.

Na viagem para Pavia, lê a carta que Mozart escreveu ao pai: "Um sujeito de talento medíocre permanecerá na mediocridade, quer viaje, quer não; mas o sujeito de talento superior (o qual, sem desrespeito, não posso negar que possuo) definhará se permanecer sempre no mesmo lugar."

Não devo permanecer no mesmo lugar.

**OFICINA DA ELEKTROTECHNISCHE FABRIK
J. EINSTEIN & CO., PAVIA, 1894**

Os Einstein expõem dínamos, lâmpadas e até um sistema telefônico na primeira exposição eletrotécnica internacional em Frankfurt. A empresa dos Einstein obtém a concessão de diversas patentes.

Já então chamada Elektrotechnische Fabrik J. Einstein & Co., a firma emprega duzentas pessoas e começa a instalar redes de iluminação e energia para a Oktoberfest. Em seguida, eletrifica Schwabing, na zona norte de Munique. Os geradores de Jakob são exibidos na Exposição Elétrica Internacional, em Frankfurt, gerando cem cavalos de potência, 75 mil watts. Um milhão de pessoas, juntamente com o Kaiser, deslumbram-se com as luzes. A empresa fecha contratos para instalar energia elétrica nas cidades de Varese e Susa, no norte da Itália.

Infelizmente, é necessário 1 milhão de marcos para competir no florescente mercado das usinas elétricas. Os Einstein enfrentam a concorrência maciça da Deutsche Edison-Gesellschaft e da Siemens.

Desesperados, hipotecam a casa. O capital é insuficiente. A empresa Schuckert, de Nuremberg, ganha o contrato. Em menos de doze meses, a Elektrotechnische Fabrik J. Einstein & Co. está falida.

"O infortúnio de meus pobres pais", confidencia Albert a Maja, "que há tantos anos não têm um momento de felicidade, pesa duramente sobre mim. Também me causa profunda mágoa que, aos dezesseis anos, eu tenha que ser uma testemunha passiva, sem poder fazer sequer uma mínima coisa a respeito. Não sou nada além de um fardo para meus pais. Decerto seria melhor se eu simplesmente não estivesse vivo. Somente a ideia de que, ano após ano, não me permito um único prazer, uma diversão, faz-me seguir em frente e, muitas vezes, me protege do desespero."

Os irmãos Einstein se voltam para o norte da Itália. Vendem a casa de Munique e alimentam a esperança de construir um sistema de energia hidrelétrica para Pavia. Chegando lá, formam seu novo lar em uma casa majestosa, que havia pertencido ao poeta Ugo Foscolo.

Albert se apaixona pela Itália. Auxilia o pai e o tio com desenhos, lê, reflete e caminha sozinho pelos Alpes ligurianos até Gênova, onde se hospeda na casa do tio Jakob Koch.

Passa o verão de 1895 em Airolo, escrevendo ensaios e anotações filosóficas inspiradas em Leibniz: "É um erro inferir da imperfeição de nosso pensamento que os objetos são imperfeitos."

— Você vai ter que ganhar a vida — diz-lhe o pai. — Curse engenharia elétrica, preparando-se para assumir o negócio da família Einstein.

— Não, pai. Vou fazer as provas de admissão da Eidgenössische Technische Hochschule em Zurique [ETH, Instituto Federal de Tecnologia de Zurique].

— É apenas uma escola de formação de professores. Não é uma universidade, como as de Heidelberg, Berlim ou Göttingen.

— Serve.

No estado de Württemberg, Hermann submete um requerimento oficial para que Albert seja liberado de sua cidadania, e o pedido é aceito, ao custo de três marcos. Isso dispensa o rapaz do serviço militar. Já não mais cidadão alemão, ele será um estudante apátrida no ETH.

Nem tanto. O diretor do ETH não se mostra entusiasmado com a matrícula de Albert, que não tem propriamente as qualificações corretas e só possui o Matura, diploma do ensino médio. Ele anuncia:

— Segundo minha experiência, não é recomendável retirar um aluno da instituição onde ele começou seus estudos, mesmo que ele seja o que se costuma chamar de menino-prodígio.

Albert deveria concluir seus estudos gerais. Mesmo assim, se os Einstein insistissem, o diretor abriria uma exceção quanto à regra da idade e permitiria que Albert prestasse o exame de admissão — e é o que ele faz.

Infelizmente, ele se sai tão mal em línguas e história que é mandado de volta para cursar mais um ano da escola secundária, a trinta minutos de Zurique, na cidade de Aarau, cantão de Argóvia. A

Aarau Kantonsschule tem uma reputação bastante liberal e é especializada em ciências.

AARAU

No início do período letivo de outono, Albert foi para Aarau, situada a 45 quilômetros de Zurique, onde foi providenciado que ficasse com a família Winteler. Jost Winteler leciona filologia e história na Kantonsschule.

Então, com dezesseis anos, Albert se sente à vontade na casa dos Winteler, que considera sua segunda família. Jost Winteler, natural de Toggenburg, na Suíça, é ex-jornalista e ornitólogo. Liberal bem-apessoado e livre-pensador, abomina a política do poder, e ele e Albert compartilham uma profunda reprovação do militarismo alemão. Os Winteler têm quatro filhos e três filhas. A casa é repleta de livros, música, festas e debates animados. Winteler organiza excursões para soltar pipas e tem o hábito de conversar com seus pássaros. Nas trilhas pelo campo, Albert usa seu chapéu de feltro cinza.

A família trata o jovem e risonho filósofo como se ele fosse um dos seus. Albert chama Jost Winteler de *Papa* e sua mulher, Pauline, de *Mamerl* ou "mamãe nº 2". Ele trata *Mamerl* como sua confidente.

Ele passa horas circulando pela casa com seu camisolão azul, tomando café com um dos filhos da família, Paul, com quem firma uma sólida amizade. Albert adora sua reputação de aluno subversivo. Encanta as mulheres da casa, cativando-as com seus olhos brilhantes, o cabelo desalinhado e as expressões insolentes. Toca Bach e Mozart para elas em seu violino. Sua interpretação é potente e graciosa. Marie, de dezoito anos, que o acompanha ao piano, é aluna da escola normal de Argóvia. Com sua saia longa rodada e blusa de manga boca de sino, é a mais bonita das três filhas. Albert sente uma forte atração por ela. Em tom de brincadeira, recita-lhe o poema "Der Rattenfänger" [O caçador de ratos], de Goethe: "Peço às cordas uma música suave a produzir, e todos a mim têm que seguir."

A FOTOGRAFIA FAVORITA DE MARIE

Apesar de Marie estar longe de se igualar a ele em termos intelectuais, o casal se apaixona. Os dois riem e raramente se afastam do olhar um do outro. Encontram-se com amigos em uma ou outra *Kaffeehaus*.

As famílias não fazem objeção; na verdade, tratam o par como noivos não oficiais. Quando Albert retorna a Pavia, em um feriado na primavera, as cartas de Marie, como ele admite a sua mãe, permitem-lhe compreender a saudade. Assim escreve a Marie: "Querida luzinha solar, você significa mais para minha alma do que antes significava o mundo inteiro."

Ela o chama de *Geliebter Schatz*: tesouro amado.

Nas cartas que lhe envia de Pavia, Albert é realista a respeito do romance. Marie admite não conseguir acompanhar seu pensamento. Albert está obcecado com a natureza do eletromagnetismo. Fantasia sobre o que pode ver se viajar em uma onda luminosa. Marie acha isso pouco romântico.

Ele está de olho em Berlim, onde ouviu dizer que Wilhelm Röntgen tinha feito estudos avançados da radiação catódica. Tal radiação ocorre quando uma carga elétrica é aplicada a duas placas de metal, dentro de um tubo de vidro cheio de gás de baixa densidade. Röntgen vê um brilho tênue em telas sensíveis à luz causado por um tipo penetrante de radiação, previamente desconhecido: a radiação de raios X.

O obstáculo à ida de Albert até lá é seu antagonismo em relação à Alemanha e à cultura alemã. A Alemanha está infestada de todos os tipos de antissemitismo. Os alemães se ressentem dos judeus, que eram muito bem-sucedidos. Temem que os judeus ganhem ainda mais poder. Para Albert, é difícil decifrar por que há um contraste tão estranho entre a hospitalidade alemã e sua hostilidade.

Ele também quer se livrar do nacionalismo convencional. Quer a cidadania suíça.

Procura tranquilizar Marie: "Se estivesse aqui neste momento, eu desafiaria toda a razão e lhe daria um beijo, como castigo, e daria uma boa risada de você, como merece, meu doce anjinho! E, quanto a eu ser paciente, que alternativa tenho com meu anjinho amado e travesso?"

O entrelaçamento das relações familiares produz efeitos inesperados durante a estada de Albert em Aarau. Maja afeiçoa-se romanticamente a Paul, um dos irmãos de Marie. Anna Winteler se apega ao novo melhor amigo de Albert, o engenheiro Michele Angelo Besso.

ANNA E MICHELE

Seis anos mais velho que Albert, Besso, nascido em Riesbach, na Suíça, em uma família itinerante de ascendência judaico-sefardita e italiana, exerce uma atração imediata sobre ele e vice-versa. Albert o encontra pela primeira vez em um sarau musical na casa de Selina Caprotti. Formado no ETH, com cabelo preto e ondulado e olhos penetrantes e nervosos, Besso tem pela física uma paixão filosófica equiparável à de Albert. Também tem em comum com ele um histórico de insubordinação, tendo sido expulso da escola secundária por reclamar das deficiências de seu professor de matemática.

Albert se encanta com Besso por ele ter acabado de conquistar a antipatia de seu chefe; solicitado a se apresentar a uma usina de energia, ele perde o trem e, ao chegar, descobre-se incapaz de lembrar o que tem que fazer. Quando a matriz recebe um cartão dele, pedindo que lhe avivassem a memória, seu chefe diz que Besso é "completamente inútil e quase desequilibrado".

— Michele é um *schlemiel* [azarado] terrível — comenta Albert.

É o tipo de homem de que Albert gosta e a quem é dedicado: "Ninguém mais é tão próximo de mim, ninguém me conhece tão bem, ninguém é tão benevolente comigo quanto você."

Em um dos saraus de Selina Caprotti, Albert apresenta Besso a Anna Winteler, e os dois se apaixonam.

A passagem da luz, invisível, imaginada, é quase visível.

Zurique, não Berlim, está chamando.

Mas não antes de Albert e seus amigos embarcarem em uma caminhada de três dias em junho no nordeste da Suíça, pela Säntis, a montanha mais alta da região dos montes Alpstein, com mais de setecentos metros de altitude. A trilha pela crista é íngreme. Albert está lamentavelmente mal equipado para fazer essa expedição. Amarra o sobretudo em volta do corpo com o cachecol. Seus sapatos estão rachados e rasgados. Semicerrando os olhos para enfrentar a garoa, ele segue, apoiando-se pesadamente nos bastões de caminhada.

O grupinho de colegas de turma sobe com dificuldade até Fälalp, uma bacia superior, e atravessa estirões de neve até uma encosta ainda mais íngreme, em meio a pedras soltas sob a solitária agulha rochosa do pico de Rossmad. Seguem na direção oeste até a crista rochosa e nua, acima da geleira. Cativado, Albert contempla os cumes vizinhos da cordilheira de Churfirsten: a oeste, o lago Zurique; a leste, os picos montanhosos do Vorarlberg; ao norte, o lago de Constança, perto da cidade de mesmo nome. A caminhada de duas horas de volta para o desfiladeiro de Schwägalp é extremamente inclinada em alguns pontos e exige considerável firmeza nos passos. Albert se esforça para manter o equilíbrio na crista estreita como o fio de uma navalha, mas escorrega. Vai deslizando e rolando em direção a um precipício escarpado.

Ele grita.

Seu colega mais próximo, Adolf Frisch, estende seu bastão de caminhada na direção dele. Albert o agarra, em desespero, e Frisch começa a puxá-lo para cima, de volta para a segurança.

Frisch o abraça. Albert está tremendo, com o rosto banhado de suor.

— Ponha a cabeça para baixo, entre os joelhos — diz Frisch. — E fique sentado, quieto. Expire devagar. Inspire fundo.

— Obrigado, Adolf.

— De nada.

— Nada? Você salvou minha vida.

— Qualquer um teria feito o mesmo.

— Sinto muito por ser um estorvo tão grande.

— Você não é um estorvo. Para ser sincero, só não nasceu para ser alpinista.

Em setembro de 1896, aos dezessete anos, ele é aprovado no Matura suíço com as notas mais altas de física e matemática. Pode finalmente se matricular no instituto politécnico. Zurique se torna uma realidade.

Sua força de vontade e a intensidade de seus estudos mentais solitários o levam a se tornar, pode-se dizer, o maior cientista de todos os tempos, com uma inteligência muito acima do normal.

Há uma melancólica inevitabilidade na separação de Marie. Ela aceitou um emprego de professora em Olsberg, uma cidadezinha isolada no distrito de Hochsauerland, na Vestfália, a 570 quilômetros.

Intuindo um dos novos começos da vida, o Albert de dezessete anos desembarca na Hauptbahnhof [estação ferroviária central] de Zurique com andar saltitante. Carrega a surrada caixa do violino em uma das mãos, a mala na outra, e vai a pé até a Bahnhofstrasse.

ZURIQUE

Do outro lado do rio Limmat, vê os prédios neoclássicos da politécnica e da Universidade de Zurique. As montanhas abraçam a velha Zurique, suas igrejas, seus hotéis, restaurantes e bancos, bem como suas ruínas romanas e o lago, o Zürichsee, a sudeste. Os bondes rodam sem pressa e sobem chacoalhando as encostas do Zürichberg e da Uetliberg. Zurique se orgulha de sua herança calvinista.

Com uma mesada de 100 francos, fornecida pela tia Julie Koch, Albert paga o aluguel de um quarto no bairro universitário, na casa de *Frau* Kägi, no nº 4 da Unionstrasse, perto da Baschligplatz.

Deleita-se com a efervescência intelectual e artística da Europa do *fin de siècle*. Freud reflete sobre os sonhos e a histeria sexual em Viena e publica *A interpretação dos sonhos*. Stéphane Mallarmé faz experiências com o silêncio e o acaso, em uma Paris dominada pela novidade da Torre Eiffel. O Caso Dreyfus abala a França. Em 13 de janeiro de 1898, Émile Zola publica uma carta aberta no jornal *L'Aurore*, endereçada ao presidente Félix Faure, acusando o governo de antissemitismo e do encarceramento ilegítimo de Alfred Dreyfus, condenado por espionagem à pena perpétua de trabalhos forçados. Zola aponta os erros judiciais e a falta de provas, sendo ele mesmo processado e condenado por calúnia e difamação em 23 de fevereiro de 1898. Foge para a Inglaterra e volta para a França no ano seguinte. A Exposição Universal de Paris, em 1900, atrai 51 milhões de visitantes. Em 1901, são concedidos os primeiros prêmios Nobel. No mesmo ano, Kandinsky é um dos membros fundadores do grupo de pintores Falange, em Munique.

Estabilidade e liberdade são o que Zurique oferece. Jung, que chegou à cidade em 1900, vindo de Basileia, acha que ela se "relaciona com o mundo não pelo intelecto, mas pelo comércio. No entanto, nela o ar era livre, e isso era algo que eu sempre tinha valorizado. Nela não se era oprimido pela névoa marrom dos séculos, ainda que se sentisse falta do rico passado cultural". Rosa Luxemburgo, marxista e futura fundadora do Partido Comunista alemão, juntamente com seus seguidores, já mora na cidade, em meio a estudantes, livres-pensadores e párias sociais. Thomas Mann publica seu primeiro romance, *Os Buddenbrook: Decadência de uma família*, em 1901. O estilo *art nouveau* está em alta. Em 1905, Henri Matisse expõe *Le bonheur de vivre* [A alegria de viver]. Dois anos depois, Picasso reinventa a pintura com *Les Demoiselles d'Avignon*.

O ETH, o Instituto Federal de Tecnologia de Zurique, fica ao lado da universidade, na Rämistrasse. Recuado em relação à rua há um pequeno pátio. Suas portas de carvalho abertas revelam arcos e sacadas, tenuemente iluminados por claraboias e janelas altas.

A física teórica mal começa a se firmar como disciplina acadêmica. Seus pioneiros — Max Planck, em Berlim, Hendrik Lorentz, na Holanda, e Ludwig Boltzmann, em Viena — combinam física com matemática, sugerindo territórios que os experimentalistas ainda precisam explorar. A matemática deve ser parte fundamental dos estudos obrigatórios de Albert no instituto politécnico.

*

Ele se cansou do relacionamento com Marie.

Quando Albert faz uma insinuação dissimulada de que planeja visitá-la em Aarau, Marie fica encantada. Jura amá-lo por toda a eternidade, o que ele julga sentimental demais. Marie lhe manda um bule de chá de presente.

Albert se dá conta de que essa relação unilateral não pode continuar. Diz à jovem, sem nenhum rodeio, que eles devem abster-se de escrever um para o outro.

Marie responde não acreditar que ele esteja realmente falando sério.

Albert tem dificuldade para disfarçar a irritação. O bule de chá de presente cai mal. Ele não quer um bule de chá.

Marie retalia: "O fato de eu ter lhe mandado esse bulezinho idiota não precisa agradá-lo, de modo algum, desde que você prepare nele um bom chá. Pare de fazer a cara de zangado que me olhou de todos os lados e cantos do papel de carta."

Albert para de lhe escrever.

Marie escreve para a mãe dele, em busca de conselhos.

"Aquele tratante se tornou assustadoramente preguiçoso", diz Pauline Einstein. "Nos últimos três dias, tenho esperado notícias dele em vão; terei de lhe passar uma reprimenda completa quando ele estiver aqui."

Albert diz à mãe de Marie que o relacionamento chegou ao fim. Ele não vai a Aarau na primavera.

> Seria mais do que indigno de minha parte comprar alguns dias de felicidade à custa de um novo sofrimento, o que já causei em demasia à querida menina, por culpa minha. Enche-me de uma satisfação peculiar saber que, agora, eu mesmo terei que provar um pouco da dor que impus a essa querida jovem, por minha desconsideração e meu desconhecimento da natureza

delicada dela. O trabalho intelectual exaustivo e o exame da natureza de Deus são os anjos conciliadores e fortalecedores, mas implacavelmente rigorosos, que me conduzirão por todos os problemas da vida. Quisera eu poder dar um pouco disso à sua querida filha. E, no entanto, como é peculiar essa maneira de enfrentar as tempestades da vida; em muitos momentos lúcidos, pareço a mim mesmo um avestruz que enterra a cabeça na areia do deserto para não enxergar o perigo.

Marie sofre uma depressão aguda, enquanto os olhos de Albert se concentram em outra pessoa.

ESTA É MILEVA

Cinco estudantes do sexo masculino inscrevem-se na turma de matemática e física, assim como uma mulher: Mileva Maric, uma servo-húngara esbelta de vinte anos. Albert admira sua seriedade. Ela parece quase tão deslocada quanto ele, que repara nas botas ortopédicas usadas pela moça. Uma das pernas é mais curta que a outra, o que a faz mancar. Ele admira a ausência de alarde com que ela lida com sua limitação.

Mileva se torna amiga de outra aluna, Hélène Slavic, de Viena. Hélène estuda história. As duas dividem quartos com duas sérvias e duas croatas em uma pensão gerenciada por *Fraulein* Engelbrecht, na Plattenstrasse, 50, não muito longe de Albert.

Em um ou outro dos muitos cafés da Baschligplatz, em Zurique, ele conversa ininterruptamente com seu amigo Marcel Grossmann, de uma antiga família aristocrática de Thalwil.
Albert solta baforadas de seu cachimbo comprido.
— Escute o que estou dizendo. Os átomos e a mecânica são os conceitos que reduzirão os fenômenos naturais a princípios fundamentais, assim como a geometria pôde ser descoberta num punhado de axiomas ou proposições.
Eles esbravejam contra as vidas inúteis da burguesia, jurando nunca se deixarem aprisionar pelo trivial e pelo provinciano.

Os amigos consomem vastas quantidades de café, linguiça frita e tabaco, a ponto de os dentes de Albert ficarem manchados de marrom. À noite, ele toca violino para os amigos: a "Sonata em mi menor" e a "Sonata nº 6, K. 301", ambas de Mozart. Depois, eles usam o telescópio do Observatório Astronômico Federal, construído por Gottfried Semper, para contemplar o céu noturno. Nem sinal de Mileva.
Albert pontifica nos laboratórios de física, na esperança de que Mileva se impressione. Ela o encara e, em geral, torna a dirigir o olhar para a tarefa de que está cuidando. O trabalho vem em primeiro lugar. Albert reconhece na moça uma parceira. Ele a vê na biblioteca e admira sua boca larga e sensual. Ele a avista com amigos em um concerto de Theodor Billroth, que tocava Brahms. Para Albert, a própria visão dela irradia intensa sensualidade. Talvez por medo da rejeição, ele é um pretendente passivo, à espera de que a jovem dê o primeiro passo, o que ela não faz.

HEINRICH FRIEDRICH WEBER

Ao mesmo tempo, Albert faz inimigos. Indigna-se com o chefe do Departamento de Física, o professor Heinrich Friedrich Weber, que tem um orgulho descomunal do prédio novo que convenceu a Siemens a construir. A predileção de Weber é pela história da física. A paixão de Albert, pelo presente e futuro da física. Weber chega a nem sequer mencionar o herói de Albert, o físico e matemático James Clerk Maxwell, cujas equações pioneiras descrevem com precisão a teoria do eletromagnetismo.

Albert trata Weber com uma informalidade atrevida, chamando-o de *"Herr* Weber" [sr. Weber], não de "Professor". Weber desenvolve uma antipatia fervilhante pela desfaçatez do aluno.

Albert não é preguiçoso. Entre outras disciplinas, cursa as de Weber em física, oscilações, eletromecânica, teoria da corrente alternada e medidas elétricas absolutas.

Também estuda sozinho. É cativado pela série de experimentos brilhantes de Heinrich Hertz, que descobriu as ondas de rádio e estabeleceu que a teoria do eletromagnetismo de James Clerk Maxwell está correta. Hertz também descobriu o efeito fotoelétrico, fornecendo uma das pistas iniciais sobre a existência do mundo quântico.

Um dia, Weber o chama à parte.

— Você é um rapaz muito inteligente, Einstein.

— Obrigado, *Herr* Weber.

— Professor Weber. Mas tem um grande defeito. Nunca permite que lhe ensinem nada.

Albert recebe isso como um elogio.

Depois, ofende outro professor do ETH, Jean Pernet, negligenciando sua aula de Experimentos de Física para Iniciantes. Baixinho e gorducho, Pernet exige que Albert receba uma *Verweis*: uma pesada advertência oficial do diretor.

Pernet chama Albert a sua sala.

— Seu trabalho tem certa dose de boa vontade. Você se empenha bastante. Mas lhe falta capacidade. Por que não desiste da física e estuda medicina, filologia ou direito?

Albert fica calado.

— E então? — diz Pernet.

— Porque sinto que tenho talento — responde Albert. — Por que não posso seguir carreira na física?

— Faça o que quiser, Einstein. Faça o que quiser. Estou lhe avisando. Para o seu próprio bem.

Quando Albert aparece na aula seguinte de Pernet, este lhe dá uma folha de instruções, que ele joga cerimoniosamente na cesta de papéis.

Depois disso, causa alvoroço no laboratório do professor. Uma aluna se esforça para vedar um tubo de ensaio com uma rolha. Pernet lhe diz que o tubo vai se desintegrar.

— O homem é doido — afirma Albert à aluna. — Um dia desses, a raiva dele o fez desmaiar. Caiu durinho na aula.

O tubo de ensaio explode. O estouro fere a mão direita de Albert, que passa várias semanas sem poder tocar violino.

Embora goste do professor de matemática, Hermann Minkowski, um judeu russo de trinta anos, até as aulas deste ele negligencia. Minkowski o chama de "vagabundo".

MARCEL GROSSMANN

Seu amigo mais próximo, Marcel Grossmann, vem de uma antiga família suíça de Zurique. Albert o admira. Grossmann aprende depressa. A dupla gosta de ficar no Café Metrópole, às margens do rio Limmat. Marcel diz a seus pais: "Um dia, esse Einstein será um grande homem."

A música serve para distrair das deficiências do ETH. Bach. Schubert. Mozart. Velejar sozinho no lago Zurique surte o mesmo efeito.

Albert passa a participar das noitadas musicais na pensão de *Fraulein* Engelbrecht, no nº 50 da Plattenstrasse, onde aparece com seu violino e livros de física. Mileva toca tamburica e piano.

Ele também frequenta reuniões do ramo suíço da Sociedade de Cultura Ética.

Encontra um mentor político em Gustav Maier, diretor da loja de departamentos Brann, que é uma figura popular no panorama científico e cultural.

Reúne coragem para fazer um convite a Mileva. Propõe que ela o acompanhe em uma trilha. *Eine Wanderung.* Para contemplar o mundo do alto da montanha Uetliberg.

Os excursionistas pegam o trem na Hauptbahnhof de Zurique e começam a subida, extasiados com a florescência da montanha.

— Olhe — diz Albert. — *Allium ursinum.*

— O quê?

— Alho-selvagem.

Com seus 869 metros, a Uetliberg ergue-se acima dos telhados de Zurique e dos vívidos lagos azuis.

Albert põe o braço sobre os ombros de Mileva.

— Ali é o Vale do Reppisch — diz. — Para lá ficam os Alpes berneses, o Eiger, o Mönch e o Jungfrau.

Ele segura a mão dela e os dois olham nos olhos um do outro.

Albert se abaixa, pega uma flor e a estende a Mileva.

— Para você.

— Para mim?

— Para você.

— Que flor é esta?

— *Myosotis alpestris.* É uma não-me-esqueça. Promete?

— Qualquer coisa.

— Não me esqueça.

Ela atrai a boca de Albert para a sua. Tem lábios cheios, a língua brincalhona. Albert afaga suas bochechas. Sente o cheiro dela, uma colônia. Passa a mão lentamente por suas costas, subindo e descendo. Mileva geme baixinho. Os dois ficam em silêncio, sorridentes.

Nas férias em Milão, sua mãe o julga mudado. A família ri, toca piano e violino, brinca.

Albert mergulha na história da comunidade judaica de Milão, que é bem recente, tendo começado a se formar no início do século XIX. Antes disso, sob o domínio dos Sforza e dos Visconti, só era permitido aos judeus passar alguns dias de cada vez na cidade. Então, no começo dos anos 1800, as restrições foram suspensas. Em 1892, foi inaugurada a Sinagoga Central.

Einstein se deleita com a ideia de Milão ser também a única cidade do mundo a ter um vinhedo em seu âmago. Encontra-o na Casa dos Atellani, no Corso Magenta. E o melhor de tudo era que, em certa época, o dono do vinhedo tinha sido ninguém menos que Leonardo da Vinci. Albert se sente diretamente transportado a 1490, quando Leonardo o plantou.

Mergulha na leitura de Da Vinci, às vezes anotando as observações e ideias dele, que parecem confirmar muitas das suas. Anota ao lado das observações de Leonardo: *Sei que isso é verdade*.

Depois de experimentar o voo, o homem caminhará eternamente em terra com os olhos voltados para o céu, por ter estado lá e por querer sempre voltar. Quem gosta de prática sem teoria é como o marinheiro que embarca em um navio sem leme nem bússola, e nunca sabe onde poderá ser lançado.

Pobre do aluno que não supera seu mestre.

A perspectiva da luz é minha perspectiva.

Se o Senhor, que é a luz de tudo, houver por bem iluminar-me, tratarei da Luz; razão pela qual dividirei o presente trabalho em três partes (...) Perspectiva Linear, Perspectiva das Cores e Perspectiva do Desaparecimento.

Quem há de oferecer-me uma remuneração para que eu exista? Muito me aborrece que a obrigação de ganhar o sustento tenha me forçado a interromper o trabalho e cuidar de assuntos triviais.

Albert pensa em Mileva. Eu amo você. Eu amo você, Mileva Maric.
— A gravitação não é responsável pelo ato de se apaixonar — resmunga para si.
Leonardo diz: "O ato da procriação e qualquer coisa que tenha alguma relação com ele são tão repulsivos que os seres humanos não tardariam a ser extintos se não houvesse rostos bonitos e disposições sensuais."
Ich liebe dich, Mileva. Ich liebe und verehre dich.
Eu amo você, Mileva. Eu amo e adoro você.

Ele volta animado a Zurique e vai direto à Plattenstrasse, onde é recebido com uma notícia inesperada. A senhoria de Mileva, Johanna Bachtöld, atende à porta.
— Veio visitar Mileva? — indaga.
— Sim.
— Ela foi embora — diz *Fraulein* Bachtöld.
— Ela o quê?
— Foi embora. Abandonou os estudos.
— Para onde ela foi?
— Voltou para a Hungria — responde *Fraulein* Bachtöld.

— Por quanto tempo?
— Não sei. Para sempre, suponho.

Durante quatro semanas, Mileva mantém um silêncio atordoante.

Albert presume com acerto que ela deve ter ido para sua casa em Kac, na Hungria, quase mil quilômetros a leste de Zurique, regressando à casa da família, a Cúspide, onde nasceu.

Como criança inteligente e temperamental, ela faz o possível para disfarçar o quadril deslocado no nascimento. Aprende a tocar piano e tenta dançar.

Seu pai lhe diz que sua dança o faz pensar em um pássaro ferido. O padrão da educação de Mileva é tão emaranhado quanto o de Albert. As transferências do pai, em sua condição de funcionário público, significam que ela tem que frequentar a Volksschule [escola primária] em Ruma; o ginásio para meninas da Sérvia em Novi Sad; a Kleine Real Schule [Real Escola Feminina] em Sremska Mitrovica; e outras instituições em Sabac e Zagreb. Mileva desenvolve uma paixão pela matemática, o que a leva a Zurique, ao ETH e a Albert. E agora? Ela volta para casa.

O que a impele a ir para casa é um mistério, talvez até para si mesma. Ela não se comunica com Albert. Ele também não se comunica, ou melhor, não pode se comunicar com ela.

Mais uma vez, Mileva começa a viajar, tomando o rumo oeste para Heidelberg, onde aluga um quarto no Hotel Ritter.

Apresenta-se a Philipp Lenard, recém-nomeado professor de física teórica da Universidade de Heidelberg e pioneiro no desenvolvimento do tubo de raios catódicos, no qual esses raios produzem uma imagem luminosa em uma tela fluorescente.

Em Zurique, após um fabuloso trabalho investigativo com os amigos de Mileva, Albert descobre o paradeiro da amada.

Escreve-lhe para pedir que entre em contato. A resposta demora a chegar. Quando vem, Albert abre o envelope com um nervosismo febril. A amada escreve:

> Eu teria respondido imediatamente para lhe agradecer por seu sacrifício de escrever e, desse modo, retribuir um pouquinho do prazer que você teve comigo na caminhada que fizemos juntos, mas você disse que eu só deveria escrever quando ficasse entediada, e eu sou muito obediente (pergunte só a *Fraulein* Bachtöld). Esperei, esperei que o tédio se instalasse, mas, até hoje, minha espera tem sido em vão, e não sei ao certo o que fazer a esse respeito. Por um lado, poderia esperar até o fim dos tempos, mas você me consideraria uma bárbara; por outro, ainda não posso lhe escrever com a consciência tranquila.
>
> Como você já soube, tenho caminhado sob carvalhos alemães no adorável vale do Neckar, cujo encanto, no momento, para meu pesar, está timidamente envolto em uma densa neblina. Por mais que eu force a vista, ela é tudo o que vejo; e é desoladora e cinzenta como o infinito.
>
> Papai me deu um tabaco que devo entregar pessoalmente a você. Ele está ansioso para abrir seu apetite para nossa terrinha de foras da lei. Contei a ele tudo a seu respeito — você precisa voltar comigo um dia —, e vocês dois realmente teriam muito o que conversar! Mas terei que fazer o papel de intérprete. Não posso lhe mandar o fumo porque, se você tivesse que pagar alguma tarifa por ele, iria me maldizer *e* maldizer meu presente.
>
> Foi mesmo muito agradável a aula de ontem do Prof. Lenard; agora ele está falando sobre a teoria cinética dos gases. Parece que as moléculas de oxigênio se deslocam a uma velocidade de mais de quatrocentos metros por segundo, e, depois

de calcular e recalcular, o dedicado professor montou equações, diferenciou, integrou, substituiu e, por fim, mostrou que as moléculas em questão realmente se movem àquela velocidade, mas percorrem apenas a distância de 1/100 da espessura de um fio de cabelo.

Com carinho, da sua Mileva

Mileva pensa em retornar a Zurique.

O único receio de seu pai sobre a decisão dela diz respeito a Albert, então com dezoito anos.

— Sei que você acha divertido ele não se interessar por roupas nem por se arrumar. Viver perdendo as chaves e largando a mala em trens. Você é quatro anos mais velha que ele. É uma diferença e tanto.

— Talvez — diz Mileva. — Mas ele é meu par. É alguém com quem posso conversar. E sente a mesma coisa a meu respeito.

— Quais são as perspectivas dele para o futuro?

— Ele vai encontrar trabalho como professor em algum lugar, papai. E a família dele tem algum dinheiro.

— Você o ama, Mileva?

— Sim, papai. Amo.

— Percebe-se, percebe-se.

Albert lhe escreve como se ela fosse uma amiga: "*Liebes Fräulein*" [Cara senhorita]. Depois, de brincadeira, chama-a de "*Liebes Doxerl*" [Querida Bonequinha]. Mileva se dirige a ele como *Johanzel*, Joãozinho.

"Sem você, faltam-me autoconfiança", escreve Albert, "paixão pelo trabalho e prazer na vida; em suma, sem você, minha vida não é vida. Quem dera pudesse passar um tempo aqui comigo! Compreendemos muito bem a alma sombria um do outro."

Vem então de Mileva a notícia de que ela está com bócio, um aumento anormal da glândula tireoide, que produz uma grande protuberância na parte frontal de seu pescoço.

A notícia aterroriza os pais de Albert. Obviamente, Mileva é uma aberração deficiente. Os insultos dos pais o mortificam.

Mileva se distrai com caminhadas solitárias pelas margens do rio e pelas florestas. Diverte-se imensamente com o exemplar de *A Tramp Abroad*, de Mark Twain, que Albert lhe envia. Ele destaca:

> Em alemão, *moça* não tem sexo, ao passo que *nabo* tem. Pense na reverência rebuscada que isso demonstra pelo nabo e no desrespeito desalmado pela moça. Veja como fica no texto impresso (traduzi isto de uma conversa em um dos melhores livros alemães de escola dominical):
>
> Gretchen: Wilhelm, onde está o nabo?
> Wilhelm: Ele foi para a cozinha.
> Gretchen: Onde está a bela e prendada moça inglesa?
> Wilhelm: Isso foi à ópera.

Sozinha, ela frequenta aulas, lê na biblioteca ou visita o Museu Kurpfälzisches de arte e arqueologia, no Palácio Morass.

Sua solidão se revela demasiada, e a distância de Albert, excessiva. Mileva sofre de saudade dele. Volta para Zurique.

Para suas dissertações finais no ETH, Albert e Mileva optam por escrever sobre a condução do calor. Albert tira 4,5 de 6 pontos; Mileva tira 4. Ele se sai bem na prova final, ficando em quarto lugar de cinco. Mileva é reprovada e pretende refazer a prova dali a doze meses. A qualificação do instituto politécnico autoriza Albert a lecionar matemática e ciências em escolas secundárias, se assim quiser — e ele não quer. Está de olho em um emprego. Weber o bloqueia e o relacionamento dos dois vai por água abaixo. As relações de Albert com a mãe se tornam tensas. Pauline escreve: "Você deveria arranjar uma esposa. Quando estiver com trinta anos, ela será uma bruxa velha. Se ela engravidar, você realmente estará em maus lençóis." Albert responde que eles não estão "vivendo em pecado".

O dinheiro encurta. Os dois se sustentam dando aulas particulares. Albert se candidata a cargos em Leiden, Viena e Berlim. Quase todas as suas cartas ficam sem resposta.

Ele está convencido de que é Weber quem vem impedindo seu progresso.

— Não adianta escrever mais nenhuma carta aos professores — diz a Mileva.

— Você tem que escrever.

— Weber só vai lhes dar outra recomendação negativa. Em pouco tempo, terei entrado em contato com todos os físicos, desde o mar do Norte até a ponta meridional da Itália, com ofertas para trabalhar no departamento deles.

Mileva começa a se retrair, e seu humor instável e sua depressão são notados com apreensão por todos os seus amigos, principalmente por Albert. Ele elogia suas roupas, seu cabelo. Toca Mozart para ela. De nada adianta. Mileva está obcecada com seu trabalho, com a verdade científica.

Albert sugere uma mudança de cenário. Propõe levá-la em uma viagem idílica e secreta.

— Não tenho certeza — diz ela, fitando-o com ar solene. — Tenho trabalho a fazer. Você também. E quanto a Como... com todas aquelas mulheres com damas de companhia, espremidas em espartilhos sufocantes...

— Não precisamos ter nada a ver com elas. Você vai gostar da gastronomia.

— Como é que você sabe?

— Você me disse que gostava de peixe.

— Disse?

— Disse que gostava de perca.

Mileva sorri.

— Há um prato tradicional que vamos comer. *Risotto al Pesce Persico*, feito com vinho branco, cebola, manteiga e arroz. Podemos jantar em grande estilo, com as montanhas com picos de neve como pano de fundo.

— Está decidido a me levar?

— Sim.

— Muito bem.

COMO

De manhãzinha, no domingo, dia 5 de maio de 1901, ele a espera na Stazione di Como San Giovanni, em uma expectativa febril.

À beira do lago Bellagio, Albert lhe pergunta:

— Qual é seu livro favorito?

— *Primeira matemática sérvia*, de Vasilije Damjanović.
— Seu herói?
— Alexandre, o Grande.
— Alexandre, o Grande?
— Porque ele gostava de pesquisas científicas e de medicina. Qual é seu lugar favorito? — pergunta Mileva.
— A Via Láctea. O espaço celeste. Meu espaço.
Era lá que Albert podia se livrar do medo.

Os dois exploram o Duomo di Como, última catedral gótica da Itália. Passeiam de braços dados, deslumbrados, pelos jardins da Villa Carlotta, em meio a rododendros, azaleias e plantas tropicais; a cedros, sequoias e plátanos imensos.

Abraçam-se diante da cópia de *Eros e Psiquê*, de Canova, esculpida por Tadolini, depois passam a noite juntos em um hotelzinho e, no dia seguinte, alugam um trenó e, embrulhados em casacos e xales, partem para as montanhas.

Albert aceita um emprego em Schaffhausen, no norte da Suíça, como tutor particular.

Mileva fica morando sozinha em Stein am Rhein, a uns vinte quilômetros de distância. Albert a visita uma vez por semana. Constata que ela está sofrendo com as tensões emocionais causadas por suas separações e pela oposição da família dele ao relacionamento dos dois. A mãe dele declara, obstinadamente, que não quer ter nada a ver com Mileva.

Em um dia chuvoso de verão, Albert encontra Mileva em um café com vista para o Reno. Acha-a excepcionalmente alegre e a enche de elogios.
— Você parece muito feliz e bem-disposta.
— E estou.

— É muita sorte minha tê-la encontrado, uma criatura que se equipara a mim em todos os sentidos.

Mileva segura a mão dele.

— Albert, sinta minha barriga. Vai haver três de nós.

Albert se empertiga na cadeira, radiante, com as palavras presas na garganta. Então se levanta, meio trôpego, abraça Mileva e chora.

— Nosso bebê será uma menina — diz ele.

— Você não sabe.

— Sei, sim. Vamos chamá-la de Lieserl. E vamos mantê-la em segredo.

— É o que eu quero também. Terei o neném em casa, em Novi Sad.

Os dois se dão as mãos e sorriem por entre lágrimas de alegria.

Após obter a cidadania suíça, Albert arranja um emprego de professor substituto em uma escola secundária em Winterthur, a Technikum Winterthur, a quinze quilômetros do centro da cidade. Seus deveres ocupam seis horas na parte da manhã. No restante do tempo, ele trabalha em casa. Pouco depois, muda de tática, respondendo a um anúncio em um jornal de professores para preparar um aluno na Jakob Nüesch Realschule, em Schaffhausen. Àquela altura, tem que encarar o fato de que ninguém vai lhe dar um emprego.

— Vai saber — diz. — Senão terei que tocar violino pelas ruas e mendigar para ganhar meu sustento.

Em 1902, Michael Grossmann traz boas notícias. Convence Albert, então com 23 anos, a aceitar um emprego no Escritório Nacional de Patentes da Suíça, em Berna, como especialista técnico Classe 3. O salário anual é de satisfatórios 3.500 francos. Albert deve trabalhar seis dias por semana, das oito às dezesseis horas, no Edifício dos Correios e Telégrafos, em Berna.

BERNA

"Já não há qualquer dúvida," escreve ele a Mileva. "Você logo será minha feliz esposinha, espere só. Agora nossos problemas acabaram. Só agora, ao tirar esse peso terrível dos ombros, foi que me dei conta de quanto a amo, de verdade. Em breve poderei envolver minha bonequinha nos braços e chamá-la de minha diante do mundo inteiro. Trabalharemos juntos na ciência, para não nos tornarmos velhos filisteus."

Assim que encontra acomodação, ele recebe más notícias de Milão. A saúde de seu pai está se deteriorando. Albert encontra Hermann, então com 55 anos, com uma doença cardíaca em estágio terminal.

Pede ao pai que dê seu consentimento ao casamento com Mileva. Está pouco confiante que o homem concorde com isso. Além de tudo, será a primeira vez que um Einstein se casará com uma gentia. Mas Hermann dá seu consentimento, apenas três dias antes de morrer. Pede que a família se retire do quarto para que possa morrer sozinho.

Albert sente uma culpa terrível por não estar com o pai quando ele morre.

*

Milos Maric, o pai de Mileva — oficial do Exército sérvio e juiz —, considera o estado da filha como indesejável, para dizer o mínimo. O bebê pode ser entregue a parentes ou adotado. Na Suíça da virada do século, não há lugar para filhos ilegítimos. Albert se dá conta, assim como Mileva, de que tudo está contra eles. No ETH, ele tem fama de arrogante, sem modos e desrespeitoso. Afastou os aliados de que necessitava. Mileva é eslava. Ele é judeu. Somar a essa mistura um filho ilegítimo pode ser a gota d'água no que diz respeito a suas perspectivas. Com as duas famílias contra eles, os dois são lançados juntos no isolamento.

Berna, por sua vez, oferece algum consolo a Albert. O rio Aare circunda a cidade, que ainda é, em sua maior parte, uma urbe quatrocentista, feita de galerias cobertas, ruas de paralelepípedos e fontes. Ele a chama de "uma cidade antiga, primorosamente acolhedora, na qual se vive exatamente como em Zurique".

Albert arranja um quarto na Gerechtigkeitsgasse, na parte antiga da zona urbana; essa Travessa da Justiça, junto da Kramgasse, no centro, é vigiada pela escultura de Hans Gieng — *A Justiça* — na Gerechtigkeitsbrunnen [Fonte da Justiça]. A estátua de olhos vendados faz Albert, de 1,71 metro de altura, se sentir pequenino.

Ela segura na mão direita a espada da justiça.

— Você gosta dessa estátua? — pergunta Mileva.

— Desde que ela ame tanto a justiça quanto nós nos amamos.

O pai de Mileva manda a notícia para Albert: Mileva teve uma menina, Lieserl.

"Ela é saudável?", escreve Albert a Milos. "Como são os olhos? Com qual de nós dois ela é mais parecida? Quem a está amamentando? Ela sente fome? Deve ser totalmente careca. Eu a amo tanto e ainda nem a conheço!"

Mas ele permanece em Berna. Não fala com ninguém sobre Lieserl, a filha que tanto diz amar.

Mileva lhe declara, de modo enigmático: "Acho que ainda não devemos falar nada sobre Lieserl."

Ele tem outros projetos, por isso não se opõe.

SOLOVINE, HABICHT E ALBERT

Com Maurice Solovine, estudante de filosofia, e Conrad Habicht, filho de um banqueiro, Albert discute filosofia da ciência. Os três se denominam Academia Olympia.

Juntos, leem *Dom Quixote*, de Cervantes, *Antígona*, de Sófocles, o *Tratado da natureza humana*, de Hume, *A ciência da mecânica* e *Análise das sensações*, de Ernst Mach, *Ética*, de Spinoza, e *Ciência e hipótese*, de Poincaré. Essas são as fontes da filosofia da ciência do próprio Albert.

Os três se tornam amigos íntimos. Quando falta a um encontro planejado em seu apartamento, por ter decidido ir a um concerto, Solovine deixa uma refeição para Albert e Habicht com um bilhete:

"Queridos amigos, ovos cozidos e saudações." Mais tarde, Albert e Habicht rearrumam os cômodos, tirando móveis, livros, pratos, xícaras, facas, garfos e colheres dos lugares. A fumaça de tabaco enche o ambiente. E eles deixam um bilhete: "Caríssimo amigo, fumaça densa e saudações." Todos os três acham isso muito divertido.

Solovine e Habicht especulam sobre o bebê de Mileva. Não é difícil somar dois mais dois. Basta usar os olhos: é óbvio que ela deu à luz. Mas por que Albert não foi à Sérvia ver a criança? Será que foi entregue para adoção, talvez? Sucumbiu à epidemia de escarlatina? Se for esta última hipótese, o mais provável é que Albert ou Mileva digam algo.

Nem Solovine nem Habicht julgam apropriado questionar Albert ou Mileva sobre o assunto. Afinal, o que qualquer um deles poderia fazer para obter uma resposta? Lembram-se de Pitágoras:

"Se o que tens a dizer não é mais belo que o silêncio, então cala-te."

E resolvem não tocar no assunto.

Mais de seis anos depois de seu primeiro encontro, e doze meses após do nascimento de Lieserl, na terça-feira, 6 de janeiro de 1903, Solovine e Habicht convocam uma sessão especial da Academia Olympia, a fim de que a dupla possa assistir ao casamento de Albert e Mileva no cartório de registro civil de Berna. Pauline não comparece. Albert é o primeiro Einstein a receber uma não judia como esposa. A cerimônia é curta.

Albert, Mileva, Solovine e Habicht passam o restante do dia em bares e cafés, bebendo vinho, comendo salsichas e queijo Gruyère e tomando sorvete. Albert toca seu violino.

Herr e *Frau* Einstein voltam para seu apartamento de sótão na tranquila Tillierstrasse, 18, na margem direita do Aare, simplesmente para constatar que Albert perdeu a chave e eles têm de incomodar outro morador para entrar.

No mês seguinte, os dois são vítimas da epidemia de gripe que assola a Suíça. Em Berna, 18 mil pessoas sucumbem.

Albert confidencia a Besso: "Agora que sou um homem casado, estou levando uma vida muito agradável e aconchegante com minha mulher. Ela cuida esplendidamente de tudo, cozinha bem e está sempre animada."

Mileva escreve a uma amiga: "Se é que isto é possível, estou ainda mais apegada ao meu querido tesouro do que já estava nos tempos de Zurique. Ele é meu único companheiro e companhia, e sou mais feliz quando ele está a meu lado."

Albert, porém, tenta aceitar as rotinas da vida burguesa, mas não consegue.

Por sugestão do dr. Josef Sauter, um colega do escritório de patentes, ele se refugia na Sociedade de História Natural de Berna, que se reúne no Hotel Storchen, no nº 21 da Spitalgasse. Albert gosta do grupo, de suas conversas e dos debates. Na ata da sociedade, no dia 2 de maio, o secretário registra: "Foi aprovada a inclusão do sr. Alb. Einstein, matemático do escritório de patentes, como membro."

Em 5 de dezembro de 1903, Albert faz sua primeira palestra perante o grupo, sobre a teoria das ondas eletromagnéticas.

Depois de uma gestação difícil, Mileva dá à luz o primeiro filho homem do casal, Hans Albert, em 14 de maio de 1904, na Kramgasse, 49. Albert e Mileva ficam loucos pelo menino. O pai compartilha as risadas do filho e brinca com ele na hora do banho. Mileva se adapta à rotina doméstica.

Albert se torna um membro popular e valorizado da equipe do escritório de patentes. Seu cargo é estabelecido em caráter permanente e ele desenvolve uma amizade próxima com Michele Besso.

Os dois aproveitam a satisfação compartilhada com o fato de as pessoas que compreendem a física saberem que a distinção entre passado, presente e futuro é uma ilusão. A energia e a confiança de Albert se renovam.

MILEVA, ALBERT E HANS ALBERT, 1904

Com Mileva acontece o inverso. Seu humor fica mais e mais instável e ela sente ciúme do trabalho do marido. O fedor das fraldas sujas e da fumaça do fogão enche o apartamento; frio no inverno, quente e malcheiroso no verão. Albert constrói carrinhos de brinquedo para Albertli com caixas de fósforo e barbante. Presenteia o menino com histórias e toca cantigas de ninar para ele no violino. Segura Albertli no colo com uma das mãos e escreve com a outra. Mileva deixa de ser a íntima parceira científica do marido. Seu trabalho é, sobretudo, o de cozinheira e babá. Ela teme a solidão, a falta de companhia, o isolamento. Anseia por alguém com quem conversar.

Senta-se à janela do sótão e fica observando o ir e vir na Kramgasse e a clientela alegre do restaurante Zum untern Junker, lá embaixo. O tempo passa devagar, marcado pelas badaladas da torre do relógio, a duzentos metros de distância.

►►►◄ TRÊS ►►►◄

1905

Annus Mirabilis

Com uma expressão travessa nos olhos lacrimejantes, Albert me disse que, quando ele e Mileva se mudaram para o apartamento apertado no terceiro andar da Kramgasse, 49, no centro da cidade velha, em Berna, realmente não podia prever que 1905 seria o ano mais extraordinário de sua vida. Tampouco podiam prevê-lo os seus obscuros amigos do serviço público.

Mimi Beaufort, Princeton, 1955

Na quietude do escritório de patentes, em Berna, Albert, aos 28 anos, empoleira-se no seu banco alto, a massa de cabelo emoldurando a cabeça grande. O paletó surrado de *tweed* e a calça são curtos demais. Ele não usa meias. A nuvem de fumaça do seu charuto barato, um Villiger, paira no ar. Ele ocupa seu tempo com resenhas e artigos para o mais prestigioso dos periódicos alemães de física, *Annalen der Physik* [Anais da física].

Em março de 1905, estabelece a ideia de que a luz consiste em partículas minúsculas, as quais chama de "fótons", e de que o universo é feito de pedaços distintos de matéria e energia.

No mês seguinte e em maio, publica dois artigos nos *Annalen der Physik*.

O movimento dos átomos e moléculas dá origem a um debate científico acalorado. Os professores Ernst Mach e Wilhelm Ostwald estão entre os que menosprezaram as ideias de Albert. Ostwald, em particular, defende que a termodinâmica lida apenas com a energia e a maneira pela qual ela é transformada na vida cotidiana. Juntamente com Mach, argumenta que as leis da termodinâmica não precisam se basear na mecânica, que dita a existência de átomos invisíveis em movimento.

Albert não vai deixar que nada disso o atrapalhe. Descreve, em seguida, um novo método para contar e determinar o tamanho dos átomos ou moléculas em determinado espaço. No artigo seguinte, aplica a teoria molecular do calor aos líquidos, para explicar o chamado enigma do movimento browniano. Em 1827, o botânico escocês Robert Brown suspende pólen na água e observa que ele se desloca como que em enxames, com movimentos irregulares.

Albert afirma que quando partículas minúsculas, porém visíveis, ficam em suspensão num líquido, os átomos invisíveis do líquido bombardeiam as partículas suspensas e as fazem se mover para lá e para cá. Ele explica essa movimentação com grande detalhe e prevê os movimentos irregulares e aleatórios das partículas sob um microscópio.

Em maio, escreve para Conrad Habicht, que assumiu um cargo de professor de matemática e física no Instituto Educacional Protestante, em Schiers, na Suíça. Promete enviar a ele quatro artigos revolucionários.

O primeiro versa sobre a radiação e as propriedades energéticas da luz, e é muito revolucionário (...). O segundo artigo é uma determinação do verdadeiro tamanho dos átomos (...). O terceiro prova que corpos da ordem de magnitude de 1/1000mm, suspensos em líquidos, já devem executar um movimento aleatório observável, que é produzido pelo movimento térmico. Tal movimento (...) foi observado por fisiologistas, que o chamam de movimento molecular browniano. O quarto artigo é apenas um primeiro rascunho, no momento, e é uma eletrodinâmica de corpos em movimento que emprega uma modificação da teoria do espaço e do tempo.

É o artigo "muito revolucionário" de junho que proporciona um guia sobre suas teses. Em que consiste o universo: em átomos, em elétrons? O espaço e o tempo são misteriosos; a rigor, intangíveis.

"De acordo com a suposição a ser considerada aqui, quando um raio luminoso se propaga a partir de um ponto, a energia não se distribui continuamente por um espaço cada vez maior, mas consiste num número finito de quanta de energia, que se localiza em pontos no espaço e só pode ser produzida e absorvida como unidades completas."

Ele não espera que as pessoas acompanhem seus argumentos.

"Quero saber como Deus criou este mundo (...) o resto é detalhe. O que realmente me interessa é saber se Deus poderia ter criado o mundo de outra maneira, isto é, se a necessidade de simplicidade lógica dá margem a alguma liberdade."

Seu trabalho é frenético. Ele emprega, então, a relatividade para produzir sua equação entre massa e energia: m e E. Dito em termos simples, descobre que quando um objeto se aproxima da velocidade da luz — c —, sua massa aumenta. Quanto maior a velocidade do objeto, maior o seu peso. Suponhamos que se deslocasse à velocidade da luz (o que é impossível); nesse caso, sua massa e energia seriam infinitas.

Por fim, seu quinto artigo — sua tese de doutorado — intitula-se "Uma nova determinação das dimensões moleculares".

Com $E = mc^2$, Albert é o primeiro a propor que a equivalência entre massa e energia é um princípio geral e resulta das simetrias do espaço e do tempo.

Mileva não é a única a perguntar: "O que acontece se a sua teoria da relatividade for refutada?"

— Nesse caso, terei que lamentar por Deus, porque a teoria está certa.

Albert, Mileva e Hans Albert se mudam para um apartamento maior em Berna, no nº 28 da Besenscheuerweg, não muito longe do monte Gurten.

Durante mais de um mês, Albert trabalha em ritmo frenético no escritório de patentes e em casa, à luz de um lampião a óleo. Não tem tempo para registrar o progresso de seu pensamento, senão, é claro, a evidência de suas pesquisas.

Saboreando imensamente a busca da natureza da matéria, da energia, do movimento, do tempo e do espaço, ele parece não se dar conta da hora do dia, do dia da semana ou da data do mês.

— Quando estou fazendo uma coisa por puro prazer, não noto o tempo passar.

— É por isso que você sempre chega tarde em casa? — indaga Mileva.

— Nem sempre.

— Sempre.

Ele decide mandar sua dissertação de doutorado a Alfred Kleiner, catedrático de física experimental da Universidade de

Zurique. Kleiner fica impressionado: "As teses e os cálculos a serem feitos se encontram entre os mais difíceis da hidrodinâmica." Também impressionado fica o catedrático de matemática Heinrich Burkhardt: "O modo de tratamento demonstra um domínio fundamental dos métodos matemáticos pertinentes. O que verifiquei, constatei estar correto, sem exceção." Mas Kleiner diz que a dissertação é muito curta. Albert lhe acrescenta uma única frase, torna a apresentá-la e a dissertação é aceita. Agora ele pode chamar a si mesmo de dr. Einstein.

Naquele verão, o dr. e a sra. Einstein, acompanhados por Hans Albert, viajam para Novi Sad.

Albert visita Matica Srpska, a mais antiga instituição literária, cultural e científica da Sérvia, fundada em Pest em 1826 e transferida para Novi Sad em 1864. A biblioteca da Matica Srpska contém aproximadamente três milhões de publicações, e sua galeria de arte é a maior e mais respeitada de Novi Sad. Albert fica encantado.

A família de Mileva, para surpresa e felicidade dele, é calorosamente acolhedora. Ficam emocionados por Albert tratar a esposa como um par intelectual.

Ele sai pelas ruas da cidade carregando seu filho risonho nos ombros, como se tivesse ganhado um troféu. Lida com suas angústias sobre o destino da filha perdida, Lieserl, sepultando-as. Ela morreu de escarlatina e teve o corpo incinerado como as outras vítimas dessa peste? Ou será que está viva, vítima de alguma deficiência trágica? Albert se mantém calado. O mistério do destino da menina persiste.

Ao voltar a Berna, ele é promovido a especialista técnico Classe 2 no escritório de patentes. Aumentam seu salário para 4.500 francos anuais. Assim, a família torna a se mudar, dessa vez para uma casa com estrutura de madeira aparente na Aegertenstrasse, uma rua ladeada por árvores, com vista para o rio Aare.

Albert escreve a Solovine, que está em Paris e de quem sente muita falta: "Sou um mija-tinta federal, toco violino e monto meu cavalinho de balanço físico-matemático."

Aos domingos, Albert e Mileva organizam reuniões informais em casa, frequentadas por Michele Besso, sua esposa, Anna, e por Maja, então em Berna, trabalhando no seu doutorado.

Albert ainda alimenta sonhos dos tempos de Aarau, ao mesmo tempo que é torturado por sentimentos de culpa em relação a Marie, que lhe demonstrou tanta bondade, enquanto ele só lhe causou tristeza e sofrimento.

Suas saudades e seus devaneios por amantes e professores já afastados o estimulam mais do que Mileva, que no presente lhe manifesta amor e afeição, mas que ele mantém a certa distância. As demonstrações de amor não são do seu gosto. Elas o aprisionam tanto quanto ou até mais do que as rotinas burguesas que ele despreza. E, em algum canto de seu psiquismo, espreita o medo da loucura.

Tal medo é exacerbado pela notícia de que o irmão de Paul Winterer, Julius, havia regressado dos Estados Unidos e, mentalmente perturbado, matou a mãe e o cunhado a tiros e se matou em seguida.

Albert pensa em Michele Besso, cujo irmão, Marco, tirou a própria vida aos dezoito anos.

A visão de Albert é a seguinte: "Se você quiser levar uma vida feliz, amarre-a a um objetivo, não a pessoas nem coisas."

Isso não o ajuda a lidar com a notícia mais recente sobre Marie. Ela foi tomada por uma depressão aguda e oscilações mentais em decorrência do rompimento dos dois. Os médicos a confinam na Clínica Waldau, em Berna.

DR. GOTTLIEB BURCKHARDT

Albert faz indagações sobre a clínica e descobre que um tal de dr. Gottlieb Burckhardt vem conduzindo uma cirurgia experimental em Waldau: lobotomia, um procedimento psicocirúrgico para desfazer os efeitos da esquizofrenia. Burckhardt já fez lobotomias em meia dúzia de pacientes, com um índice de sucesso de 50%. Albert reza para que o médico não ponha as mãos em Marie.

Retrai-se no trabalho, escrevendo mais artigos e resenhas. Quando em casa, brinca obsessivamente com Albertli: um pião e ursinhos de pelúcia dançantes.

As brincadeiras o extasiam tanto quanto a Albertli. Pai e filho se divertem com os espetáculos da lanterna mágica. Albert compra um projetor Gloria feito por Ernst Planck, de Nuremberg, e se torna um hábil operador do aparelho; para alegria de Albertli, movendo-se as chapas com rapidez, as imagens parecem se mexer.

ALFRED KLEINER

Cabe a Alfred Kleiner, professor de física experimental da Universidade de Zurique, fazer a recomendação oficial de que Albert seja convocado para a universidade.

Kleiner não tem dúvidas quanto às habilidades de Albert: "Einstein figura entre os mais importantes físicos teóricos e tem sido reconhecido como tal desde seu trabalho sobre o princípio da relatividade."

Kleiner intui que os antissemitas vão barrar a nomeação.

A comissão de docentes registra que:

> A expressão de nosso colega Kleiner, baseada em vários anos de contato pessoal, foi ainda mais valiosa para a comissão, bem como para o corpo docente em geral, na medida em que *Herr* dr. Einstein é israelita, e visto que, precisamente, aos israelitas presentes entre os estudiosos se atribui (não inteiramente sem

razão, em numerosos casos) toda sorte de peculiaridades desagradáveis de caráter, tais como intromissão, impudência e uma mentalidade de comerciante na percepção de sua posição acadêmica. Convém dizer, entretanto, que entre os israelitas também há homens que não exibem o menor vestígio dessas características desagradáveis, daí não ter cabimento desqualificar um homem apenas por lhe suceder ser judeu. Vez por outra, aliás, entre os não judeus também se encontram estudiosos que, no tocante a uma percepção e utilização comerciais de sua profissão acadêmica, desenvolvem qualidades que costumam ser consideradas especificamente judaicas. Portanto, nem a comissão nem o corpo docente como um todo consideraram compatível com sua dignidade adotar o antissemitismo como política.

Albert quer saber o que a comissão disse. Fica sabendo que deram dez votos para apoiá-lo, com uma abstenção.

Ele sente a corrente de antissemitismo sob a superfície da vida acadêmica e social. Quando descobre que o salário oferecido pela universidade é inferior ao que recebe no escritório de patentes, rejeita a oferta.

Zurique volta com uma oferta maior. Dessa vez, ele aceita. "Assim", diz a um correspondente seu, o físico polonês Jakob Laub, "agora sou membro oficial da guilda de prostitutas."

Em Zurique, o orçamento familiar está espichado até o limite. Por isso, Mileva passa a aceitar inquilinos.

O mais importante é que agora Albert entrou no mundo acadêmico. A estabilidade é uma consequência certeira.

A fama de Albert se propaga. Quem poderia imaginar que o futuro imediato seria tão diferente, que nos cinco anos seguintes ele se deslocaria entre três universidades, em igual número de países, e o ETH?

"Nem sei lhe dizer", escreve Mileva a uma amiga, "como estamos felizes com essa mudança que libertará Albert de suas oito horas diárias no escritório, e agora ele poderá se dedicar a sua amada ciência, e *somente* à ciência." Além disso, continua Mileva: "Agora ele é visto como o melhor entre os físicos de língua alemã, e tem recebido uma porção de honrarias. Estou radiante com o sucesso dele, pois é realmente merecido; só espero e desejo que a fama não tenha um efeito nocivo sobre sua humanidade."

A correspondência de Albert aumenta. Colegas físicos da Europa inteira o procuram.

Suas aulas são populares. Espirituoso, informal e quixotesco, ele fala sem anotações. Pede a suas pequenas plateias que o interrompam, caso não compreendam algum ponto. Chega até a interromper a si mesmo.

Gosta de ser cidadão suíço. Gosta da Suíça. Tudo que pede é sossego para pensar. Lápis e papel. Alguns passeios de barco num lago próximo. Sua vida gira como o pião de Albertli.

A Naturforschende Gesellschaft, Sociedade de Ciências Naturais de Zurique, elege-o membro. Além da física, ela se dedica à história natural e à matemática.

Em seguida, recebe a oferta de um cargo na Universidade Alemã, em Praga. A cátedra de física teórica vagou. Isso significa ser professor titular, com o salário apropriado.

E, pela terceira vez, Mileva engravida.

Eduard Einstein nasce em 28 de julho de 1910. É um parto difícil. Mileva está fraca e indisposta. Seu médico diz a Albert que arranje dinheiro para pagar uma criada. Segue-se um bate-boca recheado de impropérios, no qual Mileva toma o partido de Albert.

— O senhor não vê que meu marido se mata de trabalhar?
— A senhora precisa de ajuda — retruca o médico.

Chega-se a uma solução de compromisso. A mãe de Mileva vem de Novi Sad para se ocupar dos cuidados domésticos.

As oscilações de humor de Mileva se agravam.

Ela confidencia ao marido: "Sabe, eu sinto falta de amor, e ficaria tão exultante se pudesse ouvir uma resposta afirmativa, que chego quase a acreditar que a culpa é da maldita ciência, e, por isso, contento-me em aceitar o seu sorriso."

Mileva tem aguda consciência de suas perdas. Sua carreira como física está acabada, Lieserl se foi. Será que a menina foi oferecida para adoção? Seu paradeiro, viva ou morta, é desconhecido. Externa e internamente, Albert se recusa a tocar no assunto. O destino da filha é um pesadelo que ele não se dispõe a enfrentar. Por sorte, Albertli é um manancial de diversão. E agora, pelo menos, há o "Tete".

Albert escreve à mãe, em Berlim: "Ficar pensando nas coisas que nos deprimem ou enraivecem não ajuda a superá-las. É preciso derrubá-las sozinho. É sumamente provável que me ofereçam o cargo de professor titular numa grande universidade, com um salário significativamente melhor que o de agora."

Ele desenvolveu um apetite por viagens contínuas. Para satisfazê-lo, decidiu visitar dois de seus heróis, Hendrik Lorentz e Ernst Mach. Em 1902, Lorentz dividiu o prêmio Nobel com seu conterrâneo holandês Pieter Zeeman pela descoberta do efeito Zeeman: "Em sinal de reconhecimento pelo serviço extraordinário que eles prestaram, por meio de suas pesquisas, sobre a influência do magnetismo nos fenômenos de radiação." Ernst Mach foi o primeiro físico a estudar o movimento supersônico, e sua crítica e rejeição da visão newtoniana a respeito do tempo e do espaço é fonte de inspiração da teoria da relatividade de Albert.

Ele visita Mach em Viena em 1911. Mach agora é praticamente um recluso, na casa dos setenta anos, parcialmente paralítico e quase inteiramente surdo.

— Suponhamos — grita Albert — que, presumindo a existência de átomos num gás, fôssemos capazes de prever uma propriedade observável desse gás que não pudesse ser prevista com base na teoria não atômica; nesse caso, o senhor aceitaria esta hipótese?

— Esta hipótese poderia ser econômica.

O que Albert toma por aceitação.

COM HENDRIK LORENTZ

Faz muito tempo que Albert nutre profunda admiração por Hendrik Lorentz. Físicos teóricos do mundo inteiro veem nesse livre-pensador holandês o principal espírito da física. É ele quem prepara o terreno para a recepção positiva da teoria quântica. Albert usou muitos dos instrumentos matemáticos, conceitos e resultados de Lorentz para produzir a teoria da relatividade especial. "Admiro esse homem como a nenhum outro", diz a Laub. "Eu poderia dizer que o amo." Albert e Mileva visitam Lorentz em Leiden, onde são hospedados por ele e sua esposa, Aletta.

Lorentz cativa Albert com seu charme e sua hospitalidade, tornando-se uma figura paterna; lúcido, generoso, pronto para orientar Albert, corrigi-lo nos menores detalhes. Albert considera a mente dele "bela como uma boa obra de arte".

Sua mente gira com as várias oportunidades que tem pela frente. Ele resolve aceitar o cargo na Universidade Carlos-Ferdinando, em Praga, para então descobrir que a faculdade em Zurique faz questão de mantê-lo. Lança-se uma petição: "O Professor Einstein tem um talento admirável para expor os problemas mais difíceis da física teórica de modo tão claro e abrangente que, para nós, é um grande prazer acompanhar suas aulas, e ele é esplêndido ao estabelecer uma relação perfeita com a plateia."

Albert recebe a oferta de aumento salarial de mil francos, o que é tentador, e a família se muda para Praga.

PRAGA

Eles ocupam um apartamento novo em Smichov, na Trebížského, 1215, na margem esquerda do rio Moldau. Na caminhada para o trabalho, Einstein gasta vinte minutos.

"Tenho aqui um instituto esplêndido, no qual trabalho com conforto", escreve a Besso. "... Só que as pessoas me são muito estranhas." Ele detesta os burocratas teutônicos. A equipe é desmedidamente servil. De seu escritório tem-se uma visão do Asilo de Loucos do Condado Real. Ele diz aos que vêm visitá-lo: "Aqueles são os loucos que não se ocupam com a teoria quântica." Isolado, escreve artigos.

O apartamento em Smichov tem eletricidade e conta com uma empregada que dorme em casa como bonificação.

Albert se torna frequentador habitual do Café Louvre, uma casa *art nouveau* na Národní trída [avenida da Nação], e conhece Max Brod e Kafka, ou vai ao salão de Berta Fanta na praça da Cidade Velha, onde toca violino para a elite intelectual, inclusive para os filósofos Rudolf Steiner e Hugo Bergmann.

Não tarda a fazer novas amizades com esses pensadores e cientistas de mentalidade afim. Um deles é um jovem físico judeu de Viena, Paul Ehrenfest. Albert e Mileva se habituam a recebê-lo em casa.

PAUL EHRENFEST COM ALBERT E HANS ALBERT

*

Albert toca Brahms no violino enquanto Ehrenfest o acompanha ao piano e Hans Albert canta junto.

Ehrenfest descreve um pouco de suas origens:

— Meu pai, Sigmund, mourejou numa fábrica de lã em Loschwitz, na Morávia. Depois de se casar com minha mãe, os dois se mudaram para Viena e se estabeleceram como merceeiros. Os habitantes do lugar eram antissemitas. Fui o caçula de cinco meninos. Era meio adoentado.

— Muitas vezes me pergunto — diz Albert — se é destino dos cientistas terem sido adoentados na infância.

— É o contrário — diz Mileva. — As crianças adoentadas têm mais probabilidade de se tornarem cientistas.

— Aí está um enigma interessante — retruca Albert. — Quantos anos você tinha, Paul, quando aprendeu a ler, escrever e contar?

— Seis.

— Eu era mais novo.

— Não se gabe — intervém Mileva.

— Minha mãe morreu de câncer de mama há vinte anos — conta Ehrenfest. — A sua ainda está viva?

— Sim. Com 48 anos. Em Württemberg.

— Ela tem cinquenta, Albert.

— Tem? Cinquenta. Confio em você, minha querida, para fazer as contas... O que aconteceu com seu pai?

— Casou-se com uma mulher da mesma idade de meu irmão mais velho.

— E você, na escola?

— Eu era inútil. Arranjei uma vaga na Technische Hochschule, em Viena, em outubro de 1899, e assisti às aulas do Boltzmann sobre a teoria mecânica do calor durante 1899 e 1900. Dois anos depois, mudei-me para Göttingen, onde vi uma jovem estudante russa de matemática, Tatyana Alexeyevna Afanasyeva, de Kiev. Por que ela não frequentava as reuniões do grêmio de matemática?

— Porque não tinha permissão — diz Mileva.

— Certo. Assim, protestei. Fiz com que as regras fossem modificadas. E me casei com Tatyana. $E = mc^2$.

Albert ri.

— Fiquei estagnado em Viena, sem nenhum cargo. Voltei a Göttingen em setembro de 1906, na esperança de que houvesse alguma posição aberta, mas não havia. E então soube... foi terrível... que Boltzmann tinha cometido suicídio no dia 6 de setembro. Escrevi o obituário. Ele se enforcou.

— O que aconteceu? — pergunta Albert.

— Ele estava de férias com a esposa e a filha caçula, Elsa, no Hotel Ples, no vilarejo italiano de Duino, perto de Trieste, no litoral do Adriático. Estava com a volta marcada para Viena no dia seguinte, para uma nova série de aulas de física teórica. Mas temia essas aulas. *Frau* Boltzmann e Elsa tinham ido nadar. No hotel, ele achou uma corda de janela e se enforcou no quarto. Elsa encontrou o corpo do pai. Parece que ele vinha sofrendo de neurastenia. Mas... suicídio. Elsa não consegue dizer uma palavra sobre isso.

Lágrimas escorrem pelas bochechas de Albert.

Mileva tenta mudar de assunto:

— Você foi a São Petersburgo?

— Em 1907 — responde Ehrenfest. — Fiquei meio dividido com o antissemitismo. Tatyana e eu colaboramos num artigo sobre mecânica estatística que nos tomou bastante tempo. Fiz o circuito das universidades do mundo germanófono, na esperança de conseguir uma posição.

— Eu também — diz Albert.

— Estive com Planck em Berlim, com Herglotz em Leipzig, Sommerfeld em Munique. Fui a Zurique. A Viena, onde soube que Poincaré tinha escrito um artigo sobre física quântica que dera resultados semelhantes ao que publiquei nos *Annalen der Physik*. Então Sommerfeld me recomendou ao Lorentz, para eu assumir a cátedra dele em Leiden.

Ehrenfest pega um pedaço de papel e o entrega a Albert, que o lê em voz alta:

— "Ele leciona como um mestre. Raras vezes ouvi um homem falar com tanto fascínio e brilhantismo. Expressões significativas, pontuações espirituosas, dialética, tudo está à disposição dele, de modo extraordinário... Ele sabe tornar as coisas mais difíceis concretas e intuitivamente claras. Traduz teses matemáticas em imagens de fácil compreensão."

— Poderia muito bem estar falando de mim — comenta Albert.

Mileva se levanta com dificuldade.

— Não fale só sobre você, Albert.

Ela deixa os dois homens sozinhos, e Albert conversa demoradamente com Ehrenfest sobre sua luta para generalizar a teoria da relatividade. Ehrenfest se revela uma caixa de ressonância perfeita.

A PRIMEIRA CONFERÊNCIA SOLVAY

*

Depois da partida do amigo, os pensamentos e ambições de Albert se voltam para Berlim. Ele luta com seus receios sobre o lugar. O futuro da física parece depender de Berlim. Desvia o pensamento para um compromisso mais imediato: a primeira Conferência Solvay, em Bruxelas.

Realizada entre 30 de outubro e 3 de novembro de 1911, sob o patrocínio do industrial Ernest Solvay, essa é a primeira conferência internacional da história da ciência. Reúne os principais físicos da Europa para debates sobre a radiação e os quanta. Cada um recebe um pagamento de mil francos para comparecer. Albert sente um orgulho imenso por ter sido convidado. Os cientistas viajam de trem para Bruxelas, em vagões com assentos luxuosamente estofados, partindo de Berlim, Leiden, Göttingen, Zurique, Paris e Viena.

A Conferência Solvay marca a estreia de Albert no palco da ciência internacional. Presididos por Hendrik Lorentz, falando holandês, alemão e francês, os delegados se reúnem para examinar as duas abordagens do assunto: a física clássica e a física quântica. Albert, aos 32 anos, é o segundo físico mais jovem entre os presentes; Frederick Lindemann, de 25 anos, é o caçula. Entre os outros delegados estão Marie Skłodowska-Curie e Henri Poincaré.

Esses luminares não intimidam Albert, que se refere jocosamente à conferência como "o Shabat das bruxas em Bruxelas". Os outros físicos o reconhecem como o novo astro da profissão. Madame Curie elogia a clareza mental de Albert, a enorme dimensão de sua documentação e a profundidade de seus conhecimentos. Poincaré declara que Albert é "um dos pensadores mais originais que já conheci. O que é preciso admirar nele, acima de tudo, é a facilidade com que se adapta a novos conceitos e sabe extrair deles todas as conclusões possíveis". Frederick Lindemann e Louis de Broglie compartilham a visão de que, "dentre todos os presentes, Einstein e Poincaré moviam-se numa classe própria".

Após os trâmites formais, o debate centra-se na relatividade. Albert descobre que Poincaré não a entende. Já os outros franceses, sim.

Dentre todos os delegados, parece-lhe que os mais simpáticos são o trio de físicos franceses mais jovens: Paul Langevin, Jean Perrin e Marie Skłodowska-Curie.

Ele escreve a Besso: "Não fiz nenhum progresso adicional na teoria dos elétrons." Diz ao amigo que o congresso tem "um ar parecido com o das lamentações nas ruínas de Jerusalém". Dele não provém nada de positivo. "Meu tratamento das flutuações despertou grande interesse, mas não provocou nenhuma objeção séria. Não me beneficiei muito, pois não ouvi nada que já não me fosse conhecido."

Apesar disso, em sua carta a Ernest Solvay para agradecer pela hospitalidade, ele escreve: "Sou sinceramente grato pela belíssima semana que o senhor nos proporcionou em Bruxelas, inclusive por sua hospitalidade. A Conferência Solvay será sempre uma das mais belas lembranças de minha vida."

E não apenas pelas discussões formais e informais sobre física, mas também porque ele fica surpreso e intrigado com o escândalo criado por dois de seus novos amigos franceses.

Maria Skłodowska havia conhecido Pierre Curie em Paris, em 1894, e se casara com ele um ano depois, havendo adotado a grafia francesa de seu nome.

Os Curie trabalhavam juntos com radioatividade, tendo ampliado o trabalho de Röntgen e Henri Becquerel. Em julho de 1898, anunciaram a descoberta do polônio, um novo elemento químico, e, em 20 de dezembro, anunciaram a descoberta de outro, o rádio, elemento radioativo crucial para o desenvolvimento dos raios X e da radiologia.

MARIE CURIE

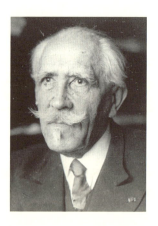

PAUL LANGEVIN

Juntos, ao lado de Becquerel, eles receberam o prêmio Nobel de Física, em 1903. Marie foi a primeira mulher a ser agraciada com o prêmio.

Três anos depois, uma carruagem puxada por cavalos atropela e mata Pierre, perto da Pont Neuf. Marie fica com duas filhas, uma de nove, outra de dois anos. Assume o cargo letivo do marido, tornando-se a primeira mulher a lecionar na Sorbonne, e se dedica ao trabalho que os dois haviam começado juntos. Ela recebe um segundo prêmio Nobel, de química, em 1911, cujo anúncio coincide com a Conferência Solvay. Albert tem consciência de que, na França, Marie é uma figura controversa, que recebe atenções indesejadas da imprensa francesa. Ao se propor que ela seja elevada a membro da Académie des Sciences, os jornalistas lançam ataques contra Marie, alimentados por uma combinação de antissemitismo, misoginia, xenofobia e oposição à ciência e aos cientistas em geral. O pior desses ataques aparece no jornal antissemita *L'Action Française*, dirigido por Léon Daudet, filho do romancista Alphonse Daudet, a despeito de Marie ser formalmente católica.

Tudo isso dá a Albert uma percepção íntima da personalidade e da força necessárias às vítimas da injúria pública. Ele se solidariza, intrigado e encantado, em larga medida, com a coragem da sra. Curie.

Langevin também o encanta. O físico imponente, com seu bigodão de pontas levantadas, seu porte militar e a compleição esguia e alta, publica uma explicação popular da relatividade em 1911, intitulada "L'évolution de l'espace et du temps" [A evolução do espaço e do tempo], na revista *Scientia*.

Na Conferência Solvay, Albert descobre que Marie havia se envolvido com Langevin, que era cinco anos mais jovem, casado e tinha quatro filhos com Jeanne, sua esposa. Faz tempo que ela suspeita da relação do marido com Marie, e, assim, contrata um detetive para vasculhar a escrivaninha dele na Sorbonne. O detetive encontra uma série de cartas de amor de Marie para Langevin e as entrega ao *L'Action Française*. Excertos das cartas são publicados na imprensa francesa.

Jeanne move um processo na justiça para obter a guarda dos quatro filhos. O escândalo toma conta da França.

A Academia Sueca diz a Marie que não vá a Estocolmo receber o prêmio, ao que ela responde: "Creio não haver nenhuma ligação entre meu trabalho científico e os fatos da minha vida particular."

Albert adota uma postura de otimismo confiante: "Ela é uma pessoa despretensiosa e franca, com uma inteligência fulgurante. A despeito de sua natureza passional, não é atraente o bastante para representar perigo para ninguém."

No início de novembro, os delegados tomam seus rumos distintos.

Albert escreve a Marie:

Estimadíssima sra. Curie,

Não ria de mim por lhe escrever sem ter nada sensato a dizer. Mas estou tão furioso com a baixeza com que o público tem se atrevido a se interessar pela senhora na atualidade que me é absolutamente indispensável dar vazão a esse sentimento. Estou convencido, porém, de que a senhora despreza consistentemente essa ralé, quer ela esbanje elogios obsequiosos para a senhora, quer tente saciar sua sede de sensacionalismo! Sinto-me compelido a lhe dizer o quanto passei a admirar seu intelecto, seu ímpeto e sua sinceridade, e dizer que me considero um homem de sorte por tê-la conhecido pessoalmente em Bruxelas. Qualquer um que não figure entre essas víboras decerto estará feliz, agora como antes, por contarmos entre nós com personagens como a senhora e também Langevin, pessoas reais com quem nos sentimos privilegiados por estar em contato. Se a ralé continuar a se ocupar com a senhora, simplesmente não leia essa besteirada e a deixe, antes, para as víboras para quem ela foi fabricada.

Com minhas mais amistosas saudações à senhora, a Langevin e a Perrin, subscrevo-me, muito cordialmente,

A. Einstein

P.S.: Determinei a lei estatística do movimento da molécula diatômica, no campo de radiação de Planck, por meio de uma tirada cômica, naturalmente com a ressalva de que o movimento da estrutura segue a lei da mecânica-padrão. Entretanto, minha esperança de que essa lei seja válida é, na realidade, muito pequena.

Albert fica fascinado e lisonjeado com os contatos que recebe de instituições que lhe oferecem oportunidades e mais oportunidades de lecionar. Ao voltar a Praga, ele e Mileva decidem ir a Zurique ver se o ETH lhe ofereceria uma nomeação. Ficam chocados ao descobrir que as autoridades educacionais de Zurique declaram que a nomeação de um professor de física teórica é uma extravagância.

Heinrich Zangger eleva a voz para apoiar Albert: "Ele não é um bom professor para cavalheiros mentalmente preguiçosos, que querem apenas encher um caderno e depois decorá-lo para uma prova; não é dado a bajulação, mas quem quiser aprender honestamente a desenvolver suas ideias na física, de maneira sincera, do fundo do seu íntimo, e aprender a examinar cuidadosamente uma premissa e enxergar as armadilhas e os problemas em suas reflexões, encontrará em Einstein um professor de primeira classe, por tudo que se expressa em suas aulas, que obrigam a plateia a pensar com ele."

Zangger fica indignado com as manobras de Zurique.

Albert lhe escreve: "Deixe a Politécnica entregue aos caminhos imperscrutáveis de Deus."

Zangger não desiste. Convoca Marie Curie e Poincaré para que escrevam cartas de recomendação. Isso resolve o impasse. O ETH nomeia Albert professor de física teórica. Albert, Mileva e os filhos ficam felizes por retornar a Zurique.

Os jornais de Praga recebem mal a notícia da partida de Albert, sugerindo que talvez o antissemitismo o tenha influenciado. Albert nega publicamente a afirmação. E luta para controlar a mágoa.

Mais uma vez, a família embala seus pertences e percorre os 640 quilômetros de volta para Zurique.

Na cidade, muda-se para um apartamento de seis quartos, seu quinto lar na metrópole. Albert retoma seus encontros regulares com Zangger e Grossmann. Com Mileva e os meninos, frequenta saraus musicais nas noites de domingo, na casa do matemático Adolf Hurwitz. Eles tocam Mozart e, para encanto de Mileva, Schumann.

Albert pode estar em seu meio, mas não escapa à atenção de ninguém, muito menos à dele, que o estado físico e mental de Mileva está em declínio. O inverno rigoroso não lhe oferece nenhum alívio.

ALBERT E SUA AMADA ELSA

Precisando mais que nunca de respostas a suas perguntas, Albert faz uma viagem a Berlim para discutir fotoquímica quântica com

Emil Gabriel Warburg, no Physikalisch-Technische Reichsanstalt [Instituto Físico-Técnico do Reich]. Walther Nernst faz questão de discutir problemas que envolvem calor específico — a quantidade de calor por unidade de massa necessária para elevar a temperatura em um grau Celsius —, e Fritz Haber quer fazer perguntas a Albert sobre química quântica.

Einstein se hospeda na casa de Warburg e coloca a conversa em dia com os familiares: tia Fanny e tio Rudolf, filho de Raphael Einstein, irmão do avô paterno de Albert. Elsa, filha de Fanny e prima de segundo grau de Albert, também está em Berlim, hospedada pelos pais em Schöneberg, nos arredores meridionais da cidade.

A visão de Elsa devolve Albert aos primeiros tempos em Munique. Três anos mais velha que ele, a prima está divorciada do comerciante de tecidos Max Löwenthal, com quem tem duas filhas: a tímida Margot, de onze anos, e a obstinada Ilse, de nove. De cabelo loiro muito fino e olhos azuis vívidos e míopes, Elsa é calorosa e, depois de voltar a usar o sobrenome Einstein, torna-se uma figura constante nos círculos artísticos, políticos e científicos.

Os dois pegam um trem da S-Bahn para o Lago Maior e o Lago Menor, no rio Havel. Tomam *sherbet* e contemplam os veleiros que cruzam a água cintilante.

— Estou muito só. Não sou benquisto. Só quero alguém em quem eu possa confiar. Que compreenda tudo que trago no coração e na mente. Você entende?

— Sim, meu caríssimo Albert.

Registram-se no Hotel Bonverde.

Albert se abaixa, pega uma flor e a estende a Elsa.

— Para você.

— Para mim?

— Para você.

— Que flor é esta?

— *Myosotis alpestris*. É uma não-me-esqueça. Promete?

— Qualquer coisa.

— Não me esqueça.

Ela atrai a boca de Albert para a sua e os dois se beijam.

Albert vê o rosto de Mileva de dezesseis anos atrás.

— Você me quer para sempre? — pergunta Elsa.

— Sim.

O perfume dela o excita.

Elsa sussurra no ouvido dele:

— Estou com você.

— "O sol se põe, surgem as estrelas brilhantes."

— É lindo — diz ela. — Você pensou nisso para sua Elsinha travessa?

— Pensar, pensei. Goethe escreveu. Nós somos dois pobres--diabos. Ambos acorrentados a deveres implacáveis. Eu ficaria muito feliz só por dar alguns passos ao seu lado, ou ter algum outro tipo de prazer na sua presença.

Albert se sente desamparado em sua confusão.

Passada uma quinzena, ele muda de ideia e escreve a ela de Zurique: "Escrevo a você pela última vez hoje e me submeto ao inevitável, assim como você deve fazer. Sabe que não é por meu coração ser de pedra ou por falta de sentimentos que falo assim. Imagino que tenha consciência de que, tal como você, carrego minha cruz sem esperança. Se um dia você enfrentar dificuldades ou sentir necessidade de confiar em alguém, por qualquer motivo, lembre-se de que tem um primo que estará a seu lado, seja qual for o problema."

Elsa capta a mensagem. É dela que Albert precisa como confidente.

Compra um cartão-postal e o borrifa com Kölnisch Wasser [água-de-colônia], sabendo que o perfume o fará se lembrar do corpo dela em sua cama.

O CARTÃO-POSTAL DE ELSA

Em uma folha de papel separada, ela escreve cuidadosamente o poema de amor de Goethe.

Perto de quem se ama

Eu penso em ti ao refletir
 o sol no mar;
Eu penso em ti ao ver surgir
 na fonte o luar.

A ti eu vejo na distante estrada
 em que sobe o pó;

Enquanto à noite, na ponte estreitada
    há o andarilho só.

Ouço-te entre o ruído intenso
    da vaga erguida;
Quando na selva em seu silêncio
    a paz é ouvida.

Contigo estou, e embora distante
    Estás junto a mim!
Posto o sol, vêm estrelas brilhantes.
    Quero ver-te, enfim!*

MAX PLANCK

WALTHER NERNST

*

---

*   Tradução livre do poema de J. W. Goethe, "Nähe des Geliebten".

Albert passa o verão em Zurique, no nº 116 da Hofstrasse, um prédio imponente, com vista para o lago e os Alpes. A família faz passeios num barco a vapor movido a rodas de pás, o *Stadt Rapperswil*, construído pela empresa Escher, Wyss & C. para a Zürich--Schifffahrtsgesellschaft. Ele contempla a fumaça que sobe da chaminé do barco, tal como a fumaça de seu cachimbo.

Fica animado com a notícia de que lhe concederam a rara honra, que só fica atrás do prêmio Nobel, de ser eleito para a Academia Prussiana de Ciências. E se sente ainda mais honrado quando Max Planck e Walther Nernst chegam a Zurique com a missão de convencê-lo a se mudar para Berlim. Sabem dos receios de Albert a respeito da Alemanha. Fazê-lo aceitar seu convite seria difícil.

Albert recebe Planck e Nernst na Hauptbahnhof de Zurique e os leva para o ETH.

Senta-se à sua escrivaninha, soltando baforadas com o cachimbo.

Nernst acende um cigarro e anuncia, com gravidade prussiana:

— Sem querer me gabar — que é o que está fazendo —, conto com toda a atenção do Kaiser. Ambos reconhecemos a necessidade da ciência e da tecnologia para impulsionar a economia de nossa nação. O Kaiser aprovou com entusiasmo a fundação de vários institutos de pesquisa: a Fundação Kaiser Wilhelm para o Avanço da Ciência. A meta da Alemanha é se tornar uma potência econômica mundial, em benefício de nossa nação.

— Benefício de nossa nação... — repete Albert. — O senhor não quer dizer em benefício do monarca?

Nernst se encolhe.

— Eu não me expressaria propriamente assim.

— Diga-me — prossegue Albert — quem são os grandes luminares da Fundação Kaiser Wilhelm para o Avanço da Ciência?

Alto e magro, Planck intervém:

— O ministro prussiano de Assuntos Religiosos, Educacionais e de Saúde, August Bodo Wilhelm Clemens Paul von Trott zu Solz, é o presidente.

— Os senhores vão precisar de uma cadeira grande para acomodar um homem com esse nome enorme.

— Trott zu Solz pertence a uma família nobre, integrante do Uradel protestante hessiano e da Antiga Ordem dos Cavaleiros Hessianos, que remonta ao século XIII. A sede da família fica em Solz, e eles têm um castelo em Imshausen. São barões imperiais.

— Os Einstein não requerem uma sede familiar — diz Albert. — Eu falo com todos da mesma maneira.

Os visitantes dão risinhos secos.

— Trott zu Solz presidiu a primeira reunião dos 83 membros votantes, que incluem Gustav Krupp von Bohlen und Halbach, o banqueiro Ludwig Delbrück e o industrial Henry Theodore von Böttinger. Fritz Haber também estava presente. O senhor conhece Haber?

— Muito ambicioso — responde Albert.

— Sim. Guilherme II concedeu uma belíssima insígnia ministerial a Adolf von Harnack, presidente da sociedade dele. Já ouviu falar em Von Harnack?

— Conheço a biblioteca em Berlim.

— Está a par do que ela contém?

— Um fragmento da *Ítala* de Quedlimburgo, do século V. Uma Bíblia de Gutenberg. Cartas de Goethe. A maior coleção de manuscritos de J.S. Bach e do meu amado Mozart.

— E a partitura original da Sinfonia nº 9, de Beethoven.

— Eu sei. Eu me interesso mais por Mozart.

— É realmente uma maravilha — diz Nernst, com um tom jovial.

— A partitura de Beethoven? — indaga Albert.

— Sim, essa — confirma Nernst. — E os membros usam na botoeira da lapela uma fita com o retrato do Kaiser, bordado em seda laranja. Os membros do senado comparecem às cerimônias usando togas verdes esvoaçantes, com o colarinho vermelho, botões e medalhas de ouro.

— Muito colorido — diz Albert.

— Nossa oferta inicial ao senhor — prossegue Planck — é uma cátedra de pesquisa na Universidade de Berlim, financiada por Geheimrat Leopold Koppel, o empresário que fundou a casa bancária particular Koppel und Co., as empresas industriais Auergesellschaft e OSRAM e a fundação filantrópica Koppel-Stiftung.

— É muita gentileza — comenta Albert.

— A segunda oferta é a diretoria de um novo Instituto Kaiser Wilhelm, que será fundado em breve. O que acha?

— É muito lisonjeiro. Obrigado, senhores.

— O clima intelectual é perfeito — diz Nernst.

— O salário é bom — acrescenta Planck.

— O senhor não terá que dar aulas — emenda Nernst.

— O que pensa do futuro? — pergunta Planck.

— Nunca penso no futuro. Ele já chega bem depressa. Vou consultar minha esposa. E informarei os senhores da minha decisão.

Ora, se Mileva ficasse em Zurique, haveria Elsa em Berlim. Jogar com princípios era o forte dele. Jogar com mulheres, não. Esse é um problema de sua própria autoria.

— Você detesta a Prússia — diz Mileva.

— Sim, mas ficaremos livres de preocupações financeiras, pelo menos.

— Ficaremos?

— E eu ficarei livre de deveres administrativos.

— Ficará?

— Ficarei livre para trabalhar.

— E eu? — indaga Mileva.

— Você será feliz em Berlim.

— Como você sabe?

— Será honrada como minha esposa.

— Albert, será que você não compreende o que estou dizendo? Quero ser honrada como Mileva Maric.

— Então, por que não ir a Berlim e escolher um apartamento realmente bom para nós, um lugar que honre e reconheça o mérito de Mileva Maric?

— Que honra me resta? Sou a sra. Einstein. Não sou mais "Mileva Maric". O mundo inteiro sabe quem você é. E eu?

Albert fica quieto. Acende o cachimbo.

— Mas e eu? — insiste Mileva. — Quem sou eu?

— Eu sei quem você é — diz Albert, afastando com a mão uma nuvem de fumaça do cachimbo.

— Isso não basta — grita Mileva. — Está na hora de você me dizer a verdade.

— Sobre o quê?

— Sua amante.

Albert remexe o cachimbo, em silêncio.

— Você está evitando o meu olhar — diz Mileva.

Ele inclina a cabeça e pisca.

— Você vai me contar?

Ele respira fundo, devagar.

— Por que está calado?

Ele se mantém muito quieto, a fumaça do cachimbo se elevando em caracóis de sua boca aberta.

— E então?

— Eu amo você — diz ele. — Amo você.

— E essa mulher?

Ele cobre a boca com uma das mãos e arrasta os pés.

Mileva abre um pedaço de papel amassado. Ao entregá-lo a Albert, diz:

— Leia.

Albert lê sua própria letra:

— "Como pude viver sozinho, minha pequenina, meu tudo? Sem você, faltam-me autoconfiança, paixão pelo trabalho e prazer na vida; em suma, sem você, minha vida não é vida."

— Isso é verdade — comenta.

— E Elsa?

— O que tem ela?

— Você a ama?

— Não.

— Partilha a cama com ela?

Albert fica em silêncio.

— Elsa! — grita Mileva. — Ela é uma vadia!

Albert escreve para Elsa:

> Tenho que ter alguém para amar, caso contrário, a vida é miserável. E esse alguém é você; não há nada que você possa fazer a respeito, pois não estou pedindo sua permissão. Sou o senhor absoluto do submundo da minha imaginação, ou, pelo menos, é assim que escolho pensar. Que bom seria se pudéssemos dividir a administração de uma casinha boêmia. Minha esposa reclama comigo sem parar sobre Berlim e o medo que tem dos parentes. Sente-se perseguida e teme que o fim de março traga seus últimos dias de sossego. Bem, há certa verdade nisso. Minha mãe é afável em outras situações, mas é realmente diabólica como sogra. Quando se hospeda conosco, o ar fica carregado de dinamite.

O medo nunca está muito longe.

> Estremeço à ideia de ver você e *ela* juntas. Ela se contorcerá feito um verme se vir você, até mesmo de longe! Trato minha esposa como uma empregada que não posso demitir. Tenho um quarto próprio e evito ficar sozinho com ela. É uma criatura inamistosa e sem humor, que não tira nada da vida e sufoca a alegria da vida dos outros com sua mera presença.

Com a ajuda paciente dos Haber, Mileva encontra um apartamento adequado na esquina da Ehrenbergstrasse, 33, em Dahlem e Rudeloffweg, não muito longe do Instituto.

A despeito das apreensões remanescentes que possa ter a respeito de Berlim, Albert segue para lá em março. Mileva leva os filhos para um balneário em Ticino, na Suíça.

Ansioso e solitário, Albert se hospeda na casa de seu tio Jakob, na Wilmersdorferstrasse, onde sua mãe vem cuidando dos arranjos domésticos. Elsa o está esperando.

— Você precisa decidir o que quer dela — diz, sorrindo.

Assim, Albert faz o que Elsa sugere e prepara uma lista de condições a serem cumpridas por Mileva, se eles quiserem continuar convivendo como marido e mulher.

A. Você se certifica:
 1. De que minhas roupas e a lavagem delas sejam mantidas em boa ordem e em boas condições.
 2. De que eu receba regularmente as minhas três refeições no meu quarto.
 3. De que meu quarto e meu escritório fiquem sempre arrumados e, em particular, de que a escrivaninha esteja disponível <u>apenas para mim</u>.

B. Você renuncia a qualquer relação pessoal comigo, caso a manutenção dela não seja absolutamente exigida por razões sociais. Especificamente, você abre mão:

    1. De eu lhe fazer companhia em casa.

    2. De eu sair ou viajar com você.

C. Em suas relações comigo, você se compromete, explicitamente, a aderir aos seguintes pontos:

    1. Não deve esperar intimidade comigo nem me fazer qualquer tipo de censura.

    2. Deve desistir imediatamente de se dirigir a mim, caso eu o solicite.

    3. Deve sair do meu quarto ou escritório, imediatamente e sem protestar, caso eu o solicite.

D. Você se compromete a não me depreciar com palavras ou atos na frente dos meus filhos.

— E então?

    Mileva o encara em silêncio.

    Albert remexe no cachimbo.

    — Só estou interessado nos meus filhos, Albertli e Tete.

    — Você os chama de *seus* filhos? — grita ela.

    — Eles são meus filhos — responde Albert, docilmente.

    — Eles são *meus* filhos. Tete não está bem. Precisa de um pai de verdade.

    — Ele tem a mim.

    — Sou a mãe dele. Como é que você pode me dar esta coisa, esta lista?

    — Ela vai consertar nosso casamento.

    — Não vai.

— Então, devemos nos separar — retruca Albert.

— Como é que eu vou viver?

— Com metade da minha renda — responde ele. — Com 5.600 marcos por ano.

— Entendi, Albert — rebate ela, enfurecida. — Se é isso que você quer.

— Pois que seja.

— Que crueldade, Albert. Você é cruel. De uma crueldade inacreditável.

Albert acompanha Mileva, Albertli e Tete até a Anhalter Bahnhof e os coloca no trem para Zurique.

Ele perde o controle e começa a chorar sem parar.

— Você está cometendo um crime contra nossos filhos e chora feito um bebê — diz Mileva.

— Não quer mudar de ideia? — implora ele.

— Não.

— É nessas horas que vemos a que espécie infeliz de gado nós pertencemos.

Ela o fuzila com os olhos, em silêncio.

Ainda chorando, Albert deixa a estação pela saída principal — um arco do triunfo —, derrotado. Sai para a recém-construída Bahnhofstrasse, com os olhos ardendo.

O casamento durou onze anos, e eles passaram dezoito anos como um casal. O relacionamento, como o edifício que o pequeno Albert construiu com cartas de baralho, jaz como um caótico monte de escombros. Um símbolo de mau presságio, enquanto a Europa se desintegra.

Em Sarajevo, um servo-bósnio tuberculoso de dezenove anos, Gavrilo Princip, planeja assassinar o arquiduque Francisco Ferdinando, herdeiro presuntivo do trono do Império Austro-Húngaro.

SARAJEVO

A carreata imperial, composta por seis automóveis com a capota arriada, aproxima-se da prefeitura. No primeiro carro estão o prefeito de Sarajevo e o comissário de polícia da cidade. Francisco Ferdinando e a esposa, Sofia, duquesa de Hohenberg, estão no segundo carro com Oskar Potiorek, governador da Bósnia-Herzegovina e inspetor-geral do Exército austro-húngaro, e o conde Francisco von Harrach, que vai em pé no estribo, servindo de guarda-costas do arquiduque. O primeiro tiro não o mata. Princip entra em pânico e foge. Um segundo terrorista joga uma bomba na carreata, que explode, ferindo pessoas na multidão. Com Francisco Ferdinando ileso, a carreata parte em alta velocidade e a polícia detém quem jogou a bomba.

Após a recepção na prefeitura, o general Potiorek pede que Francisco Ferdinando deixe a cidade. O arquiduque fica compreensivelmente furioso com a tentativa de assassinato. Insiste em visitar os feridos.
    As autoridades o persuadem a seguir o caminho mais curto para fora da cidade. A carreata reduz a velocidade para fazer uma

curva fechada na ponte sobre o rio Miljacka. Princip está à espera, com sua pistola semiautomática de funcionamento por retroescape, uma Browning Modelo FN 1910, produzida pela Fabrique Nationale na Bélgica. Desce do meio-fio, saca a Browning do casaco e dispara dois tiros, a uma distância de um metro e meio.

O primeiro atinge a barriga da arquiduquesa Sofia, que está grávida.

O arquiduque grita:

— Sofia, Sofia, não morra! Viva por meus filhos!

A segunda bala atinge o arquiduque perto do coração.

A Potsdamer Platz é o centro social de Berlim, onde Albert e Elsa conversam durante o café no Hotel Esplanade, no Hotel Excelsior ou no Hotel Piccadilly, então rebatizado de Café Vaterland [Café Pátria], meras duas semanas após o início da guerra. Mulheres com vastos chapéus de plumas andam de braços dados. Os desarrumados e os elegantes batem papo e riem.

Albert e Elsa leem seu jornal favorito, o *Berliner Tageblatt*. Albert está com um humor sombrio.

— Por que essa insana predileção alemã pela conquista territorial?

— Vai acabar em algumas semanas — diz Elsa.

— O apetite da Alemanha por conquistas territoriais já é alarmante, mas a reputação de brutalidade e violência não é nada menos que uma maldição. O histórico do Kaiserreich no exterior é desumano, até para os padrões contemporâneos.

Os dois passeiam pelas ruas, evitando cuidadosamente as carroças dos cervejeiros e as limusines Maybach.

— A Europa, em sua loucura, está embarcando numa coisa incrivelmente absurda — afirma Albert. — Eu sinto pena e nojo.

— Não há nada que possamos fazer — observa Elsa.

A Kottbusser Strasse os leva até o canal, onde eles exploram as barracas da feira livre da rua Maybachufer, comprando repolho roxo, gordura de cabra e arenque defumado. Além de vidros de essência de lírio-do-vale.

Brincam com o italiano que vende estátuas de gesso na ponte do canal Landwehr. Pechincham com os vendedores de livros de segunda mão no Scheunenviertel.

— Nernst está com cinquenta anos. E se voluntariou para dirigir ambulâncias.

— É um ato nobre da parte dele — diz Elsa.

— E Planck, pelo amor de Deus, que disse: "É uma sensação ótima poder chamar-se de alemão."

— Você é suíço.

— Graças a Deus — retruca Albert. — E a coisa ainda piora. Planck, em sua febre nacionalista, juntou-se ao Nernst, ao Röntgen e ao Wien na assinatura de um Apelo ao Mundo Civilizado. Olhe. Está no *Berliner Tageblatt*.

Ele lê em voz alta para Elsa:

Como representantes da ciência e da arte alemãs, viemos aqui protestar junto ao mundo civilizado contra as mentiras e calúnias com que nossos inimigos têm se esforçado por macular a honra da Alemanha em sua árdua luta pela existência, uma luta que lhe foi imposta à força.

Não é verdade que a Alemanha é culpada por ter causado esta guerra. Nem o povo nem o governo nem o Kaiser queriam guerra. A Alemanha fez o que pôde para preveni-la; desta afirmação, o mundo tem provas documentais. Com bastante frequência, nos 26 anos de seu reinado, o Kaiser Guilherme II se mostrou defensor da paz, e este fato foi reconhecido por nossos adversários com bastante frequência. Mais que isto, o próprio

Kaiser, a quem hoje eles se atrevem a chamar de Átila, foi ridicularizado por eles durante anos, devido a seus constantes esforços para manter a paz universal. Quando uma superioridade numérica que estivera à espreita nas fronteiras nos atacou, só então a nação inteira se levantou, até o último homem.

Não é verdade que invadimos a neutra Bélgica. Ficou provado que a França e a Inglaterra haviam decidido fazer essa invasão, e ficou igualmente provado que a Bélgica concordara em que a fizessem. Teria sido suicida, de nossa parte, não prevenir isso.

Não é verdade que a vida e a propriedade de um só cidadão belga tenham sido prejudicadas por nossos soldados, sem que a mais amarga e legítima defesa o tornasse necessário, isso porque, vez após outra, a despeito de reiteradas ameaças, os cidadãos montaram emboscadas, disparando de suas casas nos soldados, mutilando os feridos e assassinando a sangue-frio os encarregados da assistência médica, enquanto eles faziam seu trabalho de samaritanos. Não há violência mais abjeta do que a ocultação desses crimes, com vistas a deixar os alemães parecerem criminosos por haverem punido esses assassinos, justificadamente, por seus atos maléficos.

Não é verdade que nossos soldados trataram Louvain com brutalidade. Como alguns habitantes furiosos os atacaram em seus alojamentos, traiçoeiramente, nossos soldados viram-se obrigados, com o coração partido, a atear fogo a uma parte da cidade como forma de punição. A maior parte de Louvain foi preservada. O famoso prédio da prefeitura permanece intacto, pois, com grande sacrifício, nossos soldados o salvaram da destruição pelas chamas. Todo alemão lamentaria enormemente, é claro, se, no curso desta guerra terrível, obras de arte fossem destruídas ou viessem a ser destruídas no futuro, mas assim como em nosso amor pela arte é impossível sermos ultrapassados por qualquer outra nação, decididamente devemos nos recusar, na mesma medida, a aceitar uma derrota alemã em troca da salvação de uma obra de arte.

Não é verdade que nossos atos de guerra não respeitam as leis internacionais. Eles desconhecem a crueldade indisciplinada. No leste, porém, a terra está saturada do sangue de mulheres e crianças, implacavelmente trucidadas pelos soldados russos selvagens, e no oeste, as balas dundum mutilam o peito de nossos soldados. Os que se aliaram aos russos e aos sérvios, e que expõem ao mundo uma cena tão vergonhosa quanto a de incitar mongóis e negros contra a raça branca, não têm direito algum de se chamar de defensores da civilização.

Não é verdade que o combate ao nosso chamado militarismo não constitua um combate a nossa civilização, como pretendem, hipocritamente, os nossos inimigos. Não fosse o militarismo alemão, a civilização alemã há muito teria sido extirpada. Para proteção desta, ele surgiu numa terra que, durante séculos, foi atormentada por bandos de ladrões, de modo que não havia acontecido com nenhuma outra terra. O Exército alemão e o povo alemão estão unidos, e hoje essa consciência congrega fraternalmente setenta milhões de alemães de todas as fileiras, posições e partidos, como um só.

Não podemos arrancar das mãos de nossos inimigos a arma venenosa: a mentira. Tudo que podemos fazer é proclamar ao mundo inteiro que nossos inimigos estão prestando um falso testemunho contra nós. A vocês que nos conhecem, que conosco protegeram os mais sagrados bens do ser humano, nós os conclamamos:

Tenham fé em nós! Acreditem que conduziremos esta guerra até o fim como uma nação civilizada, para a qual o legado de um Goethe, um Beethoven, um Kant é tão sagrado quanto seus próprios lares e famílias.

Em nome disso lhes penhoramos nossos nomes e nossa honra.

Elsa escuta atentamente a grandiloquência.

Juntos eles exploram o *Kiez*, o *Miljöh* e a antiga e autêntica Berlim.

— Tudo isso será varrido daqui — diz Albert. — Olhe. Este bairro é nossa Berlim, a dos judeus, dos poloneses e dos russos do leste, desfrutando a cultura judaica de rua. Ouça a música dos rádios e gramofones, dos realejos e dos cantores de rua. Será que isso vai ser destruído pela loucura?

GEORG FRIEDRICH NICOLAI

Albert não tarda a encontrar um contestador de ideias semelhantes no fisiologista pacifista Georg Friedrich Nicolai, um médico amigo de Elsa.

Nicolai é egocêntrico e sexualmente voraz. Foi expulso de colégios internos e faculdades por se meter em brigas e duelos e ter filhos ilegítimos. Viveu de diversas maneiras em Paris e Leipzig, onde foi crítico teatral, viajou pela Ásia e trabalhou em São Petersburgo com Ivan Pavlov, o fisiologista que recebeu o prêmio Nobel de Medicina em 1904, tornando-se o primeiro russo a ser laureado com essa honraria. Nicolai se tornou diretor médico da Segunda Clínica Médica do Hospital Charité, em Berlim. Em 1910, publicou com seu superior, Friedrich Kraus, um livro didático fundamental de eletrocardiografia. Agora, é cardiologista da família real e trabalha num hospital militar.

Nicolai percebe que as armas vão ter muito mais importância do que a coragem ou os conhecimentos militares. Escreve um "Manifesto aos europeus", que marca a estreia de Albert como ativista político de peso.

"Manifesto aos europeus"

Através da tecnologia, o mundo se torna *menor*; os Estados da grande península da Europa hoje parecem tão próximos uns dos outros quanto outrora se afiguravam as cidades das pequenas penínsulas do Mediterrâneo. Nas necessidades e experiências de cada indivíduo, com base em sua consciência de uma multiplicidade de relações, a Europa — quase poderíamos dizer o mundo — já se desenha como um elemento de unidade.

Por conseguinte, seria um dever dos europeus instruídos e bem-intencionados fazer ao menos uma tentativa de impedir que a Europa — por sua organização deficiente, de modo geral — sofra o mesmo destino trágico que a Grécia Antiga. Acaso também a Europa deve se esgotar aos poucos e, com isso, perecer numa guerra fratricida?

É provável que a luta que hoje campeia não produza nenhum vencedor; é provável que deixe apenas vencidos. Portanto, parece não apenas *bom*, mas extremamente *necessário que os homens instruídos de todas as nações* canalizem sua influência, para que — seja qual for o término ainda incerto da guerra — os *termos da paz não se tornem a fonte de guerras futuras*. Antes, o fato evidente de que, por meio desta guerra, todas as condições europeias de relacionamento resvalaram para uma *situação instável e plástica* deve ser usado para criar um todo europeu orgânico. As condições tecnológicas e intelectuais para isso existem (...) é chegada a hora em que *a Europa deve agir como uma unidade, a fim de proteger seu solo, seus habitantes e sua cultura*.

Para esse fim, parece ser uma necessidade imperiosa, antes de mais nada, que todos aqueles que guardam no coração um lugar para a cultura e a civilização europeias, ou, em outras palavras, aqueles que podem ser chamados de "bons europeus", na linguagem presciente de Goethe, se unam. Para isso, queremos apenas exortar e apelar; e, se vocês se sentirem como nós, se estiverem igualmente determinados a *proporcionar à Europa uma ressonância do maior alcance possível*, nós lhes pedimos o favor de nos concederem sua assinatura (em sinal de apoio).

Para sua amarga decepção, dentre os cem intelectuais abordados, Albert e Nicolai só conseguem reunir dois cossignatários: o astrônomo Wilhelm Julius Foerster e o filósofo Otto Buek.

Ninguém em Berlim está disposto a publicar o manifesto. Assim, Nicolai o dissemina em caráter privado e recorre a dar palestras antibelicistas em suas aulas. O público ignora o "Manifesto aos europeus". Quando o governo toma conhecimento, Nicolai é demitido de seu posto de cardiologista da família real alemã, despojado de sua cátedra na Universidade de Berlim e de seu cargo no Hospital Charité e despachado como médico de guarnição para Grudziądz, ao sul de Gdansk. Ali, passa o tempo caçando raposas com o comandante de seu acampamento.

Em agosto de 1915, Albert recebe um convite que ampliaria seu círculo de manifestantes pacifistas. O político liberal Walther Schücking o convida a participar da *Bund Neues Vaterland*, a Associação por uma Nova Pátria, que tem cinco objetivos principais: "Construção do entendimento entre as nações. Abolição da dominação do poder com base na classe. Cooperação na realização do socialismo. Desenvolvimento da cultura da personalidade. Educação da juventude no pacifismo."

— Aí está algo com que posso concordar — diz Albert a Elsa. — O governo não pode ignorar essas pessoas.

— Quem são elas? — pergunta Elsa.

Ele enuncia os nomes dos luminares pacifistas com crescente prazer:

— Kurt von Tepper-Laski, oficial e jornalista. Hugo Simon, que ajudou a fundar o banco Bett, Carsh, Simon & Co. Com sua esposa, Gertrud, transformou sua casa na Drakestrasse num verdadeiro centro de arte e cultura, frequentado por escritores e intelectuais como Heinrich e Thomas Mann, René Schikele, Stefan Zweig, Harry Kessler, Walther Rathenau, Kurt Tucholsky, Jakob Wassermann, o maestro Bruno Walter, Walter Benjamin e pintores de vanguarda.

— Que maravilha, Albert. Alguma coisa boa surge da guerra.

— Nenhuma, Elsa. Nenhuma.

*

O governo não ignora os luminares. Com surpreendente ingenuidade, os membros buscam estabelecer contatos no Reichstag. Como resultado, a polícia conduz operações de vigilância contra eles.

O Alto-Comando dos Selos Oficiais ameaça fechar a Associação.

A secretária Lilli Jannasch é mandada para a prisão. Depois de uma passeata contra a guerra em Berlim, Karl Liebknecht é condenado a dois anos e meio de prisão por alta traição. No tribunal, grita: *"Nieder mit dem Krieg! Nieder mit der Regierung!"* [Abaixo a guerra! Abaixo o governo!] Sua sentença foi aumentada para quatro anos e um mês.

Se há vento soprando lá fora, se estremece o castelo de cartas, então feche as janelas e reforce os alicerces da casa. É mais ou menos essa a linha adotada por Albert.

"Estou levando uma vida muito reclusa, mas não solitária", escreve a Zangger, que está em Zurique. "Graças aos cuidados amorosos de minha prima, que foi quem me atraiu para Berlim em primeiro lugar, é claro. Jamais abrirei mão de morar sozinho, o que se manifestou como uma bênção indescritível."

O apartamento de três quartos fica no nº 13 da Wittelsbacherstrasse, num bairro nobre próximo da Fehrbelliner Platz. O apartamento é despojado, exceto por estantes que transbordam de livros. Ali, ele trabalha sozinho na teoria geral da relatividade por horas a fio. Torna a escrever para Zangger: "Meus contatos humanos e profissionais são poucos, mas muito harmoniosos e gratificantes, e minha vida pública é retraída e simples. Devo dizer que pareço ser uma das pessoas mais felizes que há."

Quanto a Elsa, ele escreve a Besso sobre "a relação extremamente prazerosa, realmente agradável com minha prima, cuja natureza permanente é garantida pela renúncia ao casamento". E isso apesar de ele já ter lhe dito que se casaria com ela.

Este ano. Ano que vem. Em algum momento. Quando quer que fosse.

Por trás das venezianas do apartamento da Wittelsbacherstrasse, ele trabalha sem cessar, até o limite de suas forças físicas e mentais. O trabalho o esgota. Ele é atormentado por dores abdominais, tem icterícia, úlceras de estômago e, posteriormente, cálculos biliares. Sua dor é constante e se manifesta da maneira mais violenta quando ele vai ao banheiro, ou quando elimina gases ou vomita. É desencadeada pela ingestão de alimentos gordurosos e ocorre a qualquer hora, acordando-o no meio da noite.

Em dois meses, ele perde mais de 25 quilos.

**OUTRO DOS CARTÕES-POSTAIS
EXTRAVAGANTES DE ELSA**

*

Elsa o convence a se mudar para um apartamento espaçoso no quarto andar da Haberlandstrasse, 5, próximo do dela. Alimenta-o, faz amor com ele e lhe devolve as forças.

Mostra-lhe a roupa nova que comprou.

"Venha para a mamãe, que ela vai fazê-lo feliz."

Ele diz a Elsa que Haber lhe deu um aviso:

— Precisamos ser extremamente cuidadosos para não nos tornarmos, digo, para você não se tornar alvo de mexericos. Não saia sozinha. Haber vai informar ao Planck, para que meus colegas mais chegados não ouçam falar disso pela primeira vez por meio de boatos. Você terá que fazer maravilhas de tato e discrição para não ser vista como uma espécie de assassina; as aparências nos são muito desfavoráveis.

Agora que Elsa é sua companheira constante, cuidando dele para lhe devolver a saúde, ela quer dar ao relacionamento dos dois um caráter mais permanente.

TETE, MILEVA E HANS ALBERT

*

Hans Albert mantém uma correspondência regular com o pai.

Conta que Tete sonha que o papai está com eles. Descreve o progresso de seu desempenho ao piano, tocando sonatas de Haydn e Mozart. Manda para Albert um desenho da miniatura de barco a vela que está entalhando em madeira.

Albert responde:

Meu querido Albertli,

Ontem recebi sua linda carta e fiquei muito contente. Já estava com medo de que você não quisesse mais me escrever. Quando estive em Zurique, você me disse que ficava sem jeito quando eu ia à cidade. Por isso, acho melhor nos encontrarmos num lugar diferente, onde ninguém interfira no nosso bem-estar. De qualquer modo, vou insistir que, todo ano, passemos um mês inteiro juntos, para você ver que tem um pai que gosta de você e o ama. Você também pode aprender comigo muitas coisas boas e belas, algo que outra pessoa não poderá lhe oferecer com a mesma facilidade. O que alcancei por meio de todo este trabalho estafante não ficará aqui apenas para os estranhos, mas especialmente para meus meninos. Nos últimos dias, concluí um dos mais lindos trabalhos da minha vida; quando você crescer mais um pouco, eu lhe falarei dele.

Fico muito satisfeito por você encontrar alegria no piano. Esta e a marcenaria são, a meu ver, as melhores atividades para sua idade, melhores até do que a escola. Pois se trata de coisas que combinam muito com jovens como você. Ao piano, toque principalmente o que lhe agrada, mesmo que o professor não peça como dever de casa. É assim que se aprende mais: ao se fazer algo com tanto prazer a ponto de não notar a passagem do tempo. Às vezes, fico tão absorto em meu trabalho que me esqueço de almoçar...

Um beijo para você e Tete do seu

Papai

Pouco tempo depois, Mileva tem um colapso nervoso e é internada na Theodosianum Parkseite Klinik, em Zurique. Os meninos ficam sob os cuidados de uma empregada doméstica.

É difícil arranjar dinheiro, porque as transferências de pagamento de Albert para a Suíça sofrem atrasos frequentes.

Hans Albert é deixado por conta própria quando Mileva e Tete são internados na Bethanien Klinik, em Zurique; Mileva com dores nevrálgicas crônicas na coluna dorsal, Tete com uma inflamação nos pulmões. O próprio Hans Albert é hospitalizado e depois fica entregue à família de Zangger. Albert fica muito abatido, temendo pela saúde física e mental de todos. Seu único refúgio é o trabalho.

Elsa lhe implora que diminua o ritmo. Ele não quer. Pensa em fazer uma petição popular exigindo a divisão e a subjugação da Alemanha, bem como sua destruição. Contém-se a muito custo. Elsa se pergunta do que ele está falando. Albert admite que, às vezes, nem ele sabe ao certo.

No início de novembro de 1915, ele organiza material suficiente para a primeira de suas quatro palestras sobre a teoria geral da relatividade, com a qual passou oito anos lutando.

ENTRADA DO SALÃO PRINCIPAL DE PALESTRAS

Em 25 de novembro de 1915, no salão principal de palestras da Academia Prussiana de Ciências, na Unter den Linden, 8, em Berlim, Albert pergunta:

> Será que precisamos de uma nova teoria da gravitação, considerando que a física newtoniana tem nos servido tão bem há 250 anos e parece explicar tudo?
> A gravidade de Newton é ação a distância. Dois corpos, como a Terra e a Lua, por exemplo, são unidos como que por fios invisíveis. Como é o mecanismo de transmissão da força? As fórmulas de Newton nos dão a ideia de que a gravidade atinge outro corpo — não importa a que distância esteja — instantaneamente. Minha teoria especial da relatividade contradiz isso. Afirmo que nenhum efeito físico pode se disseminar mais rápido que a velocidade da luz.

A gravidade é diferente. É uma propriedade do espaço e do tempo. A matéria curva o espaço. As forças espaciais são importantes para descrever movimentos específicos. A Lua orbita a Terra porque a Terra e a Lua distorcem o espaço. A gravidade é unicamente uma propriedade da geometria do espaço-tempo. Outras forças naturais agem no espaço e no tempo. Portanto, o que é a gravitação? É espaço e tempo. Esta é minha teoria geral da relatividade. Assim, como construção lógica, a teoria geral da relatividade foi finalmente concluída.

Max von Laue, anteriormente cético, escreveu que o espaço curvo "não é, de modo algum, um constructo matemático, e sim uma realidade inerente a todos os processos físicos. Essa descoberta é a maior realização de Albert Einstein". Max Born a descreve como "o maior feito do pensamento humano sobre a natureza, a mais admirável combinação de penetração filosófica, intuição física e habilidade matemática".

Albert descobriu de que maneira o Sol exerce uma atração invisível sobre a Terra, de uma distância de quase 150 milhões de quilômetros, através do espaço vazio. A única coisa que poderia causar essa atração é a única coisa existente ali: o próprio espaço. A matéria de que são feitos o Sol e a Terra faz o espaço se curvar.

O tempo também pode se curvar. Quanto mais próximo um relógio fica de um corpo maciço como a Terra, mais lento é o avanço de seus ponteiros. Espaço e tempo se entrelaçam num *continuum* chamado espaço-tempo. Eventos acontecendo num dado momento para uma pessoa podem ocorrer num momento diferente para outra.

Albert fica eufórico. Declara a seus amigos que a teoria é de uma "beleza incomparável". Diz a Sommerfeld que é "a descoberta mais momentosa que fiz na vida".

Sua euforia não tarda a diminuir, quando ele é tragado por problemas familiares caóticos.

Albert havia planejado visitar Hans Albert. O filho, com onze anos, diz que não quer ver o pai. "Muito me desola o tom indelicado de sua carta", diz ele a Hans Albert. "Vejo que minha visita lhe traria pouca alegria, por isso penso ser um erro eu passar duas horas e vinte minutos sentado num trem."

Houve um desentendimento a respeito do presente de Natal de Albert para o filho. Mileva havia comprado um par de esquis de setenta francos para o menino. Hans Albert diz ao pai que a mãe o comprou sob a condição de o pai contribuir, ao que Albert responde: "Realmente creio que <u>um presente de luxo, que custa setenta francos, não é compatível com nossa situação modesta</u>."

Por fim, Albert decide ir a Zurique. Diz a Mileva: "Há uma tênue possibilidade de que eu agrade Albertli com minha ida."

Ele não exibe sinais imediatos de recuperação de seu esgotamento. Isso, somado aos problemas de atravessar a fronteira da Alemanha, destrói os planos da visita natalina. Albert diz que vai fazer uma visita na Páscoa seguinte.

"O papel da mulher de um gênio nunca é fácil", escreve Besso a Albert, incentivando-o a se lembrar de que Mileva evidencia "não apenas mesquinhez, mas também bondade".

Antes de concretizar seu projeto de ver os filhos, Albert tenta persuadir Mileva a concordar com o divórcio. Explica que a reputação de Elsa vem sendo destroçada pelos boatos de seu relacionamento com ele. "Isso me abate", diz a Mileva, "... e precisa ser corrigido por um casamento formal. Tente se imaginar na minha posição, para variar."

Ele vai a Zurique e vê Hans, mas não Mileva, que lhe bate a porta na cara. Meses depois, ela cai de cama com um problema cardíaco.

Besso e Zangger tornam a tentar acalmar a situação, ao que Albert reage, dizendo que Mileva está passando a perna neles: "Vocês não fazem ideia da ardileza natural dessa mulher."

Besso considera inaceitáveis as opiniões de Albert. Um dos efeitos delas é Hans Albert parar de escrever para o pai.

De forma inevitável, Albert encontra consolo em seu trabalho científico, publicando *Relatividade: A teoria especial e a teoria geral*. Lê o texto para Margot, filha de Elsa, que não deixa transparecer que não entendeu uma só palavra.

Ele aborda Mileva pela segunda vez a respeito do divórcio, oferecendo-lhe mais dinheiro e a ideia extraordinária de que, se um dia receber o prêmio Nobel, o dinheiro ficará com ela. Isso equivalerá a 135 mil coroas suíças. De início, Mileva descarta a ideia. Depois, muda de atitude. Está doente e fraca. Tete se encontra num sanatório e a irmã de Mileva, num manicômio. Seu irmão foi preso pelos russos.

Albert tenta e não consegue responder à pergunta: "O que virá primeiro: o fim da guerra ou o fim de seu casamento?".

Uma coisa é a guerra. Outra é a guerra com Mileva. E outra, ainda, é o crescente antissemitismo dos círculos científicos alemães, que anuvia a vida e reduz o otimismo de Albert.

A Reichshammerbund [Liga do Martelo do Reich] o enoja. Fundada por Theodor Fritsch, ela declara que os judeus contaminaram a Alemanha. Suas declarações e seu raciocínio se baseiam na biologia. A Liga visa reunir organizações antissemitas para reavivar o estilo de vida alemão. Seu símbolo é a suástica. Fritsch cria uma rede mais sigilosa de antissemitas, a Germanenorden [Ordem Germânica], um grupo de ocultistas e maçons. A Reichshammerbund e a Germanenorden acolhem de bom grado a guerra como uma oportunidade de banir da Alemanha a tibieza e restabelecer a disciplina e o militarismo, exigindo que os alemães se concentrem na *Deutsche Physik* [física alemã] e não na física judaica.

O emagrecimento visível de Albert aflige Elsa. Ela chama o médico, que receita uma dieta de massas, arroz e torradas doces amanteigadas do tipo Melba.

Elsa lhe consegue ovos, manteiga e leite de cabra. Tudo isso apesar da escassez de alimentos, que se agrava. Ela tem amigos ricos que encheram seus jardins de galinhas e plantaram legumes e verduras. Na falta de batatas, ela cozinha nabos, tornando-os palatáveis com doses do açúcar escasso. Chega até a conseguir, a despeito do que diz o médico, comprar um ou outro ganso, um luxo quase impossível de obter. Albert fica encantado com os dotes culinários e a habilidade dela nos cuidados com a casa, que exerce de forma discreta, para não perturbá-lo. Sumamente diferente de Mileva.

Os infortúnios alimentares do país são tema constante de debate entre os amigos de Elsa.

— Todos culpam a nós, judeus — diz ela a Albert. — Culpam o afluxo de refugiados judeus do Leste pela escassez. Eles nos veem como intermediários: *Geschäftsjude* [negociantes judeus].

— Devemos ser culpados de tudo? — pergunta Albert.

— É o que dizem.

— Eu sou alemão — retruca ele. — Você é alemã. Minha língua materna é o alemão. Moramos em Berlim. O Estado a que pertenço como cidadão não desempenha o menor papel na minha vida afetiva. Encaro as relações de uma pessoa com o Estado como uma questão de negócios.

— Por que... por que eles nos odeiam?

— Os judeus são um bode expiatório perfeito para qualquer país que esteja enfrentando dificuldades sociais, econômicas ou políticas extremas. Há duas razões para isso. A primeira, praticamente não há país no mundo que não tenha um componente judaico na população. E, a outra, onde quer que morem, os judeus são a minoria da população, uma pequena minoria, aliás, e por isso não têm poder suficiente para se defender de um ataque em massa. É muito fácil os governos desviarem a atenção de seus próprios erros, culpando os judeus por tal ou qual teoria política, como comunismo ou socialismo.

— Ouvi um homem nos acusar de dar início à guerra.

— Isso não é nenhuma novidade. Ao longo da história, os judeus têm sido acusados de toda sorte de traições, como envenenar poços de água potável e assassinar crianças em sacrifícios religiosos. Muito disso é atribuível à inveja, porque, apesar de os judeus serem sempre uma pequena parcela da população de vários países, sempre tiveram um número desproporcional de figuras públicas de grande destaque.

— Isso me assusta, Albertli.

— Vou protegê-la, minha querida. A Alemanha é o melhor lugar para eu viver e trabalhar.

— Que tal a Suíça?

— Voltar para Zurique, onde ficaremos perto de Mileva?

— Você continua sendo pacifista?

— Continuo um pacifista.

O que ficou difícil para ele, ao tomar conhecimento do Zyklon B.

FRITZ HABER

Um amigo de Albert, Fritz Haber, diretor do Instituto Kaiser Wilhelm de Físico-Química, assume o compromisso de que seu laboratório servirá ao *Deutsches Kaiserreich* [Império Alemão].

O general Erich von Falkenhayn, chefe do Estado-Maior Geral, ordena o início de experimentos com armas químicas.

Uniformizado, Haber parte para a linha de frente em Ypres, dando baforadas no charuto e calculando o momento para um ataque letal com gás. Milhares de cilindros metálicos com gás de cloro estão prontos nas posições alemãs. Após semanas de espera pelo predomínio de ventos ideais, na Bélgica, que fazem o gás flutuar para longe das próprias tropas, os alemães, pessoalmente supervisionados por Haber, soltam mais de 168 toneladas do gás de cloro contido em quase seis mil latas. A nuvem amarela enjoativa asfixia cinco mil soldados franceses e belgas. Haber se sente triunfante.

— O que leva as pessoas a se matarem e se mutilarem com tamanha selvageria? — pergunta Albert a Heinrich Zangger. — Acho que é o caráter sexual do macho que leva a essas explosões violentas.

CLARA HABER

De volta a Berlim, Haber organiza uma grande festa para comemorar seu sucesso, marcada pela promoção ao posto de capitão.

Sua esposa, Clara, uma pacifista de 44 anos, se formou com grande louvor na Universidade de Breslau e concluiu o doutorado em química; a primeira mulher a se tornar doutora na Alemanha.

Um jornal relata o juramento de Clara: "Nunca ensinar, na fala ou por escrito, nada que seja contrário a minhas convicções. Buscar a verdade e promover a dignidade da ciência, para elevá-la à altura que merece." Ela está revoltada com o trabalho do marido. Já protestou até em público. Declara que é "uma perversão dos ideais da ciência. Um sinal de barbárie, corrompendo a própria disciplina que deve dar vida a novas descobertas". O prazer e o orgulho do marido com a guerra química são repugnantes. Clara lhe pede que pare de trabalhar na guerra com esse gás. Fritz responde a ela — e a quem quiser ouvir as afirmações de Clara — que isso constitui uma traição à pátria.

Numa carta a seu amigo e orientador Richard Abegg, que lhe deu aulas como *Privatdozent* [professor assistente] na Universidade de Ciência e Tecnologia de Wrocław, Clara se queixa de que a vitória de Fritz é a derrota dela.

Após uma festa, durante a madrugada, Clara leva a pistola de serviço do marido para o jardim e se mata com um tiro.

Seu filho de treze anos, Hermann, ouve o tiro e alerta o pai. Clara morre nos braços de Hermann.

Na manhã seguinte, deixando as providências por conta do filho, Haber vai para a frente oriental organizar o primeiro ataque com gás contra os russos. O suicídio de Clara é mantido em segredo até seis dias depois, quando o jornal local, o *Grunewald-Zeitung*, informa que "a esposa do dr. Haber, do distrito berlinense de Dahlem, que atualmente se encontra no *front*, pôs fim à própria vida com um tiro. As razões do ato da pobre mulher são desconhecidas".

Albert acompanha a Segunda Batalha de Ypres pelo jornal. Após o bombardeio das linhas inimigas pela artilharia, os defensores aliados esperam pela primeira leva de tropas de ataque alemãs. O gás de cloro de Haber penetra pela terra de ninguém nas trincheiras deles, trucidando duas divisões de tropas francesas e coloniais argelinas.

A selvageria da ciência pervertida de Haber não tem limites.

Durante os últimos meses da guerra, os norte-americanos chegam à frente ocidental. O Império Austro-Húngaro, principal aliado da Alemanha, começa a se desintegrar. A Tchecoslováquia, a Polônia e a Hungria buscam independência.

O Kaiser se vê diante do general Ludendorff, que o aconselha a buscar a paz. O príncipe Maximilian Alexander Friedrich Wilhelm, margrave de Baden, forma um gabinete. Os pacifistas da *Bund Neues Vaterland* exigem que os prisioneiros políticos sejam soltos.

A Alemanha está perdendo a batalha na França e os marinheiros alemães se amotinam.

O Kaiser parte para o exílio na Holanda em 9 de novembro de 1918.

Dois dias depois, a Alemanha assina o armistício preparado pela Grã-Bretanha e pela França, e os canhões silenciam.

A Grande Guerra se encerra às onze horas da manhã do décimo primeiro dia do décimo primeiro mês do ano.

A guerra entre Albert e Mileva continua se arrastando. Os dois lados culpam a doença. Mileva afirma não querer bloquear o caminho do ex-marido para a felicidade. Diz a Albert que mande seu advogado escrever para o dela. Exasperado, Albert finalmente concorda em prestar um depoimento em Berlim para o tribunal de família de Zurique, admitindo seu adultério.

No começo do ano seguinte, ele faz uma série de palestras na Suíça e, no Dia dos Namorados, um mês antes de seu aniversário, o divórcio é formalizado. Todavia, no período imediatamente posterior à guerra para acabar com todas as guerras, segue-se ao acordo do divórcio um estado de tumulto familiar equiparável ao caos político da Alemanha. Mileva e sua prole precisam de tratamentos médicos dispendiosos em sanatórios e hospitais, além de cuidados de enfermagem em casa.

Tete é vítima da epidemia de gripe, não uma, mas duas vezes.

— O que você pode fazer? — pergunta Elsa a Albert.

— Sobre os meninos? Sou sempre o tocador de realejo que não pode fazer nada além de girar a manivela sem parar... Quer ouvir meu poeminha?

Elsa sorri.

> *Sou, como sempre, o tocador de realejo*
> *Que nada pode fazer senão girar a manivela sem parar,*
> *Até que o pardal entoe no telhado a melodia*
> *E que o último dos canalhas a compreenda.*

O último dos canalhas não sabe guardar segredo de sua paixão por outra mulher. Ninguém menos do que Ilse, de 21 anos, a segunda filha de sua futura esposa.

Ilse escreve a Georg Nicolai:

> Ontem, levantou-se de repente a questão de saber se A. quer se casar com a mamãe ou comigo (...). Albert tem se recusado a tomar qualquer decisão; está preparado para se casar comigo ou com mamãe. Sei que A. me ama muito, talvez mais do que qualquer outro homem jamais me amará, como ele próprio me disse ontem. (...) Nunca tive vontade nem o menor desejo de ficar fisicamente perto dele. No seu caso, isto é diferente, pelo menos nos últimos tempos. Ele mesmo até admitiu para mim como tem dificuldade de manter o controle (...).

Então Albert convida Ilse para se tornar sua secretária.

— Por quê? — indagou ela.

— Razão: preservação e possível aprimoramento dos seus encantos de donzela. Estou prestes a ir à Noruega. Levarei a Elsa ou você, Ilse. Você é mais adequada, por ser mais saudável e prática.

OUTRO CARTÃO-POSTAL DE ELSA

— Venha dormir, Albertli — diz Elsa, despindo-se.

— Você vai usar sua camisola especial, mamãe?

Ela a veste.

Albert levanta a camisola acima da cintura dela, que o segura com firmeza e o guia para dentro de seu corpo.

Uma vez satisfeito, ele rola para o lado, suspirando.

— Eu amo você, Ilse. Ilse... Meu amor.

Elsa fica tensa.

— Do que você me chamou?

— Meu amor.

— Você me chamou de Ilse. Faz amor comigo e me chama pelo nome da minha filha.

— O que você está dizendo?

— Então, é isso. Você está obcecado por ela.

— Foi um lapso de linguagem.

— Sua língua estava na minha boca. Seu pênis esteve dentro da minha vagina. Você faz isso com Ilse?

— Não. Não faço.

— Você a ama?

— Não. Não amo.

— Chega de Ilse — diz Elsa. — Chega.

— Chega de Ilse — repete Albert. — Chega de Ilse.

— Você quer que eu seja sua esposa?

— Você sabe que é isso que eu quero, mais do que qualquer coisa no mundo.

— E como vai provar isso, Albertli?

— Com uma equação.

— Uma equação? Não quero uma equação. Eu quero você.

— Ótimo. Então, $A + E = E + A$. É o meu presente para você.

— Tenho um presente para você, Albertli.

— O que é?

— Vou garantir que você se torne mundialmente famoso.

"Os homens se casam com as mulheres na esperança de que elas nunca mudem. As mulheres se casam com os homens na esperança de que eles mudem.

Invariavelmente, os dois se decepcionam."

Albert Einstein

ELSA E ALBERT, 2 DE JUNHO DE 1919

A responsabilidade pela elevação de Albert à condição de celebridade mundial não foi de Elsa. Foi da imprensa internacional.

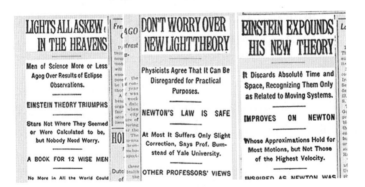

THE NEW YORK TIMES, 10 DE NOVEMBRO, 16 DE NOVEMBRO E 3 DE DEZEMBRO DE 1919*

---

* Da esquerda para a direita: "Todas as luzes se entortam no céu", "Não se preocupe com a nova teoria da luz" e "Einstein expõe sua nova teoria".

UMA NOVA EMINÊNCIA NA HISTÓRIA MUNDIAL: ALBERT EINSTEIN, CUJAS PESQUISAS SIGNIFICAM UMA REVOLUÇÃO COMPLETA EM NOSSA COMPREENSÃO DA NATUREZA E CUJAS DESCOBERTAS EQUIPARAM-SE EM IMPORTÂNCIA ÀS DE COPÉRNICO, KEPLER E NEWTON

Dois anos depois, em 1921, para marcar a primeira visita de Albert aos Estados Unidos, William Carlos Williams escreve "St. Francis Einstein of the Daffodils" [São Francisco Einstein dos Narcisos]:

> *(...) Einstein de abril*
> *pelas águas desabrochadas,*
> *rebelde, rindo*
> *sob o braço morto da liberdade,*
> *chegou entre os narcisos*
> *gritando*
> *que flores e homens*

*foram criados
relativamente iguais.
Morre o saber antiquado
sob os pessegueiros em flor (...).*

PAULINE EINSTEIN EM SEUS ÚLTIMOS DIAS DE VIDA

Numa visita a Lucerna para ver Maja e Paul, sua filha e genro, Pauline Einstein, então com 62 anos, é diagnosticada com câncer de estômago em estágio terminal e internada no Rosenau Sanatorium.

Albert a leva para a Haberlandstrasse, 5, e, com Elsa, cuida dela. Durante os últimos dias de vida da mãe, tenta animá-la, recitando-lhe as notícias dos seus sucessos.

Depois que ela morre, Albert diz a Elsa:

— Agora sei o que é ver a mãe passar pela agonia da morte e não poder ajudá-la; não existe consolo. Todos temos de arcar com esses fardos pesados, que estão inalteravelmente ligados à vida.

Albert diz a Paul Ehrenfest que está desiludido com a política.

— Durante a guerra, achei que a vitória dos Aliados seria, de longe, o menor dos males. Agora, acho que eles parecem ser apenas o menor dos males.

— O que quer dizer? — indaga Ehrenfest.

— Existe a política interna, totalmente desonrosa: os reacionários, com todos os seus atos vergonhosos, num disfarce revolucionário repulsivo. A gente não sabe onde procurar prazer na luta humana.

— Você realmente não extrai nenhum prazer do modo como andam as coisas?

— O que me deixa mais feliz é a materialização de um Estado judaico na Palestina. Nossos irmãos são mesmo mais agradáveis, ou menos brutais, pelo menos, do que esses europeus horrorosos. Talvez as coisas só melhorem se apenas os chineses sobreviverem; eles colocam todos os europeus num bolo só, como "bandidos".

KURT BLUMENFELD

Kurt Blumenfeld, um sionista alemão nascido em Marggrabowa, na Prússia Oriental, e secretário-geral da Organização Sionista Mundial, visita Albert em Berlim. Vai sondá-lo a respeito do sionismo.

— Sou contra o nacionalismo, mas a favor do sionismo — diz Albert. — Quando um homem tem ambos os braços e vive dizendo que tem um braço direito, ele é chauvinista. No entanto, quando lhe falta o braço direito, ele tem que fazer alguma coisa para compensar o membro faltante.

— O senhor se opõe ao sionismo?

— Não. Como ser humano, me oponho ao nacionalismo. Como judeu, porém, apoio os esforços judaicos sionistas. Trago a causa sionista no fundo do coração. Tenho muita confiança no desenvolvimento satisfatório da colônia judaica, e fico feliz por haver um pedacinho minúsculo desta Terra em que os membros da nossa tribo não serão estrangeiros. A pessoa pode ter uma mentalidade internacional sem renunciar ao interesse por seus colegas tribais. Apoiarei Chaim Weizmann. Recebi vários convites para dar palestras nos Estados Unidos. Weizmann propõe que eu o acompanhe e me apresente em cidades da Costa Leste. Além disso, darei palestras em Princeton. Vou considerar criteriosamente a ideia do Weizmann.

Albert leva em conta que a turnê pelos Estados Unidos o fará ganhar dinheiro numa moeda estável, para prover o sustento de Mileva na Suíça.

— Pedi 15 mil dólares às universidades de Princeton e Wisconsin — diz a Ehrenfest. — É provável que isso os assuste. Mas, se aceitarem, estarei comprando minha independência econômica, e isto não é coisa que se despreze.

As universidades norte-americanas não vão pagar.

— Minhas exigências foram altas demais — diz ele a Ehrenfest.

Assim, planeja apresentar um artigo na III Conferência Solvay, em Bruxelas, e dar palestras para Ehrenfest em Leiden.

No entanto, quando o convidam para discursar na Centralverein, a Associação Central dos Cidadãos Alemães de Religião Judaica, ele lhes diz que "os esforços dos judeus assimilacionistas de deixar de lado tudo que é judaico se afiguram meio cômicos aos não judeus, porque os judeus são um povo à parte. A raiz psicológica do antissemitismo reside no fato de que os judeus são um grupo autônomo de pessoas. Sua judeidade é visível na aparência física e a herança judaica se faz notar em seu trabalho intelectual".

Em seguida, Chaim Weizmann entrega-lhe um telegrama da Organização Sionista Mundial, convidando-o para uma turnê com Elsa pelos Estados Unidos, a fim de angariar fundos para uma universidade em Jerusalém.

CHAIM WEIZMANN

Albert aceita. "Não tenho nenhuma ânsia de ir aos Estados Unidos, mas o faço apenas a bem dos sionistas, que precisam implorar por dólares para construir instituições de ensino em Jerusalém e pelos quais atuo como sumo sacerdote e chamariz. (...) Faço o possível para ajudar os da minha tribo, que são tão maltratados em toda parte."

Está no papo.

Diz a Friedrich Zangger: "Parto no sábado para os Estados Unidos, não para discursar em universidades, embora seja provável que isso também aconteça, de quebra, mas a fim de contribuir para a fundação da Universidade Judaica em Jerusalém. Sinto grande necessidade de fazer algo por essa causa.

Elsa fica empolgada.

— Você poderá trabalhar em meu benefício, quando necessário — diz Albert a ela.

— Contarei tudo aos norte-americanos sobre o meu Albert — responde.

— Perfeito — comenta Albert. — Perfeito.

Uma pessoa que se enfureceu com a decisão de Albert foi Fritz Haber, que se convertera do judaísmo para se afigurar um completo prussiano. Haber calcula que uma visita de Einstein ao inimigo dos tempos de guerra, em prol de uma organização sionista, enfatizará a ideia de que os judeus são maus alemães.

Haber se encantara com o comparecimento de Albert à Conferência Solvay, em Bruxelas. "As pessoas deste país verão isso como uma prova da deslealdade dos judeus", escreve, ao saber da decisão do cientista de visitar a América.

Einstein discorda da visão que Haber tem dos judeus como pessoas de religião judaica: "A despeito de minhas convicções internacionalistas enfáticas", diz, "sempre senti a obrigação de defender meus companheiros tribais perseguidos e moralmente oprimidos. A perspectiva de fundar uma universidade judaica enche-me de uma alegria especial, por eu ter visto, recentemente, inúmeros casos de tratamento pérfido e desumano de jovens judeus esplêndidos, em tentativas de lhes negar a oportunidade da educação."

ALBERT E ELSA ZARPAM DA HOLANDA PARA ATRAVESSAR O ATLÂNTICO A BORDO DO SS *ROTTERDAM*, NUMA VIAGEM DE NOVE DIAS

CIDADE DE NOVA YORK

Na chegada ao porto de Nova York, o prefeito John Hylan presenteia Albert e Weizmann com uma placa representando a cidadania honorária da cidade.

Durante a carreata do Battery Park ao Hotel Commodore, milhares de sionistas carregando a bandeira de Sião, com suas listras azuis e brancas e a estrela de Davi no centro, aglomeram-se nas calçadas para ter um vislumbre de seus líderes. Albert recebe boas-vindas tumultuadas. O comitê de recepção do prefeito Hylan vai ao encontro dos convidados no hotel, a fim de escoltá-los até a prefeitura. Ao sair do prédio, Albert é carregado nos ombros de seus colegas no automóvel, que passa pela multidão num desfile triunfal.

O prefeito cumprimenta o grupo no salão de recepções da prefeitura. Albert circula pelo prédio com uma calça surrada e um suéter, exibindo uma expressão distante e meio confusa, o que faz com que membros da delegação o cutuquem, de vez em quando, para que troque apertos de mão com seus admiradores dedicados. Como são tantos os que querem ouvir os discursos, estes são proferidos na escadaria.

A imprensa não se cansa dele.

O representante do *City News* pergunta:

— O senhor faria a gentileza de nos dizer, em uma frase, como é exatamente a sua teoria da relatividade?

— Durante minha vida inteira — responde Albert em alemão — tenho me esforçado para colocá-la em um livro. E o senhor quer que eu a explique em uma frase.

O homem do *Tribune* indaga:

— Professor, o que o senhor acha dos Estados Unidos?

— Desculpe-me, ainda não cheguei aos Estados Unidos.

— O que acha das norte-americanas?

— Desculpe-me, ainda não conheci mulheres norte-americanas.

— Professor, de que modo sua teoria beneficiará o público em geral? — pergunta o homem do *New York Times*.

Albert dá uma olhada em volta, desanimado, e se retira da sala em meio ao tumulto, seguido por Elsa, que perdeu um lornhão de ouro. O prefeito oferece uma recompensa para recuperá-lo. De nada adianta.

Há uma recepção oficial dos sionistas na abarrotada Metropolitan Opera House, na esquina da Broadway com a rua 39.

A plateia manifesta sua aprovação ruidosa quando os visitantes surgem no palco. E entoa o "Hatikvah":

> *Não está perdida nossa esperança,*
> *A esperança de dois mil anos,*
> *De sermos uma nação livre em nossa terra,*
> *A terra de Sião e Jerusalém.*

Albert discursa para uma plateia de milhares de pessoas no Arsenal do 69º Regimento, na avenida Lexington. O presidente Harding envia seus cumprimentos: "Esta visita deve lembrar às pessoas os grandes serviços que a raça judaica tem prestado à humanidade."

Marion Weinstein, do jornal *The American Hebrew*, entrevista Elsa. Esta lê alguns trechos seletos em voz alta, em benefício de Albert. "Ela tem a beleza de uma pintura requintada. É o tipo que agrada aos homens por sua feminilidade inata, que os pintores escolhem para suas 'Madonas' e os judeus imaginam como a 'mãe de Israel' ideal. A sra. Einstein estava usando uma saia lisa simples e uma blusa de seda roxa, delicadamente bordada. É fácil associá-la a piscinas fundas, refrescantes, e a um sol ameno. Seus belos olhos azuis e os dentes bonitos brilham com as risadas, quando ela nos relata alguma de suas experiências *divertidas* neste turbilhão que tem sido a América do Norte."

— Você mesma não teria escrito de forma melhor — diz Albert.

— Nem você — retruca Elsa.

*

Dirigem-se a Washington, onde ele faz uma palestra na Academia Nacional de Ciências.

O presidente Harding não se entusiasma com a ideia de receber Albert e Elsa na Casa Branca, mas o faz assim mesmo, dizendo não compreender a relatividade.

Albert dá cinco aulas sobre a relatividade em Princeton, onde recebe um doutorado honorário.

Depois vai à Universidade Harvard e à Universidade de Boston, com Weizmann. Em Boston, ele é recebido por uma banda. À noite, o prefeito, Andrew J. Peters, oferece um banquete *kosher* e diz: "Não muitos de nós conseguimos acompanhar o professor Einstein em sua discussão das propriedades matemáticas do espaço, mas compreendemos sua recusa a assinar aquele manifesto que apoiou a invasão da Bélgica."

É a vez então de Cleveland, onde comerciantes judeus suspendem o trabalho e inundam as ruas para saudá-lo.

Albert diz a Besso: "Agora, dois meses assustadoramente exaustivos ficaram para trás, mas tenho a enorme satisfação de haver sido muito útil à causa do sionismo e de ter assegurado a criação da universidade (...). É surpreendente que eu tenha conseguido aguentar. Mas agora acabou, e resta a bela sensação de ter feito algo realmente bom."

Exaustos, Albert e Elsa regressam para a Europa a bordo do navio britânico RMS *Celtic*, da White Star Line, em uma viagem de nove dias.

Em 24 de junho de 1922, um amigo de Albert, o ministro das Relações Exteriores da República de Weimar, Walther Rathenau, sai de sua casa em Grunewald, a dez minutos de Berlim, em seu conversível aberto. No cruzamento da Wallotstrasse com a Königsallee, um carro emparelha com o de Rathenau e bloqueia sua passagem. Um atirador dispara cinco vezes e outro homem joga uma granada no carro. Rathenau morre instantaneamente.

Ele disse a Albert, muitas vezes, que servia a uma Alemanha que não lhe tinha afeição. "Sinto o coração pesado (...) o que pode fazer um homem assim, neste mundo paralisado, com inimigos em toda a volta?" Rathenau havia recebido várias ameaças de morte. Ouviu os membros da Selbstschutz — a Autodefesa da Alta Silésia, uma organização miliciana paramilitar — cantarem: "Maldito seja Walther Rathenau. Abatam a tiros esse judeu sujo." A polícia o aconselhou a andar armado com uma pistola.

Os assassinos de Rathenau foram um estudante de direito, Erwin Kern, de 23 anos, e um engenheiro mecânico, Hermann Fischer, de 26, ambos loiros, de olhos azuis, ex-oficiais do Exército e membros do Cônsul, um grupo terrorista antissemita de direita chefiado por Ernst Werner Techow.

Os assassinos fogem para o castelo de Saaleck, em Naumberg, a uns duzentos quilômetros ao sul da capital alemã. No entanto, cometem o erro de deixar uma luz acesa, e os moradores do lugar avisam a polícia, sabendo que o arrendatário, um simpatizante da extrema direita, está fora. Os policiais tentam prender Kern, que grita: "Viva Ehrhardt!" Matam-no a tiros. Fischer se suicida com um tiro. Techow é preso e condenado a quinze anos de prisão. O promotor cita "o ódio cego aos judeus" como motivo.

Os nacionalistas alemães cometem assassinatos de várias centenas de autoridades de governo e ativistas radicais. Dois nacionalistas alemães radicais fazem uma tentativa infrutífera de assassinar Philipp Scheidemann, ex-chanceler social-democrata da República de Weimar, borrifando cianeto de hidrogênio em seu rosto.

No dia do enterro de Rathenau, o professor de física Philipp Lenard, de Heidelberg, agraciado com o prêmio Nobel de Física, proíbe os alunos de faltarem a sua aula "por causa de um judeu morto". Recusa-se a abaixar a bandeira em sinal de respeito e é arrastado para fora do laboratório por um bando enfurecido de alunos, que tentam jogá-lo no rio Neckar. A universidade o repreende severamente e ele pede demissão. Quando sabe que a lista final dos candidatos a substituí-lo é composta por dois não arianos, James Franck e Gustav Hertz, volta atrás em seu pedido de demissão.

Para Albert, essas manobras são besteira, comparadas aos boatos políticos que sacodem a Alemanha em seu âmago.

Sua vida vem sendo uma tortura desde o assassinato de Rathenau. Albert vive em alerta. Suspendeu suas aulas e está oficialmente ausente. O antissemitismo é virulento.

Weizmann pinta um quadro tenebroso: "Todos os personagens suspeitos do mundo estão trabalhando contra nós: judeus ricos e servis e fanáticos obscurantistas judeus, combinados com o Vaticano e com assassinos árabes; reacionários ingleses imperialistas e antissemitas; em suma, todos os cães estão ganindo. Nunca me senti tão sozinho em minha vida, mas, ainda assim, tão seguro e confiante."

Albert e Elsa entram em consenso. Devem se afastar da maré impenitente de ódio.

— Leia isto — diz Albert a ela. — As palavras do demônio, proferidas na *Hofbräuhaus* de Munique.

O judeu não ficou mais pobre: vai inchando cada vez mais e, se vocês não acreditam, eu lhes pediria que fossem a um de nossos spas, onde encontrarão dois tipos de visitantes: o alemão que vai lá, talvez pela primeira vez em muito tempo, para respirar um pouco de ar puro e recuperar a saúde, e o judeu que vai para perder gordura. E, se forem para nossas montanhas, quem vocês encontrarão lá, com lindas botas amarelas, novinhas em folha, e mochilas esplêndidas nas quais não costuma haver nada que tenha de fato alguma serventia? E por que eles estão lá?

Eles sobem até o hotel, em geral não mais distante do que o ponto a que o trem pode levá-los: onde o trem para, eles param também. Depois, ficam sentados em algum lugar, a menos de dois quilômetros do hotel, feito varejeiras em torno de um cadáver.

Não são essas, tenham certeza, as nossas classes trabalhadoras: nem as que trabalham com a mente nem as que trabalham com o corpo. Com suas roupas usadas, eles deixam o hotel de lado e continuam escalando: não se sentiriam à vontade entrando nessa atmosfera perfumada com ternos datados de 1913 ou 1914. Não, o judeu, com certeza, não sofreu nenhuma privação! E a direita, além disso, esqueceu por completo que a democracia é fundamentalmente não alemã: é judia. Esqueceu por completo que essa democracia judaica, com suas decisões majoritárias, sempre foi, sem exceção, apenas um meio para a destruição de qualquer liderança ariana existente. A direita não compreende que, tão logo qualquer pequena questão de lucro ou prejuízo é exposta com regularidade à chamada "opinião pública", aquele que sabe, com mais habilidade, fazer essa "opinião pública" servir a seus interesses pessoais torna-se imediatamente dono do Estado. E isso pode ser conquistado pelo homem capaz de mentir da maneira mais ardilosa, mais infame; e, em última instância, ele não é o alemão, e sim, nas palavras de Schopenhauer, "o grande mestre da arte de mentir", o judeu.

Com amor ilimitado, como cristão e homem, li até o fim a passagem que nos diz como o Senhor elevou-se, enfim, em Seu poder e tomou do açoite para expulsar do Templo aquele ninho de víboras. Como foi extraordinária Sua luta pelo mundo contra o veneno judaico.

Hoje, passados dois mil anos, é com extrema emoção que reconheço, mais profundamente que nunca, o fato de que foi por isso que Ele teve que derramar Seu sangue na Cruz. Como cristão, não tenho dever algum de me deixar enganar, mas tenho o dever de lutar pela verdade e pela justiça. E, como homem, tenho o dever de garantir que a sociedade humana não sofra o mesmo colapso catastrófico pelo qual passou a civilização do mundo antigo, há cerca de dois mil anos; uma civilização levada à ruína por esse mesmo povo judeu.

— São as palavras de Satanás — diz Elsa.

Albert sempre se animava com a menção do nome de Bertrand Russell. Leu para mim a cópia de uma carta que Russell tinha enviado a Lady Colette Malleson: "Que obra estranha é a Bíblia (...). Alguns textos são muito engraçados. Deut. XXIV, 5: 'Quando um homem houver tomado uma nova esposa, não irá à guerra e não lhe será imposto encargo algum. Durante um ano estará livre para permanecer em sua casa e animar a esposa que houver tomado.' Eu nunca teria imaginado que 'animar' fosse uma expressão bíblica. Eis outro texto realmente inspirador: 'Maldito seja aquele que se deitar com sua sogra. E todo o povo dirá amém.' São Paulo, referindo-se ao casamento: 'Digo, pois, aos solteiros e às viúvas: é bom que permaneçam como eu. Mas, se não puderem controlar-se, que se casem, pois melhor é casar-se que arder de desejo.' Esta tem se mantido a doutrina da Igreja até hoje. Está claro que o propósito divino do texto 'melhor é casar-se que arder de desejo' é fazer com que todos sintamos como devem ser realmente pavorosos os tormentos do inferno."

Mimi Beaufort, Princeton, Nova Jersey

*

O editor e escritor japonês Sanehiko Yamamoto pede que Russell lhe sugira os nomes dos dois maiores pensadores mundiais, para que deem aula no Japão. Russell propõe Lenin e Einstein.

Lenin está preocupado demais com o governo da República Socialista Federativa Soviética da Rússia para aceitar o convite. A perspectiva de uma longa viagem marítima atrai Albert, do mesmo modo que a remuneração. E ele também pode levar Elsa. Mas recebe então outro convite bem distinto. Ou, melhor dizendo, uma sugestão de convite.

Esse vem de Svante Arrhenius, diretor do Instituto Nobel de Física e Química, em Estocolmo. Agraciado com o prêmio Nobel de Química em 1905, ele também tem grande interesse pela física. Ao ouvir falar do convite para uma ida ao Japão, escreve a Albert: "É provável que seja muito desejável a sua vinda a Estocolmo em dezembro. Mas caso esteja no Japão, será impossível."

Albert fica em conflito diante dos convites.

Faz doze anos que ele foi indicado por Ostwald, pela primeira vez, por seu trabalho sobre a relatividade especial. O comitê sueco foi evasivo, por achar que o prêmio deveria ser concedido a "descoberta ou invenção mais importante". Precisava de mais provas para concedê-lo a Albert. A partir de então, Albert passou a ser indicado com regularidade por Wilhelm Wien, ele próprio laureado com o Nobel de Física em 1911, coeditor dos *Annalen der Physik* e sucessor de Röntgen como titular de física na Universidade de Munique. Niels Bohr também o apoiou. Assim como Lorentz. Por outro lado, Lenard vinha liderando a cruzada contra Albert, o protagonista da "ciência judaica". Foi o suíço Charles Édouard Guillaume, diretor da Agência Internacional de Pesos e Medidas, em Sèvres, quem levou o prêmio em 1920.

No ano seguinte, Albert recebeu quatorze indicações, inclusive de Planck e Arthur Eddington. Mas persistia uma oposição ferrenha, cuja manifestação mais conspícua vinha de Allvar Gullstrand, da Universidade de Uppsala, onde ele era professor titular de oftalmologia e laureado com o Nobel de Fisiologia em 1911.

Gullstrand descartou o trabalho de Albert. Erroneamente, porém, afirmou que os efeitos da relatividade geral "mensuráveis por meios físicos são tão pequenos (...) que costumam situar-se abaixo dos limites do erro experimental". Ele também ofereceu interpretações equivocadas de experimentos feitos por outros estudiosos.

O parecer de Arrhenius sobre o efeito fotoelétrico foi igualmente depreciativo. O resultado foi que a decisão sobre quem receberia o prêmio Nobel de Física em 1921 foi adiada para o ano seguinte, quando o nome de Albert foi sugerido de novo. Gullstrand foi encarregado de atualizar seu parecer sobre a relatividade. Mais uma vez, colocou-se contra Einstein. Outro membro da comissão, Carl Wilhelm Oseen, diretor do Instituto Nobel de Física Teórica, em Estocolmo, foi solicitado a reavaliar o efeito fotoelétrico e deu um parecer favorável a Albert. Ele receberia o prêmio adiado em 1921, mas não pela relatividade. Recebeu-o por sua explicação de 1905 sobre o efeito fotoelétrico, no qual os elétrons só são emitidos por uma lâmina de metal sob certas condições de iluminação. Portanto, o prêmio lhe seria concedido por uma lei, não por uma teoria.

O estratagema do comitê consistiu em conceder o Nobel tanto a Albert quanto a Niels Bohr; o de Albert retroativo a 1921, aparentemente, e o de Bohr, contemporâneo, de 1922.

Arrhenius guardou cuidadosamente o segredo das complexas maquinações do comitê.

Albert reflete que, em 1915, prometeu que, se um dia recebesse o prêmio Nobel, o dinheiro seria dado a Mileva. O valor correspondente a 135 mil coroas suíças. A princípio, Mileva descartou a ideia, mas depois mudou de opinião.

A questão é: ir à Escandinávia ou ao Oriente?

O Oriente se consagra vencedor.

— Quanto tempo ficaremos fora? — pergunta Elsa.

— Seis meses. Talvez mais.

Em outubro de 1922, Albert e Elsa deixam Berlim, espremidos no trem noturno para Marselha, onde embarcam no navio postal japonês SS *Kitano Maru*. A viagem para Kobe levará mais de um mês.

Albert e Elsa ficam sentados no convés, observando seus companheiros de viagem japoneses, em especial as crianças brincando. "Aqueles rostinhos", entusiasma-se ele, "me fazem lembrar flores. *Sakura*, cereja em japonês. *Momo*, pêssego. *Sakurasou*, prímula. Muito bonitos. Muito bonitos."

De Henri Bergson, ele leu *Duração e simultaneidade*. Albert não se convence da ideia bergsoniana de que a experiência e a intuição são mais significativas do que o racionalismo abstrato e a ciência para compreender a realidade; em vez disso, volta-se para seu exemplar de *Body Structure and Character* [Constituição física e caráter], de Ernst Kretschmer, no qual o autor defende o argumento de que as propriedades físicas do rosto, do crânio e do corpo se relacionam com o caráter e a patologia psiquiátrica.

Albert explica a Elsa que Kretschmer "mede e fotografa com diligência seus pacientes e considera que suas pesquisas tanto são psiquiátricas quanto antropológicas".

Na intimidade da cabine, entre a sala de máquinas e o casco, os dois se despem, se comparam e contrastam.

Há três tipos físicos principais:

A. Astênico (magro, pequeno, fraco): associado à introversão e à timidez, assemelhando-se a um tipo mais brando de sintomas negativos dos esquizofrênicos.

B. Atlético (musculoso, de ossos grandes); epiléptico.

C. Pícnico (troncudo, gordo): amigável, dependente do contato interpessoal, gregário; são pessoas predispostas à doença maníaco-depressiva.

Albert diz:
— Nós somos C.
— Eu sou G — retruca Elsa.
— O que é G?
— *Gemütlichkeit* [aconchego].
— Ah!
— Venha deitar — diz Elsa — que eu provo.

O SS *Kitano Maru* faz uma breve parada em Port Said, segue para o sul pelo mar Vermelho e o golfo de Áden e atravessa o mar da Arábia.

Na costa da Sumatra, Albert se encanta ao ver uma miragem Fata Morgana, e sua empolgação só é reduzida por hemorroidas doloridas e uma diarreia violenta.

Por sorte, o professor Hayari Miyake, especialista em cirurgia do trato gastrointestinal e do sistema nervoso central, também é passageiro do navio. Recomenda que Albert beba oito copos d'água diários e ande no convés durante trinta minutos por dia, para estimular o funcionamento intestinal. Infelizmente, outros passageiros o bombardeiam para tirar foto com ele, que precisa começar e terminar suas caminhadas antes do alvorecer.

Ao chegar a Cingapura, Albert constata que Chaim Weizmann entrou em contato antecipadamente com a comunidade judaica, razão por que conseguiu obter uma doação de 500 libras esterlinas para a Universidade Hebraica, oferecidas pelo magnata e filantropo *Sir* Manasseh Meyer.

Albert esboça um retrato escrito de Meyer em seu diário: "Creso ainda é um octogenário esguio, ereto e decidido. Barbicha grisalha e pontuda, rosto cheio e avermelhado, nariz judaico afilado e adunco, olhos inteligentes e meio astutos, testa bem arqueada, pequeno quipá preto. É parecido com Lorentz, mas os olhos luminosos e benevolentes deste são substituídos por um olhar desconfiado e furtivo, e a expressão facial mais reflete ordem esquemática e trabalho do que amor pela humanidade e solidariedade, como no caso de Lorentz."

Após uma escala em Hong Kong, o *Kitano Maru* sobe o rio Yang-Tsé, chegando a Xangai em 13 de novembro de 1922. Um coral entoa "Deutschland Über Alles" [Alemanha acima de tudo]* a título de boas-vindas. Em seguida, o comitê oficial de recepção sobe a bordo: o cônsul alemão, Pfister, e sua esposa, e o físico Inagaki e sua esposa. E, por fim, o cônsul-geral sueco, Christian Bergstrom, apresenta-se e entrega dois envelopes a Albert.

O carimbo de postagem do primeiro diz "Estocolmo, 10.11.1922".

Albert o abre e lê um telegrama: "Agraciado Prêmio Nobel de Física. Mais detalhes em breve. C. Aurivillius."

O segundo tem um carimbo de postagem similar: "Estocolmo, 10 de novembro de 1922." Albert lê o conteúdo:

> Como já lhe informei por telegrama, a Academia Sueca de Ciências decidiu, na reunião de ontem, conceder-lhe o prêmio Nobel de Física de 1922, como reconhecimento por seu trabalho na física teórica e, em especial, por sua descoberta da lei do efeito fotoelétrico, mas sem levar em conta sua relatividade e as teorias da gravitação. Após a notificação de aceitação, em 10 de dezembro, a entrega dos diplomas e medalhas de ouro aos

---

* Título e verso inicial do antigo hino nacional alemão.

vencedores do prêmio será confirmada na Assembleia Geral Anual.

Assim, em nome da Academia de Ciências, eu o convido a comparecer para autenticar e receber o prêmio pessoalmente.

Caso venha a Estocolmo, seria mais conveniente fazer sua palestra no dia seguinte à entrega do prêmio.

Na expectativa de que a Academia terá o prazer de vê-lo aqui em Estocolmo, subscrevo-me, respeitosamente,

C. Aurivillius
Secretário

— E então? — diz Elsa.

— É uma notícia interessante. Notícia interessante.

— Que notícia interessante?

— O cônsul-geral sueco está me parabenizando.

— Parabenizando por quê? Por que está tão feliz?

— Uma mesa, uma cadeira, uma tigela de frutas e um violino: de que mais um homem precisa para ser feliz?

Elsa lê o telegrama e a carta e desata a chorar.

Nessa noite, o casal janta no restaurante Yin Pin Xiang, acompanhado por dignitários do mundo da educação e por um bando de jornalistas japoneses deslumbrados.

Albert foi posto ao lado de Liu-Wang Liming. O cônsul alemão lhe diz que Liu-Wang é editora da *Women's Voice*, uma revista quinzenal pioneira em textos femininos sobre política.

Ela se mostra sensível ao estado de espírito do físico.

— O senhor parece quase indiferente a sua premiação com o Nobel — diz.

— A senhora conhece *Macbeth*?

— É claro.

— "Apaga-te, apaga-te, breve candeia! Que a vida não passa de sombra ambulante, pobre ator que se pavoneia e se aflige por uma hora no palco e depois não mais se faz ouvir. É uma história contada por um idiota, cheia de som e fúria que nada querem dizer."

— A ideia de que "o mundo inteiro é um palco" é deprimente?

— Exato. "Quem se arroga juiz no campo da verdade e do saber é levado ao malogro pela gargalhada dos deuses." Tenho mantido o bom humor e não levo a mim mesmo a sério nem ao meu semelhante. Lembre-se de Mark Twain: "Os deuses não oferecem prêmios pelo intelecto. Até hoje, nunca houve algum que demonstrasse qualquer interesse por ele."

— O que o senhor dirá na cerimônia?

— Eu gostaria de dizer algo como "se quisermos resistir às forças que ameaçam reprimir a liberdade intelectual e individual, precisaremos manter diante de nós, claramente, o que está em jogo e o que devemos à liberdade que nossos ancestrais conquistaram para nós, depois de árduas lutas".

— Que forças o senhor tem em mente?

— O *Nationalsozialistische Deutsche Arbeiterpartei*. O Partido Nazista.

A estada em Xangai é breve. Albert e Elsa ficam aliviados ao embarcar de volta no *Kitano Maru*, que navega pelo mar Amarelo e, passada uma semana, aporta em Kobe.

De Kobe eles seguem para Quioto, pernoitam no Hotel Miyako e rumam para Tóquio, numa viagem ferroviária de dez horas.

O embaixador da Alemanha no Japão, Wilhelm Heinrich Solf, relata a Berlim:

A viagem do professor Einstein pelo Japão assemelha-se a um desfile triunfal. Toda a população, do mais alto dignitário ao cule que dirige o jinriquixá, participa espontaneamente, sem qualquer preparativo ou alvoroço. Na chegada de Einstein a Tóquio, tão grande era a multidão à espera dele na estação ferroviária que a polícia se revelou impotente para controlar as massas que chegavam a ameaçar sua vida. Milhares de japoneses lotaram suas palestras — ao preço de três ienes por pessoa — e as doutas palavras de Einstein se traduziram em ienes que encheram os bolsos do sr. Yamamoto.

Duas mil pessoas abarrotam o maior salão de conferências da Universidade Keio para ouvi-lo falar da relatividade. Sua primeira palestra é escrupulosamente traduzida, frase por frase, pelo professor Yun Ishiwara. Dura quatro horas.

Há cerimônias de chá, almoços, jantares, um festival de crisântemos, recepções, visitas a templos budistas, concertos. "Todos os olhos estavam em Einstein", diz o embaixador alemão. Albert dá palestras em Sendai, a nordeste de Tóquio, na ilha de Honshu; em Nikko, nas montanhas ao norte de Tóquio; em Nagoia, na região de Chūbu; em Quioto e em Fukuoka, no litoral norte da ilha japonesa de Quiuxu. No porto de Moji, ele toca violino para crianças na festa de Natal da Associação Cristã de Moços.

No dia seguinte, Albert e Elsa deixam o Japão a bordo do SS *Haruna Maru*, que ruma para oeste pelo oceano Índico.

A viagem para Lod, a sudeste de Tel-Aviv, primeiro de navio a vapor e, por fim, de balsa, dura quase dois meses. Albert está feliz e descontraído. Adora as estrelas no límpido céu noturno. De dia, conclui seus comentários sobre as ideias de relatividade de Eddington, a tempo de enviá-las de Port Said para Planck, pelos correios.

O comandante do navio comemora a última noite no mar com um banquete de despedida, durante o qual uma viúva inglesa dá 1 libra esterlina a Albert para a Universidade de Jerusalém.

PALESTINA, 1922

Sir Herbert Samuel, o primeiro alto-comissário britânico da Palestina, é o anfitrião de Albert e Elsa.

Albert se extasia com o vale do Jordão, os beduínos, as ruínas antigas de Jericó e a severidade da paisagem, que chama de "magnífica".

O procurador-geral, Norman Bentwich, e sua esposa, Helen, providenciam um sarau musical em homenagem a Albert, que toca Mozart num violino emprestado.

Tel-Aviv faz dele seu cidadão honorário. Ele diz à plateia:

— Já tive o privilégio de receber a cidadania honorária da cidade de Nova York, porém estou dez vezes mais feliz por ser cidadão desta bela cidade judaica.

Ele dá a aula inaugural da Universidade Hebraica, ainda não construída, e visita Haifa, onde planta duas palmeiras na Technion, a faculdade de engenharia e ciências.

Onde quer que vá, as pessoas querem apertar sua mão e cumprimentá-lo pelo prêmio Nobel.

Albert fica encantado.

O último trecho da viagem, a bordo do SS *Oranje*, leva-o a Toulon. De Toulon, o casal pega um trem para Marselha e, de lá, para Barcelona.

Albert dá três palestras com a plateia lotada no Institut d'Estudis Catalans. Os Einstein são ciceroneados pelo cônsul alemão, Christian August Ulrich von Hassell, e sua esposa, Ilse von Tirpitz, filha do almirante de esquadra Alfred von Tirpitz.

Em Madri, ele discursa na Academia de Ciências, durante uma sessão presidida pelo rei Afonso XIII. Albert e Elsa vão a Toledo com o filósofo Ortega y Gasset. Albert se comove profundamente com *O enterro do conde de Orgaz*, de El Greco, na igreja de São Tomé. Visita o Museu do Prado, maravilhando-se com as pinturas de Fra Angelico, Rafael, Goya, El Greco e Velázquez.

Em meados de março, o casal retorna a Berlim.

Eles descobrem que um pão custa 10 milhões de marcos; para comprar um quilo de carne, são necessários 76 milhões de marcos.

O salão de conferências do Prédio do Jubileu, no Parque de Diversões Liseberg, em Gotemburgo, oferece o cenário improvável do discurso de Einstein por ocasião do recebimento do prêmio Nobel, num dia de calor escaldante de julho. Projetado para ser uma maravilha da nova arquitetura, uma joia destinada a marcar o tricentésimo aniversário da fundação de Gotemburgo, o salão tem quase todas as paredes externas em vidro. Mais de novecentas pessoas compareceram para ouvir Albert. Vários integrantes da plateia se queixam de estar grudando em suas cadeiras recém-envernizadas. A conferência vai durar uma hora. O perspirante rei Gustavo está sentado na frente, numa poltrona majestosa da fileira central da plateia.

CONFERÊNCIA DO NOBEL, GOTEMBURGO, 11 DE JULHO DE 1923

O público fica em silêncio.

— Vou falar sobre a teoria da relatividade — diz Albert. — Título: Ideias e problemas fundamentais da teoria da relatividade.

O Albertli tem uma voz muito agradável. Está falando comigo. Não faz mal que eu já tenha ouvido tudo isso e nunca tenha compreendido uma única palavra.

Faz muito calor aqui. Estou transpirando. Com as axilas empapadas.

Felizmente, os homens ao lado de Elsa escutam Albert com atenção extasiada, de modo que ela revira a bolsa, sem ser notada, em busca dos frascos de perfumes aromáticos: *Aventure*, com toques de cedro, âmbar e pimenta rosa; *Linde Berlin*, que evoca as tílias berlinenses, famosas por sua fragrância; e *Violet*, baseado num perfume criado para Marlene Dietrich.

Albert segue a pleno vapor:

— A teoria especial da relatividade é uma adaptação de princípios físicos à eletrodinâmica de Maxwell-Lorentz. Ela extrai de tempos anteriores da física a suposição de que a geometria euclidiana é válida para as leis que regem a posição dos corpos rígidos, a estrutura inercial e a lei da inércia.

Elsa coloca uma grande quantidade de perfume num lenço de seda e o aplica no rosto.

É de esperar que alguém abra a janela.

Um homem atrás dela começa a tossir. Um óbvio fumante inveterado, expectora ruidosamente o catarro. Elsa ouve a respiração ofegante dele.

Albert ignora a tosse.

— A teoria da relatividade especial resultou em avanços apreciáveis. Conciliou a mecânica com a eletrodinâmica. Reduziu o número de hipóteses logicamente independentes a respeito desta última.

Elsa põe embaixo da língua uma pastilha de Luden para tosse.

Pergunta a si mesma se há mais alguém na plateia sem a mínima ideia do que Albertli está dizendo. Quanto mais incompreensível ele se torna, mais concentrada ela demonstra estar. Não que Albertli se deixe enganar. Ah, mas as outras pessoas da plateia serão iludidas.

É incrível, pensarão... é incrível como a sra. Einstein entende. Uma mulher brilhante.

— Ela impôs a necessidade de um esclarecimento dos conceitos fundamentais em termos epistemológicos. Uniu o momento e o princípio da energia e demonstrou a natureza similar da massa e da energia.

Após cerca de meia hora, a combinação do calor com a falta de ar fresco traz sonolência.

As pálpebras de Elsa ficam mais pesadas. Sua cabeça pende para a frente e, com um estremecimento, ela se empertiga.

— Caso a forma das equações gerais venha um dia, pela solução do problema quântico, a sofrer uma mudança, por mais profunda que seja, ainda que haja uma mudança completa dos parâmetros por meio dos quais representamos o processo elementar...

Quase acabando. Elsa permanece sentada, com as costas eretas.

— ... o princípio da relatividade não será abandonado, e as leis previamente derivadas dele conservarão, pelo menos, a sua importância como leis restritivas.

É o fim.

Ele recebe aplausos calorosos. Elsa fica eufórica.

Os aplausos continuam sem parar.

Albert sorri e faz uma reverência.

Elsa o contempla com adoração. Seu Albert parece muito mais jovem do que os 44 anos que tem.

ALBERT COM MORITZ KATZENSTEIN

Ao voltar a Berlim, o futuro da Alemanha o deprime.

Ele deposita sua confiança num amigo conhecido durante a guerra, Moritz Katzenstein, diretor do departamento de cirurgia do Hospital Municipal de Berlim, no bairro de Friedrichshain. Em 1900,

Katzenstein teve êxito em suturar o menisco rompido de uma menina de seis anos. Foi a primeira vez que se praticou essa cirurgia na Alemanha.

Albert, cujo coração vinha lhe causando incômodos, gosta das consultas com Katzenstein e os dois passam a velejar juntos.

Albert e Elsa recebem o médico regularmente, e Albert aprecia as horas passadas no iate de Katzenstein no Wannsee.

— Fui informado — diz a Katzenstein — de que o comissário do Reich na Supervisão da Ordem Pública tem me mantido sob vigilância, como membro da Liga Alemã de Direitos Humanos. Sou um estrangeiro politizado e um inimigo do Estado.

— Você vai embora, Albert?

— Cá entre nós, tenho pensado nisso. Considere os fatos. Os nazistas afirmam que quase dez mil dos bandidos deles foram feridos em conflitos com os adversários. Os comunistas falam em 75 feridos, só nos primeiros seis meses deste ano. Pense no comício de Hermann Göring em Bremen. Usaram-se cassetetes, socos-ingleses, porretes, cintos com fivelas pesadas, vidros e garrafas. Pernas de cadeiras foram usadas como clavas. Sangue por toda parte. Göring ficou no palco, com as mãos nos quadris. Rindo.

Ele pausa para admirar uma chalupa Abeking & Rasmussen Windfall que passava. Um dos tripulantes foca os binóculos em Albert e alerta duas moças a bordo, que gritam:

— *Viva o professor Einstein!*

Ele retribui os acenos.

As moças lhe jogam beijos.

Lágrimas começam a rolar pelas bochechas de Albert.

— Às vezes a gente paga mais pelo que recebe de graça — comenta.

— Você fez coisas grandiosas pela Alemanha — retruca Katzenstein.

— Apenas aumentei o prestígio da Alemanha, e nunca me deixei alienar pelos ataques sistemáticos feitos contra mim na imprensa direitista, especialmente os dos últimos anos, quando ninguém se deu o trabalho de me defender. Mas, agora, a guerra contra os meus judeus indefesos me obriga a usar, em favor deles, qualquer influência que eu tenha aos olhos do mundo.

— A coisa não chegou a esse ponto, Albert.

— Vai chegar, Moritz, você vai ver. — Sua voz sai trêmula. — Vai chegar.

O *Times* londrino pede a Einstein que escreva um artigo sobre suas descobertas, o que ele aceita prontamente.

Seu tom disfarça a angústia:

Prezado senhor,

Aceito com prazer a solicitação de seu colega de que eu escreva algo para o *Times* sobre a relatividade. Depois da desarticulação lamentável do intercâmbio antigo e ativo entre os homens de ciência, recebo de bom grado essa oportunidade de expressar meus sentimentos de alegria e gratidão para com os astrônomos e físicos da Inglaterra. É totalmente compatível com as tradições grandiosas e fruto de orgulho do trabalho científico em seu país que cientistas ilustres tenham gastado muito tempo e trabalho, e que suas instituições científicas não tenham poupado despesas, para testar as implicações de uma teoria que foi aperfeiçoada e publicada durante a guerra, na terra de seus inimigos.

Algumas afirmações de seu artigo acerca da minha vida e da minha pessoa devem sua origem à imaginação fértil do autor. Eis mais uma aplicação do princípio da relatividade, para deleite dos leitores: hoje sou descrito na Alemanha como um "alemão sábio" e, na Inglaterra, como um "judeu suíço". Se um dia for meu destino ser representado como bicho-papão, deverei tornar-me, ao contrário, um "judeu suíço" para os alemães e um "alemão sábio" para os ingleses.

Cordiais saudações,
Albert Einstein

Com o aumento de sua fama, aumenta também o antagonismo de seus rivais em Berlim. Esse antagonismo é inflamado pelos elogios vindos de outros círculos. Arthur Eddington, chefe da expedição britânica de 1919 para observar o eclipse solar na Ilha do Príncipe, na costa ocidental da África, confirmou a previsão de Albert, baseada em sua teoria da relatividade geral, de que o campo gravitacional do Sol curvará a luz. Eddington se refere a Albert como o Newton de sua época.

A aclamação popular beira a adulação. Albert e Elsa se divertem com ela. Ali está ele, judeu, democrata e pacifista: uma figura inaceitável para os elementos reacionários da República de Weimar, que se preparam para atacá-lo. O antissemita Paul Weyland dá início às denúncias e à destruição planejada da reputação de Albert.

Começa por um artigo provocador de Weyland no *Tägliche Rundschau*, um jornal de Berlim. "*Herr* Albertus Magnus foi ressuscitado. Roubou o trabalho de terceiros e matematizou a física a tal ponto que deixou seus colegas físicos atarantados. A relatividade é propaganda, fraude e fantasia." Weyland publica outro artigo no jornal direitista *Deutsche Zeitung*, opondo-se à posição do Partido Nacional do Povo Alemão diante da "questão judaica": gentil demais para seu gosto, diz ele. Weyland descarta o relatório da expedição britânica do eclipse na revista *Die Naturwissenschaften*. Desdenha das comparações com Copérnico, Kepler e Newton no jornal *Berliner Tageblatt* e na revista *Berliner Illustrirte Zeitung*. A culpa de tudo é do próprio Albert.

Weyland dá sequência a seu ataque diante de 1.600 pessoas no grande auditório do prédio da Filarmônica de Berlim.

— Raras vezes, na ciência, um sistema científico foi montado com tamanha exibição de propaganda quanto o princípio da relatividade geral, que, examinado mais de perto, revela ter a mais extrema necessidade de comprovação.

O SALÃO DA FILARMÔNICA DE BERLIM

Distribuem-se panfletos antissemitas e são colocados à venda alfinetes de lapela com o formato da suástica.

Albert está nessa conferência. Senta-se ao lado de Elsa, que segura sua mão. Profundamente transtornada, ela ouve com lágrimas nos olhos.

Com a outra mão, Albert tamborila no joelho a melodia "Doze variações sobre 'Ah, vous dirai-je, Maman'", K. 265, de Mozart, "Brilha, brilha, estrelinha".

O casal permanece na plateia para assistir à palestra de Ernst Gehrcke.

De acordo com Gehrcke, "a relatividade é hipnose científica em massa: inconsistente, solipsística e não confirmada pela observação".

Brilha, brilha, estrelinha.

Albert e Elsa não têm dúvida de que os ataques se fundamentam no antissemitismo. A nova República de Weimar fervilha de violência e ódio reprimidos.

Albert fica enfurecido com os boatos de que vai embora da Alemanha.

Chega uma enxurrada de cartas de apoio, enviadas por judeus, pastores, professores e estudantes.

Escrevendo de Leiden, Paul Ehrenfest diz a Albert que, se ele optar por deixar a Alemanha, será possível providenciar para ele uma cátedra na Holanda.

Os jornais de Berlim publicam cartas de apoio a ele, recebidas de Von Laue, Heinrich Rubens e Walther Nernst. Max Planck e Fritz Haber pedem a ele que não saia de Berlim. Albert confronta essa ideia com uma declaração publicada no *Berliner Tageblatt*, jornal de enorme circulação.

Albert julga que, basicamente, o grupo antirrelatividade se desfez e, em tom jocoso, observa que não vai "fugir da bandeira", como disse Sommerfeld. "Meus adversários tiveram a esplêndida ideia de engajar meus amigos queridos em seus assuntos. Vocês podem imaginar como tive que rir ao ler essa...! Faz muito tempo que passei a ver o lado cômico de toda essa questão e já não levo nada disso a sério."

A Elsa, Albert admite que ficou magoado.

**CONGRESSO DE CIENTISTAS E FÍSICOS
ALEMÃES EM BAD NAUHEIM, 1920**

— Por que Lenard nos odeia? — pergunta Elsa.

— Porque é antissemita. Reprimido. Inferior. Emproado. É um cientista medíocre.

— Com um prêmio Nobel.

— Que não garante nada. Eu encarno tudo que ele abomina. E os ingleses me parabenizam. Para Lenard, sou uma fraude judaica. Por ser judeu, eu sou uma fraude. Essa é a teoria dele. Que não é o único a defendê-la. Ele afirma que todas as disputas da física são responsabilidade dos judeus. Acredita que tudo tem uma essência espiritual. Como na *Naturphilosophie* [filosofia natural] de Goethe e Schelling. Só os arianos compreendem que é a ânsia dos nórdicos de investigar uma interligação hipotética na natureza que constitui a origem da ciência natural.

Elsa assente, com ar sábio.

— O materialismo infecta o comunismo e o espírito judaico, inimigos da grandeza alemã. Isso é misticismo e pseudociência.

— Tem razão, Albert.

— Ele é uma mediocridade.

— E odeia você, porque você é um espírito superior.

— Os espíritos superiores sempre depararam com a violenta oposição das mediocridades.

No balneário de Bad Nauheim, na Casa de Banhos, 8, uma plateia de seiscentas pessoas se reúne às 20h15min. O sistema de acesso é complicado. Mantém-se aberta apenas uma porta estreita. Funcionários da Associação de Matemáticos Alemães e da Sociedade Alemã de Física inspecionam os presentes. Às 21 horas, todos podem entrar. A plateia se acomoda nas cadeiras, enquanto outras pessoas ficam de pé ao longo das paredes e enchem a galeria.

O primeiro a discursar foi Hermann Weyl, seguido por Gustav Mie, Max von Laue e Leonhard Grebe, até que, finalmente, abre-se um debate geral de quinze minutos.

Albert é interrompido por indagadores impertinentes. O presidente do congresso, Planck, tem dificuldade para manter a ordem. O debate é confuso e inaudível.

Elsa fica imensamente aflita.

Terminados os trabalhos, o físico austríaco Felix Ehrenhaft e sua esposa levam Albert e Elsa para um passeio restaurador no parque e, em seguida, para jantar, longe dos outros físicos.

Albert diz a Elsa e aos Ehrenhaft:

— "Tão comuns serão o sangue e a destruição, tão conhecidos os horrores, que as mães não farão mais que sorrir ao verem esquartejados pelas mãos da guerra seus filhos infantes." A violência está aumentando. Os antissemitas gritam "'Matança!' e soltam os cães de guerra."*

Mais uma vez, ele e Elsa viajam ao exterior. Desta vez, à Argentina, ao Brasil e ao Uruguai.

---

* Os trechos citados são de *Júlio César*, de William Shakespeare.

Partem de Hamburgo no navio *Cap Polonio*. Albert desfruta a companhia do filósofo Carl Jesinghaus e se encanta com a feminista Else Jerusalem, autora do sucesso de vendas intitulado *The Red House* [A casa vermelha], um estudo sobre a prostituição em Viena. Dá-lhe uma fotografia sua, com a seguinte dedicatória:

> *Esta é para a Pantera,*
> *Apesar de ter se escondido*
> *Na selva inóspita e selvagem.*
> *Este retrato é para ela,*
> *A despeito disso.*

Nas cidades de Buenos Aires, Montevidéu e Rio de Janeiro, Albert e Elsa se encontram com um interminável desfile de autoridades governamentais, integrantes do mundo acadêmico e dignitários judeus e alemães.

5ª CONFERÊNCIA SOLVAY, OUTUBRO DE 1927

Em outubro de 1927, Albert se junta aos físicos mais ilustres do mundo na 5ª Conferência Solvay, hospedando-se no Hotel Britannique, em Bruxelas. Dezessete dos 29 presentes são ou vão ser laureados com o prêmio Nobel.

Albert, Lorentz e Max Planck ficam céticos ante a situação vigente da física quântica. Albert, então com 48 anos, enfrenta oponentes muito mais jovens, como Louis de Broglie, Paul Dirac, Werner Heisenberg e Wolfgang Pauli, além de seu velho amigo e rival Niels Bohr.

Bohr sugere que não faz sentido falar em realidade.

Albert fala pouco durante a tramitação da conferência. Preferindo discutir as questões informalmente, diz: "Não se pode fazer uma teoria com uma porção de 'talvez'. No fundo, ela é errada, mesmo que seja empírica e logicamente correta."

Desencantado com o princípio da incerteza de Heisenberg, diz:

— Deus não joga dados com o universo.

Bohr contrapõe:

— Einstein, pare de dizer a Deus o que fazer.

Albert está batalhando pelos realistas científicos, que buscam regras rigorosas para os métodos científicos, em oposição a Bohr e aos instrumentalistas, que querem regras flexíveis, baseadas nos resultados. Afirmam eles que a verdade de uma ideia é determinada por seu sucesso na resolução ativa de um problema, e que o valor da ideia é determinado por sua função na experiência humana.

— Eu acredito — diz Bohr a Planck — que a restrição a leis estatísticas será passageira.

No momento, há um impasse.

Para piorar as coisas, Albert fica sabendo que Lorentz morreu na Holanda.

Comparece ao enterro em Haarlem e à cerimônia fúnebre na Universidade de Leiden.

É como representante do mundo acadêmico de língua alemã e, em particular, da Academia Prussiana de Ciências, mas sobretudo como aluno e admirador afetuoso, que me coloco junto ao túmulo do maior e mais nobre homem de nossa época. Sua genialidade foi a tocha que iluminou o caminho, desde os ensinamentos de Clerk Maxwell até as realizações da física contemporânea, para cuja trama ele contribuiu com materiais e métodos valiosos.

Sua vida foi ordenada como uma obra de arte, até nos mínimos detalhes. Sua bondade e sua magnanimidade infalíveis, bem como seu senso de justiça, aliadas a uma compreensão intuitiva das pessoas e das coisas, fizeram dele um líder em qualquer meio em que entrasse. Todos o seguiam com prazer, por perceberem que ele nunca se propunha a dominar, mas sempre e simplesmente a ser útil. Sua obra e seu exemplo continuarão vivos como uma inspiração e um guia para as futuras gerações.

HELEN

É ideia de Elsa que Helen Dukas assuma o papel de secretária de Albert. Helen tem 32 anos; Albert, 49. Elsa é amiga de Rosa Dukas, irmã de Helen, que dirige a Organização de Órfãos Judeus, da qual Elsa era presidenta honorária.

Albert recebe Helen no nº 5 da Haberlandstrasse e gosta dela de imediato.

*

Em agosto de 1930, ele inaugura o 7º Programa da Rádio Alemã em Berlim: "Pensem com gratidão no número de engenheiros desconhecidos que simplificaram os meios de comunicação por rádio e a produção deles, de tal modo que ficassem prontos para ser usados por qualquer pessoa. E deve se envergonhar quem usa as maravilhas da ciência e da engenharia sem pensar, sem ter maior compreensão delas do que uma vaca entende a botânica das plantas que come com prazer."

O carrossel das viagens continua girando.

Albert torna a partir, desta vez de Antuérpia para a América do Norte, a bordo do SS *Belgenland*, acompanhado por Elsa, Helen Dukas e o matemático Walther Mayer.

Chovem telegramas durante a turbulenta viagem transatlântica, pedindo entrevistas e palestras nos Estados Unidos.

Na cidade de Nova York, eles conversam com Toscanini e o veem reger a *Pastoral* de Beethoven.

O reitor da Universidade Columbia, Nicholas Butler, chama Albert de "o monarca da mente que nos visita".

NO GRAND CANYON

NATIVOS DA TRIBO HOPI

CHARLIE CHAPLIN

Em Los Angeles, eles conhecem Charlie Chaplin, que os convida para jantar com Paulette Goddard, William Randolph Hearst e Marion Davies, e depois os recebe como convidados especiais na estreia de *Luzes da Cidade*.

— O que mais admiro em sua arte é a universalidade — diz Albert a Chaplin. — Você não diz sequer uma palavra, mas o mundo inteiro o entende.

— É verdade — retruca Chaplin. — Sua fama, porém, é ainda maior. O mundo inteiro o admira sem que ninguém o entenda.

Do lado de fora do Los Angeles Theater, milhares de pessoas soltam gritos histéricos sob os holofotes que varrem o céu.

— O que significa tudo isso? — pergunta Albert a Chaplin.

— Nada — responde. — Nada.

Will Rogers, ator, comediante e colunista de vários jornais, registra: "As estações de rádio, as mesas de banquete e os semanários nunca mais serão os mesmos. Ele veio aqui para descansar e se isolar. Comeu com todo mundo, conversou com todo mundo, posou para todas as pessoas que ainda tinham algum filme, compareceu a todos os almoços, todos os jantares, todas as estreias de cinema, todas as cerimônias de casamento e dois terços dos divórcios. Na verdade, tornou-se um camarada tão íntimo que ninguém teve coragem de lhe perguntar o que era sua teoria."

Albert escreve em seu diário: "Hoje decidi, em princípio, demitir-me do meu cargo em Berlim. E, assim, serei uma ave migratória pelo resto da vida!"

"CEM AUTORES CONTRA EINSTEIN"

*

De volta a Berlim, corresponde-se com Freud. "Existe algum modo de livrar a humanidade do flagelo da guerra?", pergunta-lhe.

Freud responde:

Quanto tempo temos que esperar até que o resto dos homens se torne pacifista? Impossível dizer, mas talvez não seja uma quimera a nossa esperança de que dois fatores — a propensão cultural do ser humano e o justificado pavor da forma que assumirão as guerras futuras — possam servir para pôr fim à guerra, num futuro próximo. Todavia, por quais vias ou caminhos isso se dará, não temos como adivinhar. Entrementes, podemos estar seguros de que tudo que contribui para o desenvolvimento cultural também funciona contra a guerra.

Com minhas mais cordiais saudações e, caso esta exposição se revele decepcionante para o senhor, minhas sinceras desculpas.

Atenciosamente,
Sigmund Freud

O clima político causa extrema agitação em Albert. Ele obtém um alívio temporário ao viajar a Oxford para dar aulas, mas constata que a formalidade da sala de repouso dos professores na Faculdade Christ Church é sufocante.

Abraham Flexner, fundador do Instituto de Estudos Avançados de Princeton, visita-o na Christ Church. Caminham juntos pelos gramados bem-cuidados do Tom Quad. Flexner propõe que Albert vá para Princeton, nos termos que deseje. Albert promete considerar essa proposta generosa.

Talvez, pensa, haja uma reviravolta no avanço de Hitler e dos nazistas. Este ano. Ano que vem. Algum dia.

CAPUTH

Ele se esforça para manter a vida em ordem, para criar uma sensação de permanência.

Assim, constrói uma nova casa, quase toda de pinheiro do Oregon e da Galícia, em Caputh, um vilarejo tranquilo e onírico no município de Schwielowsee, Potsdam-Mittelmark, Brandemburgo.

Ele e Elsa dividem o tempo entre o apartamento da Haberlandstrasse, 5, e a casa de Caputh, acompanhados pela empregada Herta Schiefelbein. Helen Dukas e Walther Mayer juntam-se a eles. Albert chega até a pensar em fixar residência permanente por lá. O sossego e a ausência do telefone são mais sedutores que as reuniões intermináveis da Academia Prussiana de Ciências. Ele brinca com o cachorro, Purzel. Max Born visita o casal, assim como Ehrenfest, a pintora Käthe Kollwitz, o escritor Arnold Zweig, Sommerfeld, Weizmann e Rabindranath Tagore.

Albert intensifica o ritmo e a força de seus discursos públicos.

Na Escola de Trabalhadores Marxistas, dá uma palestra sobre "O que o trabalhador precisa saber sobre a teoria da relatividade". Ele diz: "Respeito Lenin como um homem que fez o que pôde para alcançar a justiça social, a um custo pessoal enorme. Não considero adequado o seu método. Porém, uma coisa é certa: homens como Lenin são os guardiães e restauradores da consciência moral da humanidade."

Por fim, Flexner visita Caputh. Os dois conversam o dia inteiro e durante o jantar, então Albert o acompanha até o ponto de ônibus e se despede quando ele embarca para Berlim. Explica que, se ele e Elsa forem para os Estados Unidos, quer que Mayer também vá. A negociação é quase concluída.

Em dezembro de 1932, antes de partir para Pasadena, ele escreve a seu velho amigo Maurice Solovine, pedindo que exemplares dos trabalhos dele sejam enviados de Paris para Caputh.

Albert recebe uma mensagem decisiva de um membro do Parlamento, o general Johannes Friedrich von Seeckt, conhecido como A Esfinge. Não sabe quem disse ao general para entrar em contato com ele. Von Seeckt lhe diz: "Sua vida já não é segura aqui."

PASADENA

*

Dirigindo-se a Elsa, Albert diz:

— Olhe em volta. Você não verá mais este lugar.

Com nada menos de trinta malas e baús, eles embarcam no SS *Oakland* em Bremerhaven, rumo à Califórnia. Estão diante de um futuro incerto.

JARDINS DO ATHENAEUM

Em Pasadena, o clima é o inverso, em todos os sentidos. Albert passeia pelos jardins do Athenaeum, o clube social particular do Instituto de Tecnologia da Califórnia. Conversa com Evelyn Seeley, do *New York World Telegram*, e diz: "Enquanto eu puder escolher, só morarei em países em que prevaleçam a liberdade civil, a tolerância e a igualdade de todos os cidadãos perante a lei."

TERREMOTO, LOS ANGELES, 10 DE MARÇO DE 1933

*

Pouco depois da partida de Seeley, um terremoto sacode Los Angeles, matando 116 pessoas. Albert mal chega a notá-lo. Caminhando pelo campus, sente o chão estremecer sob seus pés e faz uma dancinha.

Em 30 de janeiro de 1933, Hitler se torna chanceler. Nazistas se juntam em frente ao apartamento da Haberlandstrasse e ao gabinete de Einstein na Academia de Ciências, gritando xingamentos e difamando a "ciência judaica". Seu ódio se concentra em Albert.

Em Caputh, um padeiro se queixa com seus fregueses da "casa judia" de Albert.

O Terceiro Reich proíbe a entrada de judeus e comunistas nas universidades. Nenhum deles é autorizado a exercer a advocacia ou a trabalhar no serviço público.

Os nazistas invadem a casa de Caputh, saqueiam a adega, borram as paredes com fezes e espalham móveis e lençóis no jardim.

Em Berlim, invadem e saqueiam o apartamento da Haberlandstrasse. Margot fica aterrorizada. Consegue transmitir a notícia a seu marido, Dimitri Marianoff, que lhe diz para levar os papéis de Albert ao embaixador francês, François-Poncet — que fez advertências reiteradas sobre as intenções de Hitler — e partir o mais rápido possível para Paris. Margot assim o faz, imediatamente. Ilse e o marido, Rudolf Kayser, chegam a Amsterdã.

Para Albert, está na hora de voltar à Europa, embora não a Berlim.

A caminho, chega a Chicago — no dia em que completa 54 anos — para comparecer a um comício do Conselho da Juventude pela Paz. Os oradores juram que a causa pacifista deve se manter viva, a despeito do que vem acontecendo na Alemanha. Alguns saem com a impressão de que Albert está de pleno acordo.

Num almoço de aniversário nesse dia, ele fala da necessidade de organizações internacionais para manter a paz. Não há menção a uma resistência à guerra.

Mais uma vez, numa recepção em Nova York em torno do lançamento de uma antologia de seus textos sobre o pacifismo, *The Fight Against War* [A luta contra a guerra], ele se refere apenas de passagem aos acontecimentos na Alemanha.

Pouco antes da data de sua partida para Antuérpia, Paul Schwartz, o cônsul alemão em Nova York, alerta-o a não pôr os pés na Alemanha: "Se o fizer, vão arrastá-lo pelas ruas, segurando-o pelos cabelos."

Depois que o Instituto de Estudos Avançados inicia as aulas, no ano seguinte, ele planeja visitar Princeton durante quatro ou cinco meses por ano. Na véspera do embarque, ele e Elsa visitam a cidade, a fim de procurar uma casa.

A bordo do SS *Belgenland*, com Elsa, Helen Dukas e Walther Mayer, Albert fica arrasado ao saber que os nazistas invadiram seu apartamento na Haberlandstrasse e a casa de Caputh, e que, ainda por cima, confiscaram seu barco a vela, o *Tümmler*.

Albert diz a Elsa e a Helen: "As universidades, que se orgulham de sua liberdade intelectual, me decepcionaram. Olho para a imprensa alemã, que se orgulha da liberdade de imprensa, e ela me decepciona. Agora, somente as igrejas se erguem, e aquilo por que antes quase não tive consideração conquista o meu respeito."

Ele escreve uma carta à Academia Prussiana, na qual apresenta seu pedido de demissão: "A dependência do governo prussiano é algo que, nas circunstâncias atuais, considero intolerável."

Passados dez dias, o *Belgenland* aporta na Antuérpia.

Albert providencia um carro para percorrer os 45 quilômetros que o levarão ao consulado alemão em Bruxelas. Lá, entrega seu passaporte e, pela segunda vez na vida, renuncia à cidadania alemã. É a única maneira de garantir um rompimento honroso de suas relações com a Academia.

Enquanto isso, alarmado com a violência das diatribes antissemitas contra Albert na imprensa nazista, Planck tenta contornar as audiências disciplinares formais buscadas pelo governo. "Abrir um processo formal de expulsão contra Einstein me colocaria no mais grave conflito de consciência", escreve ao secretário da Academia. "Ainda que, nas questões políticas, um abismo profundo me separe dele, tenho certeza absoluta, por outro lado, de que a história vindoura dos séculos celebrará o nome de Einstein como uma das maiores estrelas que já brilharam na Academia."

Os nazistas ficam furiosos por Albert ter passado a perna neles ao renunciar publicamente à sua cidadania e à participação na Academia de Ciências. Assim, um secretário nazista dessa instituição emite um comunicado à imprensa, no qual denuncia a "participação [de Einstein] na promoção de boatos sobre atrocidades, bem como suas atividades de agitador em países estrangeiros. Dessa forma, a Academia não tem razão alguma para lamentar a saída de Einstein".

Albert revida: "Por meio desta declaro que nunca participei da promoção de boatos sobre atrocidades. Descrevi a situação atual da Alemanha como um estado de desequilíbrio psíquico das massas."

Verdade.

Lenard espuma de ódio: "O exemplo mais importante da influência perigosa dos círculos judaicos no estudo da natureza foi fornecido por *Herr* Einstein."

O governo aprova uma lei declarando que judeus não podem ocupar nenhum cargo oficial, e o resultado é que quatorze laureados com o prêmio Nobel e 26 professores universitários de física teórica fogem da Alemanha.

Hitler se enfurece: "Se a demissão de cientistas judeus significar a aniquilação da ciência alemã contemporânea, passaremos alguns anos sem ciência."

"Para mim", diz Albert, "o mais bonito é manter contato com alguns judeus esplêndidos. Alguns milênios de um passado civilizado realmente significam alguma coisa, afinal."

Quase 40 mil estudantes e bêbados, todos exibindo suásticas, jogam livros na fogueira acesa em frente à Ópera de Berlim. Os livros foram saqueados de residências particulares e bibliotecas.

VILLA SAVOYARDE, LE COQ-SUR-MER

Albert, Elsa, Helen e Walther Mayer se hospedam na Villa Savoyarde, em Le Coq-sur-Mer, a dez quilômetros de Ostend.

De lá, ele escreve a Maurice Solovine: "Meu grande medo é que esse ódio e essa epidemia de poder se espalhem pelo mundo. Esse sentimento sobe das profundezas para a superfície como uma inundação, até as regiões superiores ficarem isoladas, aterrorizadas e abatidas, e, então, também ficarem submersas."

— Podemos ir todos para Zurique — diz Albert, num café da manhã tardio. — A família ficará unida.

— Acho que não — retruca Elsa. — Você ficará psicologicamente desgastado pela tensão.

— Não podemos ir para Leiden nem para Oxford.

O *maître* se aproxima às pressas da mesa deles, com um oficial da gendarmaria de Ostend.

O oficial vai direto ao ponto:

— Professor, lamento ter que lhe dizer que há um prêmio de 5 mil dólares por sua cabeça.

— É mesmo? — reage Albert. — Minha cabeça? Eu não sabia que valia tanto.

— De agora em diante, haverá dois policiais armados protegendo o senhor.

— Não quero isso.

— O senhor não tem escolha.

ALBERT E SEU QUERIDO TETE

*

Michele Besso, amigo íntimo de Albert durante seus anos no ETH, em Zurique, diz a ele que a esquizofrenia de seu filho Tete piorou. Agora ele está permanentemente internado num manicômio.

Albert vai a Zurique visitar Mileva e Tete. Leva o violino para tocar para o filho. Encarcerado em outro mundo, Tete o encara com um olhar inexpressivo.

Albert tenta consolar Mileva:

— Infelizmente, como eu disse ao Besso recentemente, tudo indica que a hereditariedade forte se manifeste de modo definitivo. Vi que isso se aproximava, lenta, mas inexoravelmente, desde a infância do Tete. As influências externas desempenham só um pequeno papel nesses casos, comparadas às secreções internas, sobre as quais ninguém pode fazer nada.

Os dois se abraçam numa tristeza silenciosa.

Albert deixa Zurique. É a última vez que vai ver Mileva e Tete.

Ele foi convidado para visitar a Inglaterra. Torce para que isso lhe forneça algum alívio de seu esgotamento afetivo.

**COM OLIVER LOCKER-LAMPSON
E UM GUARDA-COSTAS**

*

Oliver Locker-Lampson é o filho aventureiro do poeta vitoriano Frederick Locker-Lampson. Ele estudou na Alemanha, foi aviador na Primeira Guerra Mundial, comandou uma divisão de blindados na Lapônia e na Rússia, foi assessor do grão-duque Nicolau e um potencial participante no assassinato de Raspútin. Agora advogado, jornalista e membro do Parlamento, é um dos primeiros opositores ao nazismo. Escreve para Albert, oferecendo-se como seu anfitrião na Inglaterra.

Os dois vão juntos de carro a Chartwell, para falar com Winston Churchill.

COM WINSTON CHURCHILL

O rearmamento alemão é o tema da conversa. Albert revela a Churchill o destino dos cientistas judeus na Alemanha. Churchill diz que vai perguntar a seu amigo Frederick Lindemann o que se pode fazer para colocá-los em universidades britânicas. "Churchill é um homem de eminente sabedoria", diz Albert a Elsa. "Ficou claro para mim que essas pessoas se prepararam e estão decididas a agir de forma resoluta e rápida."

Locker-Lampson apresenta Albert a Austen Chamberlain, outro defensor do rearmamento, e a Lloyd George, o ex-primeiro-ministro. Albert assina o livro de visitantes. No local do endereço, escreve *"Ohne irgendetwas"* [sem endereço algum].

No dia seguinte, Locker-Lampson discursa na Câmara dos Comuns sobre a oferta de oportunidades de cidadania a judeus. Com seu terno de linho branco, Albert observa da galeria reservada aos visitantes. "A Alemanha está no processo de destruir sua cultura e ameaçar a segurança de seus maiores pensadores. O país se voltou contra seu cidadão mais glorioso, Albert Einstein."

O projeto de lei proposto por Locker-Lampson nunca vê a luz do dia.

NO ROYAL ALBERT HALL

A aparição pública mais aguardada de Albert é providenciada pelo Conselho de Assistência Acadêmica no abarrotado Royal Albert Hall, com o objetivo de levantar fundos para acadêmicos alemães deslocados. Albert discursa no seu inglês de sotaque carregado:

Fico feliz por ter recebido dos senhores a oportunidade de lhes expressar aqui meu profundo sentimento de gratidão como homem, como bom europeu e como judeu. Não pode ser minha tarefa, no dia de hoje, portar-me como juiz da conduta de uma nação que, durante muitos anos, considerou-me parte dela. O que nos preocupa não é apenas o problema técnico de garantir e manter a paz, mas também a importante tarefa da educação e do esclarecimento.

Se quisermos resistir às forças que ameaçam eliminar a liberdade intelectual e individual, precisaremos manter claramente diante dos olhos o que está em jogo e o que devemos à liberdade que nossos ancestrais conquistaram para nós com lutas árduas. Sem essa liberdade, não teriam existido um Shakespeare, um Goethe, um Newton, um Faraday, um Pasteur ou um Lister. Não haveria casas confortáveis para a massa da população, nem ferrovias ou telégrafo, nem proteção contra epidemias, nem livros baratos, nem cultura nem qualquer apreciação da arte. Não haveria máquinas para libertar o povo do árduo trabalho necessário à produção das necessidades essenciais da vida.

A maioria das pessoas levaria uma vida entediante de escravidão, tal como nos antigos despotismos da Ásia. Somente homens livres criam as invenções e trabalhos intelectuais que, para nós, modernos, fazem a vida valer a pena.

*

De volta a Le Coq-sur-Mer, Albert fica sabendo que o jornal antissufragista norte-americano *Woman Patriot Corporation* está tentando barrar a entrada dele nos Estados Unidos, como um comunista perigoso subversivo. Seu histórico como pacifista e antifascista sugere que Albert simpatiza com o comunismo russo.

"Sou um democrata convicto", diz ele ao *New York World Telegram*. "É por isso que não vou para a Rússia, apesar de haver recebido convites muito cordiais. Uma viagem minha a Moscou certamente seria explorada pelos governantes soviéticos para beneficiar seus objetivos políticos. Ora, sou tão adversário do bolchevismo quanto do fascismo. Sou contra todas as ditaduras."

Ao *Times* de Londres e ao *New York Times*, Albert admite que já foi "tapeado" por organizações que se fingem de pacifistas ou humanitárias, mas, "na verdade, nada mais são do que propaganda camuflada a serviço do despotismo russo. Nunca fui favorável ao comunismo nem lhe sou favorável agora. Oponho-me a qualquer poder que escravize o indivíduo por meio do terrorismo e da força, tenha ele uma bandeira fascista ou comunista".

Ele recebe uma carta de Paul Ehrenfest, que está em Leiden: "Nos últimos anos, tornou-se cada vez mais difícil acompanhar os avanços da física com entendimento. Depois de tentar, sempre mais enfraquecido e dilacerado, finalmente desisti, em desespero. Estou completamente cansado da vida."

Albert escreve à diretoria da Universidade de Leiden, expressando sua profunda preocupação e sugerindo possíveis maneiras de reduzir a carga de trabalho de Ehrenfest. Este, com 53 anos, sempre foi mais rigoroso consigo mesmo do que com qualquer outra pessoa. Exagera seus defeitos e deficiências. Sua melancolia crônica está pior do que nunca. Para complicar ainda mais seu estado de espírito, ele já não consegue enfrentar o fato de que seu querido filho Wassik é portador da síndrome de Down e necessita de cuidados clínicos pelo resto da vida, o que constitui um pesado fardo financeiro.

Em 25 de setembro de 1933, Paul Ehrenfest viaja de Leiden a um laboratório em Amsterdã, carregando uma pistola, para visitar um ex-aluno. À tarde, sai do laboratório e vai à Vossiusstraat, onde busca Wassik, com quinze anos, na clínica em que ele vive internado.

Pai e filho vão ao Vondelpark, a oeste das praças Leidseplein e Museumplein. Lá, Ehrenfest dá um tiro na cabeça de Wassik e em seguida se mata.

Albert o havia tratado como irmão e ele era como um tio para seus filhos. Fica arrasado.

Em seu luto, relembra seu primeiro encontro com Paul Ehrenfest. "Em poucas horas, éramos verdadeiros amigos, como se nossos sonhos e aspirações tivessem sido feitos uns para os outros."

SS *WESTERNLAND*

O SS *Westernland*, navio de 16.500 toneladas da Red Star Line, zarpa de Antuérpia com Elsa e Helen Dukas a bordo.

Um carro não identificado da polícia deixa Albert no cais Southampton, de onde ele é levado de lancha para embarcar no navio com destino a Nova York.

Albert fica sozinho no convés. Luta para acender o cachimbo em meio aos borrifos do Atlântico.

Está chorando por Ehrenfest.

Por seu próprio passado.

Southampton desaparece nas brumas de outubro.

Um laço foi cortado. Estão lançados os dados.

As gaivotas sobrevoam a esteira da embarcação. Os apitos do navio soam alto, num coro melancólico.

Ele nunca mais verá a Europa.

Nem o paraíso religioso da juventude.

Albert está com 54 anos.

⊷ QUATRO ⊶

Descobri que uma das primeiras coisas que Albert fez ao chegar a Princeton foi comprar um sorvete de casquinha na sorveteria Baltimore, na rua Nassau. Pediu baunilha com flocos de chocolate. Um estudante de teologia, John Lampe, observou-o. "O grande homem olhou para o sorvete, sorriu para mim... e apontou o polegar, primeiro para a casquinha, depois para ele mesmo."

Um grupo de meninas brincando de gostosuras ou travessuras bateu na porta dele numa noite de Halloween. Albert saiu na varanda e tocou violino para elas.

Mimi Beaufort, Princeton, 1955

Em outubro de 1933, Albert e Elsa, acompanhados por Helen Dukas, hospedam-se em Peacock Inn, em Princeton. Elsa procura uma casa adequada e Albert evita os repórteres.

Após uma semana, eles se mudam para uma acomodação temporária, na esquina das ruas Mercer e Library.

O CASAL FELIZ

Albert logo se torna um objeto de curiosidade em Princeton.

São e salvo, adora o ambiente pacífico. Cumprimenta os cachorros e as crianças. Para e admira árvores e flores — azevinhos-americanos, carvalhos, hortênsias, freixos e olmos-americanos de Princeton —, calculando quando os carvalhos e os freixos deitarão folhas. "Se o carvalho brota antes do freixo, só temos um salpico de nada; se o freixo brota antes do carvalho, podemos esperar chuvarada."

Harvard confere a Albert um diploma de doutor honorário.

O reitor de Harvard, J. B. Conant, diz: "Aclamado pelo mundo como um revolucionário da física teórica, suas especulações, hoje transformadas em doutrina básica, serão lembradas quando estiverem esquecidos os problemas atuais da humanidade."

Nem por um momento Albert se esquecera da Europa. Diz a um repórter do *Bunte Welt*, de Viena: "Não entendo a reação passiva de todo o mundo civilizado a esse barbarismo moderno. Será que o mundo não vê que Hitler almeja a guerra?"

Walter Kreiser, redator do jornal *Die Weltbühne*, denuncia o treinamento secreto de uma unidade aérea de elite do Reichswehr [Exército do Império Alemão], a Abteilung M [Divisão M], na Alemanha e na Rússia soviética, violando o Tratado de Versalhes. Kreiser e Carl von Ossietzky, o editor do jornal, são indiciados por traição e espionagem e condenados a um ano e meio de prisão. Kreiser foge da Alemanha, mas Ossietzky permanece lá, é preso e, passados alguns meses, libertado durante a anistia de Natal.

Ossietzky volta a ser preso e mantido em Spandau. Mais tarde, vai para o campo de concentração de Papenburg-Esterwegen.

Albert entra em contato com Jane Addams, a pioneira da assistência social, feminista e laureada com o Nobel, e sugere que ela proponha Ossietzky para o Nobel da Paz de 1935. Quando ela assim o faz, Einstein escreve: "Prezada sra. Jane Addams! Muito obrigado por seu apoio a Ossietzky, que, infelizmente, não suportará por muito mais tempo o tratamento brutal. A população daqui não imagina a crueldade sofrida por todas as pessoas progressistas que vêm sendo perseguidas na Alemanha."

Um número substancial de cientistas e políticos adere à campanha, no mundo inteiro.

Um inspetor da Cruz Vermelha Internacional encontra Ossietzky como "uma coisa trêmula e mortalmente pálida, uma criatura que aparentava não ter sensações, com um olho inchado, dentes arrancados, arrastando uma perna fraturada e mal curada (...), um ser humano que chegou aos limites extremos do que é suportável". Ele também está sofrendo de tuberculose.

Quando Ossietzky é agraciado com o prêmio Nobel da Paz, Göring lhe ordena que o recuse. Ossietzky responde do hospital:

Após muita consideração, decidi aceitar o prêmio Nobel da Paz que me foi concedido. Não compartilho a ideia, exposta a mim pelos representantes da polícia secreta do Estado, de que, ao fazê-lo, eu estaria me excluindo da sociedade alemã. O prêmio Nobel da Paz não é um símbolo de uma luta política interna, mas da compreensão entre os povos. Recebendo o prêmio, farei o melhor possível para incentivar essa compreensão, e, como alemão, sempre terei em mente os interesses justificáveis da Alemanha na Europa.

Dois membros da comissão que concede o prêmio — Halvdan Koht, ministro das Relações Exteriores da Noruega, e Sigmund Mowinckel — pedem demissão. O rei Haakon VII fica longe da cerimônia. O jornal norueguês *Aftenposten* diz: "Ossietzky é um criminoso que atacou seu país com o uso de métodos que violavam a lei, muito antes de Hitler chegar ao poder. A paz duradoura entre povos e nações só pode ser alcançada mediante o respeito às leis existentes."

Nenhuma referência ao prêmio Nobel de Ossietzky é permitida na imprensa alemã, e o governo proíbe os cidadãos alemães de aceitarem prêmios Nobel.

Ossietzky morre três anos depois, aos 48 anos, ainda sob custódia policial, no Hospital Nordend, em Berlim-Pankow, vítima da tuberculose e das consequências dos maus-tratos sofridos nas mãos de seus carcereiros.

A mudança para Princeton e a arrumação da nova casa na rua Mercer esgotam Elsa, que também fica sabendo da morte de Ilse em Paris, vítima de tuberculose.

Ela adoece, e os médicos diagnosticam bócio exoftálmico com miocardite, além de pneumonia lobar. Elsa passa a expectorar sangue.

Albert confidencia a Helen Dukas:

— Não suporto vê-la com tanta dor.

— Ela sabe o quanto você a ama.

— Você acha?

— Sim. Já me disse que sua preocupação com ela é um grande consolo.

No verão, todos vão passar férias no lago Saranac, nas montanhas Adirondack.

O médico administra morfina.

Elsa tenta tricotar um cachecol. As pernas e os tornozelos incham. O coração e os rins enfraquecem.

Aos sessenta anos, cinco dias antes do Natal de 1936, Elsa morre em casa, em Princeton.

O luto imobiliza Albert.

Uma cerimônia fúnebre é realizada na casa da rua Mercer. Em seguida, Elsa é cremada no Cemitério Ewing, no nº 78 da Scotch Road.

Albert desaba nos braços de Helen.

— Pense no futuro — diz ela.

— Vou sentir muita falta dela... Vou sentir muita falta dela.

A CRIATURA DA ROTINA

*

Albert segue uma rotina rigorosa. Café da manhã às nove horas. Ovos fritos na manteiga e uma colherada de mel. Pãezinhos frescos.

Vai a pé até o Instituto, frequentemente detido por moradores locais querendo conhecer o grande homem. Posa para fotos, assina autógrafos e oferece algumas palavras joviais.

Trabalha no Instituto até uma da tarde.

Volta para almoçar em casa e geralmente come espaguete. Faz uma pequena sesta.

Trabalha em seu estúdio até as seis e meia. Janta. Retorna ao estúdio e trabalha até as onze horas.

Vai dormir.

"A IMPRENSA NÃO ME DEIXA EM PAZ"

O *New York Times* declara:

Elevando-se muito acima de um píncaro matemático ainda não escalado, o dr. Albert Einstein, alpinista dos Alpes cósmicos, informa ter avistado um novo padrão na estrutura do espaço e da matéria. Einstein revelou hoje que, após vinte anos de busca incansável de uma lei capaz de explicar o mecanismo do cosmo em sua totalidade, descendo das estrelas e galáxias da vastidão do espaço infinito para os mistérios no cerne do átomo infinitesimal, finalmente chegou a avistar o que espera ser a "Terra Prometida do Conhecimento", que encerra o que talvez seja a chave mestra do enigma da criação.

É solitária sua busca de unificação de tudo. Ele escreve a Von Laue: "Sinto-me como uma criança que não pega o jeito do ABC, embora, estranhamente, não perca a esperança. Afinal, lidamos aqui com uma esfinge, não com uma prostituta solícita de rua."

Escreve a Solovine: "Tenho trabalhado com meus jovens numa teoria extremamente interessante, com a qual espero derrotar os modernos proponentes do misticismo e da probabilidade e sua ideia de realidade no campo da física."

Nos meses que antecedem a eclosão da guerra, em 1939, há uma busca frenética de ideias novas na física.

Em Berlim, no Instituto Kaiser Wilhelm, Otto Hahn e Fritz Strassmann descobrem que os núcleos atômicos podem ser cindidos. Essa fissão nuclear pode liberar uma quantidade imensa de energia em relação à massa atômica. A ideia, é claro, está contida em $E = mc^2$. Uma reação em cadeia pode produzir uma quantidade gigantesca de energia.

Em poucos meses, nada menos que vinte artigos sobre fissão nuclear são publicados na revista *Nature*.

Filho de um engenheiro e herdeiro de uma rica família judia, Leo Szilard nasceu Leo Spitz em Budapeste, havendo trocado seu sobrenome por Szilard em 1900. Em Berlim, estudou engenharia no Instituto de Tecnologia e foi atraído pelo trabalho de físicos como Einstein, Haber, Nernst, Planck, Von Laue e Schrödinger. Em 1921, abandonou os estudos de engenharia e se matriculou na Universidade de Berlim, onde estudou física com Max von Laue, entre outros. Obteve seu doutorado com uma tese demonstrativa de que a segunda lei da termodinâmica abrange não apenas os valores médios, como se acreditava até então, mas também os valores flutuantes. Entre 1925 e 1933, Szilard solicitou várias patentes, muitas vezes com Albert, inclusive uma referente a um novo sistema de refrigeração pelo qual eles tentaram e não conseguiram fazer com que a AEG (Allgemeine Elektricitäts-Gesellschaft) se interessasse.

COM LEO SZILARD

Com a ascensão de Hitler ao poder, Szilard se mudou para a Inglaterra, onde colaborou com T. A. Chalmers, no Hospital São Bartolomeu, e desenvolveu o processo Szilard-Chalmers para separar quimicamente elementos radioativos de seus isótopos estáveis. Ao mesmo tempo, influenciou *Sir* William Beveridge a fundar o Conselho de Assistência Acadêmica, com o objetivo de ajudar cientistas perseguidos a saírem da Alemanha nazista. Entre 1935 e 1937, trabalhou como físico pesquisador no Laboratório Clarendon, em Oxford.

Em setembro de 1933, Szilard concebeu a possibilidade de uma reação nuclear em cadeia — o processo essencial para a liberação de energia atômica —, algo que lorde Rutherford, o ilustre físico britânico, havia descartado recentemente.

Tal como Albert, Szilard visita os Estados Unidos várias vezes na década de 1930, pensa em se mudar para lá e acaba se estabelecendo em Nova York, em 1938.

Nos Laboratórios Pupin, na Universidade Columbia, Szilard colabora com Walter Zinn no estudo das emissões de nêutrons. Eles concluem que dois nêutrons velozes são emitidos no processo de fissão e que o urânio pode sustentar uma reação em cadeia. Mais pesquisas, feitas com Enrico Fermi e Herbert Anderson na Columbia, mostram que a água e o óxido de urânio atendem aos requisitos de uma reação em cadeia autossustentável.

Szilard tem sérias preocupações com a aplicação das novas teorias atômicas ao desenvolvimento de armas. As pesquisas nucleares alemãs se encontram em estágio avançado, e Szilard acha que o trabalho que vem sendo conduzido por ele e seus colaboradores deve ter a divulgação suspensa. Ele e outros dois colegas, Eugene Wigner e Edward Teller, querem que o governo norte-americano financie um experimento definitivo para provar que a reação nuclear em cadeia autossustentável é possível.

É por isso que Leo Szilard e Eugene Wigner procuram Albert. Querem que ele escreva uma carta ao presidente Roosevelt. Uma carta com seu imprimátur terá um peso enorme junto ao Departamento de Estado.

E o desenvolvimento de uma arma de poder colossal é desencadeado. O ar aquecido pelos raios X formará uma bola de fogo gigantesca, que emitirá ondas de choque a uma velocidade superior à velocidade do som e causará perda de vidas e destruição numa escala inimaginável.

Albert se hospeda num chalé alugado da Old Grove Road, em Peconic, Long Island. Szilard e Wigner explicam o plano. A carta é escrita e reescrita várias vezes.

São dois meses de erros sucessivos, até se encontrar um canal que leve a carta assinada por Albert às mãos da pessoa capaz de tomar ações decisivas: o presidente Roosevelt. O canal é o banqueiro judeu norte-americano Alexander Sachs.

Em 11 de outubro de 1939, Sachs vai à Casa Branca visitar Roosevelt.

Depois, conta a Albert sobre a reunião. Roosevelt se mostra distante e lhe diz que a ideia é prematura.

Sachs não vai desistir. Volta à Casa Branca na manhã seguinte.

Roosevelt está sentado sozinho à mesa do café da manhã.

— Tudo que eu quero é lhe contar uma história, sr. presidente. Durante as Guerras Napoleônicas, um jovem inventor norte-americano procurou o imperador francês e se ofereceu para construir uma frota de navios a vapor, com a ajuda dos quais, apesar do clima instável, Napoleão poderia ancorar na Inglaterra. Navios sem velas? Aquilo pareceu tão impossível ao grande corso que ele mandou Robert Fulton embora. Na opinião do historiador inglês lorde Acton, esse era um exemplo de como a Inglaterra fora salva pela miopia de um adversário. Tivesse Napoleão mostrado mais imaginação e humildade naquele momento, a história do século XIX teria tomado um rumo muito diferente.

O presidente examina em silêncio seus *Berliner Pfannkuchen* favoritos: donuts quentes recheados com geleia.

Rabisca um bilhete e o entrega a um criado.

— Espere — diz a Sachs.

O criado retorna, trazendo um embrulho que contém uma garrafa de conhaque francês da mais alta qualidade. O presidente manda o criado servir dois copos. Depois, ergue o seu, faz um sinal para Sachs e bebe, brindando.

— Alex, o que você está querendo é se certificar de que os nazistas não nos explodam?

— Precisamente.

Roosevelt chama um adido, o general de brigada Edwin "Pa" Watson, e aponta para a carta levada por Sachs.

— Pa, é preciso agir quanto a isto.

J. Edgar Hoover, diretor do Federal Bureau of Investigation por dezesseis anos, alega que Albert é um extremista radical que escreveu para revistas comunistas. Opõe-se ao emprego dele em qualquer assunto naval ou militar secreto.

Albert, Helen e Margot decidem se tornar cidadãos norte-americanos. Passam na prova feita perante um juiz federal em Trenton, no estado de Nova Jersey.

Albert, Helen e Margot seguem uma rotina inflexível em Princeton, tomando conhecimento do avanço da guerra pelos jornais e pelo rádio.

MANCHETE DA PRIMEIRA PÁGINA DO *NEW YORK TIMES*: "LANÇADA PRIMEIRA BOMBA ATÔMICA NO JAPÃO; MÍSSIL EQUIVALE A 20 MIL TONELADAS DE TNT; TRUMAN ALERTA INIMIGO SOBRE 'CHUVA DE DESTRUIÇÃO'."

Helen Dukas dá a Albert a notícia sobre Hiroshima no chalé das montanhas Adirondack.

— Ai, meu Deus.

Três dias depois, a segunda bomba atinge Nagasaki.

No dia seguinte, Washington expede um comunicado em que resume a influência que a carta de Albert exerceu em Roosevelt.

A revista *Time* o coloca na capa.

Cresce a percepção mundial: Albert é responsável pelas bombas atômicas.

Ter percepção do próprio envolvimento o atormenta. Ele é detido por jornalistas na rua:

— Dr. Einstein, dr. Einstein, o senhor acredita que a bomba atômica vai varrer a civilização do mapa?

— Creio que a civilização não será varrida do mapa por uma guerra travada com a bomba atômica.

— Quantas pessoas serão mortas?

— Talvez dois terços da população da Terra sejam mortos.
— O senhor deve estar muito orgulhoso, dr. Einstein.
— O poder desencadeado pelo átomo modificou tudo, exceto nossa maneira de pensar, de modo que resvalamos para uma catástrofe ímpar.

O comitê do Nobel convida Albert a discursar no 5º Jantar Norte-Americano de Aniversário do Prêmio Nobel, no Hotel Astor, em Nova York, em 10 de dezembro de 1945.
Ele toma extremo cuidado para redigir um discurso direto e simples, que não fosse mal interpretado.

"Senhoras e senhores, a comemoração do aniversário do Prêmio Nobel assume uma significação especial este ano. Bem, após nossa luta mortal de muitos anos, estamos novamente em paz, ou no que se supõe que consideremos paz. E ela tem uma importância ainda mais significativa para os físicos que, de um modo ou de outro, estiveram ligados à construção e ao uso da bomba atômica.
É que esses físicos encontram-se numa posição não muito diferente da do próprio Alfred Nobel."

Ele explica que Nobel inventou o explosivo mais potente já conhecido, "um meio de destruição por excelência. Para expiar essa falta, a fim de aliviar sua consciência humana, ele instituiu seus prêmios, no intuito de promover a paz e as realizações da paz".
Albert sugere que os físicos do momento são atormentados por igual sentimento de culpa:

Ajudamos a criar esta nova arma para impedir que os inimigos da humanidade a desenvolvessem antes de nós, o que, dada a mentalidade dos nazistas, teria significado uma destruição inconcebível e a escravização do resto do mundo.

Os físicos entregaram essa arma aos norte-americanos e ao povo britânico em sua condição de fiéis guardiães de toda a humanidade, de combatentes em prol da paz e da liberdade. Até hoje, entretanto, não vemos nenhuma garantia de paz. Não vemos nenhuma garantia das liberdades que foram prometidas às nações na Carta do Atlântico. A guerra foi vencida, mas não se conquistou a paz. (...)

Prometeu-se ao mundo que ele ficaria livre da necessidade, mas grandes partes do mundo enfrentam a fome, enquanto outras vivem na abundância (...).

Permitam-me ser mais específico a respeito de um único caso, que é apenas um sintoma da situação geral: o caso do meu povo, o povo judeu. Enquanto a violência nazista era desencadeada apenas ou sobretudo contra os judeus, o resto do mundo assistiu a isso de forma passiva, e até se fizeram tratados e acordos com o governo flagrantemente criminoso do Terceiro Reich. (...)

Mas, depois de tudo que aconteceu, e que não foi impedido de acontecer, como está a situação nos dias atuais? (...)

(...) É pura ironia quando o ministro britânico das Relações Exteriores diz ao pobre bando de judeus europeus que eles devem permanecer na Europa, porque seu talento é necessário ali, mas, por outro lado, aconselha-os a não tentar furar a fila, para não incorrerem em novos ódios: em ódio e perseguição. Bem, receio que eles não possam evitá-lo: com seus seis milhões de mortos, eles foram empurrados para a frente da fila, da fila das vítimas dos nazistas, totalmente contra sua vontade. (...)
Esta situação clama por um esforço corajoso, por uma mudança radical em nossa atitude em todo o conceito político. Possa o espírito que instigou Alfred Nobel a criar essa esplêndida

instituição — o espírito de tutela e confiança, de generosidade e fraternidade entre os homens — prevalecer na mente daqueles sobre cujas decisões repousa nosso destino. Se assim não for, a civilização humana estará condenada.

Albert lamenta os 140 mil mortos de Hiroshima e os 74 mil de Nagasaki. A energia atômica tem sido utilizada para uma finalidade aterradora.

O público acredita que o urânio é um explosivo devastador e que radiação e precipitação radioativa são a mesma coisa. A história mostrou a Einstein que, uma vez criado um paradigma incorreto na mentalidade popular, podem ser necessários mais de cem anos para que seja descartado e substituído por uma compreensão mais correta.

Ele escreve para o *New York Times*, citando Roosevelt: "Estamos diante do fato preeminente de que, para a civilização sobreviver, devemos cultivar a ciência das relações humanas, a capacidade de pessoas de todos os tipos conviverem e trabalharem juntas no mesmo mundo, em paz. Aprendemos, e pagamos um preço alto para aprender, que o convívio e o trabalho feito em conjunto só podem dar-se de uma forma: sob a égide da lei. A menos que ela prevaleça e a menos que, por uma luta comum, sejamos capazes de desenvolver novos modos de pensar, a humanidade estará condenada."

Ele diz à revista *Newsweek*:

Por entre a explosão e as chamas incomparáveis que se seguirão, ficarão tenuemente discerníveis, para os que se interessam por causa e efeito na história, as feições de um homenzinho tímido, com jeito de criança, quase santificado, com os olhos castanhos mansos, as rugas caídas de um sabujo cansado da vida e cabelo parecido com uma aurora boreal. Albert Einstein não trabalhou diretamente na bomba atômica. Mas foi o pai da bomba em dois sentidos importantes: (1) foi por sua iniciativa que as pesquisas sobre a bomba deslancharam nos Estados Unidos; (2) foi sua equação, $E = mc^2$, que tornou a bomba atômica teoricamente possível.

"Se eu soubesse que os alemães não conseguiriam produzir uma bomba atômica, eu nunca teria levantado um dedo."

Albert fecha a porta para os repórteres.

Mileva, em Zurique, está mais debilitada. Tete continua confinado numa instituição para doentes mentais. O dinheiro do prêmio Nobel que Albert dera à ex-mulher havia diminuído. Em maio de 1948, aos 78 anos, ela morre sozinha. Embaixo de sua cama há um embrulho com 85 mil francos.

Albert se queixa de dores agudas na barriga. O diagnóstico dos médicos é um aneurisma na aorta abdominal. Ele vai com Helen Dukas a Sarasota, ao sul de Tampa, na costa da Flórida banhada pelo golfo do México, para descansar e recuperar as forças.

Maja, irmã de Albert, junta-se a ele em Princeton. Ela emigrou para os Estados Unidos em 1939, embora a saúde precária de seu marido o houvesse impedido de acompanhá-la. Ele permanece com parentes em Genebra, onde morre em 1952. Maja mora com Albert na rua Mercer, mas, em 1946, sofre um derrame que, somado à arteriosclerose, a deixa confinada ao leito.

Maja morre em 1951, aos setenta anos.

Albert continua frequentando o Instituto. Seus colegas se importam com ele, que fica encantado ao ganhar deles, de presente, um rádio AM-FM e um toca-discos.

Já então, seu cabelo está completamente branco e mais rebelde que nunca. As rugas que lhe marcam o rosto estão fundas. Seus olhos lacrimejam. Os dedos estão tão enrijecidos que ele já não consegue tocar seu violino.

Escreve a Max Born: "Sou visto, de modo geral, como uma espécie de objeto petrificado. (...) Não acho este papel impalatável demais, já que combina muito bem com meu temperamento (...). Dar é mais prazeroso do que receber. O melhor é não levar a sério a mim mesmo nem aos atos das massas, não me envergonhar de minhas fraquezas e vícios e aceitar as coisas tal como surgem, naturalmente, com equanimidade e bom humor."

Embaixada de Israel
Washington, DC

17 de novembro de 1952

Prezado professor Einstein,

O portador desta carta é o dr. David Goitein, de Jerusalém, que atualmente exerce o cargo de ministro de nossa embaixada em Washington. Ele está levando a V. Sª. a pergunta que o primeiro-ministro Ben Gurion me pediu que lhe transmitíssemos, qual seja, se V. Sª. aceitaria a presidência de Israel, caso ela lhe seja oferecida por uma votação do Knesset. A aceitação implicaria sua mudança para Israel e a assunção da cidadania israelense. O primeiro-ministro me assegura que, em tais circunstâncias, completa facilidade e liberdade lhe seriam proporcionadas, para V. Sª. dar continuidade a seu esplêndido trabalho científico, por um governo e um povo que têm plena consciência da suprema importância de seus esforços.

O dr. Goitein poderá dar-lhe qualquer informação que V. Sª. deseje obter sobre as implicações da pergunta do primeiro-ministro.

Sejam quais forem sua inclinação ou sua decisão, eu ficaria profundamente grato pela oportunidade de voltar a falar com V. Sª., dentro de um ou dois dias, em qualquer local da sua conveniência. Compreendo as ansiedades e dúvidas que V. Sª. me expressou hoje à tarde. Por outro lado, seja qual for sua resposta, faço questão de que saiba que a pergunta do primeiro-ministro encarna o mais profundo respeito que o povo judeu pode manifestar por um de seus filhos. A esse componente de apreço pessoal acrescentamos o sentimento de que Israel é um Estado pequeno em suas dimensões físicas, mas está apto a se elevar ao nível da grandeza, na medida em que exemplifica as mais altas tradições espirituais e intelectuais estabelecidas pelo povo judeu através de suas melhores mentes e corações, tanto na Antiguidade quanto nos tempos modernos. Nosso primeiro presidente, como é de seu conhecimento, ensinou-nos a ver nosso destino nos moldes dessas grandes perspectivas, como V. Sª. já nos exortou pessoalmente a fazer, em diversas ocasiões.

Por isso, seja qual for sua resposta a essa pergunta, espero que V. Sª. pense com generosidade naqueles que a formularam e louve os elevados propósitos e motivos que os levaram a pensar na sua pessoa, nesta hora solene da história do nosso povo.

Com minhas cordiais saudações,

Abba Eban

*

Albert responde:

Fico profundamente comovido com a oferta proveniente do nosso Estado de Israel e, ao mesmo tempo, entristecido e envergonhado por não poder aceitá-la. Passei toda a minha vida lidando com questões objetivas, razão por que me faltam a aptidão natural e a experiência necessária para lidar com as pessoas de maneira adequada e exercer funções oficiais. Por essas razões apenas, eu não seria apropriado para exercer os deveres de tão alto cargo, mesmo que a idade avançada já não viesse fazendo intromissões crescentes em minhas forças. Sinto-me ainda mais aflito por essas circunstâncias, na medida em que meu relacionamento com o povo judeu tornou-se meu vínculo humano mais forte, desde que tomei pleno conhecimento da nossa situação precária entre as nações do mundo.

GANDHI

*

Passaram-se vinte anos desde que as gangues nazistas haviam feito fogueiras com livros em frente à Ópera de Berlim. Entre outros, tinham sido queimados livros de Mann, Zweig, Remarque, Gide, Hemingway, Heine, Freud, Marx, Wedekind, Nabokov, Tolstói. E Einstein.

A Comissão Congressual para Investigação de Atividades Antiamericanas não convoca Albert. Mas ele faz questão de procurar briga com os inquisidores.

Consegue a chance ao receber uma carta de um professor de inglês do Brooklyn, William Frauenglass. A Subcomissão de Segurança Interna do Senado havia intimado Frauenglass a depor porque, seis anos antes, ele dera uma aula intitulada "Técnicas de Ensino Intercultural no Campo da Língua Inglesa como Maneira de Superar o Preconceito entre Crianças em Idade Escolar". Frauenglass se recusou a depor, o que significa que a Diretoria de Ensino da cidade de Nova York irá despedi-lo. Ele escreve para Albert solicitando ajuda, que seria "sumamente útil para convocar os educadores e o público a resistir a esse novo ataque obscurantista".

A resposta de Albert é publicada no *New York Times*:

> O problema com que se deparam os intelectuais deste país é muito sério. Os políticos reacionários conseguem instilar desconfiança no público em relação a todos os esforços intelectuais, exibindo diante dos seus olhos um perigo vindo de fora. Havendo logrado êxito até aqui, agora eles estão tratando de reprimir a liberdade de ensino e privar de seus cargos todos aqueles que não se mostram submissos, isto é, matando-os de fome. O que deve fazer contra esse mal a minoria de intelectuais? Para ser franco, só consigo enxergar a forma revolucionária de não cooperação, no sentido da adotada por Gandhi. Todo intelectual

convocado a comparecer perante uma dessas comissões deve se recusar a depor, isto é, deve estar preparado para enfrentar a cadeia e a ruína econômica; em suma, para o sacrifício de seu bem-estar pessoal, em nome do bem-estar cultural deste país. Essa recusa a depor deve basear-se na afirmação de que é vergonhoso para um cidadão inocente submeter-se a esse tipo de inquisição, e de que esse tipo de inquisição viola o espírito da Constituição. Se um número suficiente de pessoas se dispuser a dar esse passo sério, elas obterão êxito. Caso contrário, os intelectuais deste país não merecerão nada melhor do que a escravidão que se pretende reservar-lhes.

O senador McCarthy chama Albert de "inimigo do povo norte-americano". O *Washington Post* alerta que se "os cidadãos em geral seguissem o conselho do dr. Einstein e preferissem ir para a cadeia a prestar depoimento, nosso sistema representativo ficaria paralisado. Se quisermos ter um governo ordeiro, todo cidadão intimado a depor deve ser solicitado a falar".

A essa altura, Albert está cansado e frágil demais para ser intimado. Fica sentado em seu gabinete, comprimindo o fumo do cachimbo, o qual acende e reacende. A nuvem de fumaça se ergue sobre sua cabeça.

┅┅ CINCO ┅┅

KURT GÖDEL
───────────

Do lado de fora do nº 112 da rua Mercer, um homem sinistro, esquelético e taciturno está parado, olhando fixo para as persianas fechadas.

O homem tem 1,68 metro de altura e usa terno de linho branco e chapéu borsalino, para combinar. Seu rosto lembra o de uma coruja. Os óculos redondos, com lentes de fundo de garrafa, ampliam seus olhos azuis penetrantes.

Ele hesita de um lado para outro, no jardim em frente à casa, contando e recontando em voz alta os passos para chegar à varanda. Em seguida, faz o mesmo com a dúzia de rosas vermelhas que carrega, com um cartão anexo: "Para meu caríssimo amigo A.E. Feliz aniversário. Kurt Gödel."

Um chofer uniformizado conduz Mimi e Isabella Beaufort à St. David's High School, numa limusine modelo Crown Imperial, da Chrysler.

As irmãs são altas e magras. Ambas têm o cabelo louro, preso com uma echarpe de seda num rabo de cavalo alto. Usam vestidos de poá tipo *chemisier*, meias soquete brancas e sandálias.

Acomodam-se nos luxuosos assentos acolchoados e atualizam a leitura da correspondência mais recente do pai viúvo, Whitney Beaufort, que, como de praxe, divaga sobre o Beaufort Park, em Greenwich, no estado de Connecticut, onde uma sucessão de babás criou Mimi e Isabella na mansão conhecida como A Fortaleza.

O recluso Whitney Beaufort é uma figura frágil, preso a uma cadeira de rodas pela artrite reumatoide e pela instalação prematura da demência. Um mordomo e algumas enfermeiras cuidam de todas as suas necessidades. Ele só aparece na hora do jantar, quando come em silêncio. A criadagem inclui um motorista mais velho, além de jardineiros, cozinheiros e ajudantes de cozinha. A não ser para tomar banho, vestir-se e ser carregado até sua cadeira de rodas, a fim de aparecer para os jantares silenciosos, Whitney Beaufort permanece na cama.

Antes da Segunda Guerra Mundial, uma procissão de notáveis se hospedou na Fortaleza com os Beaufort, inclusive Roosevelt, na época em que era governador de Nova York.

Outro convidado regular era o fundador da escola de Mimi e Isabella, um excêntrico estudioso de Harvard chamado Avery

Whittingale III. Para alegria de Roosevelt, Whittingale declama os versos cômicos de Edmund Clerihew Bentley, em especial o favorito de Beaufort: *"Geoffrey Chaucer/ Could hardly have been coarser,/ But this never harmed the sales/ Of his Canterbury Tales."**

Estudiosos internacionais da literatura medieval visitam a Biblioteca Beaufort para perscrutar o manuscrito cheio de iluminuras dos *Contos de Cantuária*, datado do início do século XV. Historiadores da arte visitam a mansão para inspecionar a *Vênus de Urbino* dos Beaufort, o retrato de uma mulher de semelhança notável com o modelo usado por Ticiano para criar *La Bella*, exposta no Palácio Pitti, em Florença, *Mulher com casaco de pele*, em Viena, e *Mulher com chapéu de pluma*, em São Petersburgo.

Infelizmente, o manuscrito de Chaucer e o Ticiano foram vendidos em 1939. Os quadros que restam nas paredes da Fortaleza são exemplos duvidosos do regionalismo norte-americano da década de 1920: pinturas menores de Grant Wood, John Steuart Curry, Thomas Hart Benton e um Andrew Wyeth dos primeiros tempos.

A maioria dos livros e impressos da biblioteca sofreu com a umidade. O catálogo da biblioteca foi emprestado a um leiloeiro da cidade de Nova York e, depois disso, desapareceu. No fim dos anos 1940, Beaufort Park, tal como a escola frequentada por Mimi e Isabella, havia caído em decrepitude.

A família Beaufort é esnobe. Quando surgem nomes grandiloquentes nas conversas familiares, alguém pergunta: *"Quem é* ele...? Frequentou o colégio St. David's, ou Harvard, ou Yale?" Os laços consanguíneos, os vínculos, os sobrenomes, as mansões e propriedades grandiosas, o reconhecimento por parte da sociedade, as fortunas não ditas e a ascendência ilustre, isso é o que importa.

---

*   Em tradução livre: "Geoffrey Chaucer/ dificilmente poderia ser mais grosseiro,/ porém isso nunca prejudicou/ as vendas de seus *Contos de Cantuária.*"

O pai das meninas sempre pretendera que elas frequentassem a escola St. David's, em Princeton. O que os advogados de Whitney Beaufort mantêm em segredo é o estado precário das finanças familiares. Em síntese, o dinheiro está acabando depressa.

Mimi e Isabella podem sonhar com estudos na Real Academia de Música, em Londres. Infelizmente, porém, não há recursos suficientes para permitir que os façam. Enquanto isso, os advogados da família tinham feito uma reserva com o banco para custear as anuidades na St. David's.

Durante o período letivo, as irmãs — Mimi, de dezessete anos, e Isabella, um ano mais nova — se hospedam fora de Princeton, na casa de seu tio Bradley, onde a empregada e demais criados cuidam das duas. É de lá que Mimi faz a ligação matinal para Einstein por engano.

É raro o tio Bradley Beaufort estar presente. Ele desfruta uma estreita amizade pessoal com os Eisenhower e ocupa um cargo executivo ultrassecreto na CIA, em Washington, servindo de contato com a Casa Branca.

A caminho do St. David's, um dia, Mimi abaixa a voz:

— Isabella, você pode guardar um segredo? É verdade. Falei agora há pouco com Albert Einstein.

— Você fez o quê?

— Acabei de falar com Albert Einstein.

— Está doida?

— Eu falei. É verdade.

— Einstein... ora, vamos... Einstein? *O* Einstein?

— Eu juro. Estava ligando para a farmácia. Caiu no número errado. E então uma voz disse: "Aqui quem fala é Albert Einstein." O número dele é 341-2400. O da farmácia é 341-2499.

Isabella arregala os olhos.

— Você falou com Albert Einstein?

— Isso mesmo, falei com Einstein — responde Mimi.

— Como ele é?

— Amável que só ele. Sotaque alemão. Com uma voz que parece que está quase rindo. Hoje é aniversário dele. Está fazendo 75 anos.

— Que maravilha — diz Isabella, que se alegra com o fato de "maravilhas" viverem acontecendo com Mimi.

Numa das salas de música úmidas, de pé-direito alto, Mimi e Isabella praticam a execução do segundo movimento da "Sonata para violino e piano em mi menor, K. 304", de Mozart.

Ao final, Isabella diz:

— Ficou bom. Vamos mais uma vez?

— Temos que ir embora — responde Mimi. — Física, esqueceu? $E = mc^2$.

— Eu já não lhe disse cem vezes que continuo sem entender isso? — diz Isabella. — Desculpe. Simplesmente não entendo.

— Qual é o seu problema, Isabella?

— É difícil de entender. Vamos ficar com a música.

Naquela mesma manhã, pouco depois das dez horas, Albert e seu dedicado companheiro Kurt Gödel, a figura estranha e magérrima que estivera esperando com o buquê de rosas do lado de fora da casa da rua Mercer, passeiam pelas ruas em animada conversa.

Como sempre, a caminhada até o Instituto de Estudos Avançados de Princeton leva meia hora. Eles vão citando os nomes das flores que veem:

— Forsítias, magnólias estreladas, magnólias japonesas de espaldeira. Flores nas cores rosa, roxo e branco — diz Einstein.

— Flor de cerejeira, logo virão as tulipas, os narcisos, as hamamélis, os cornisos floridos — enumera Gödel.

— Obra de Deus — comenta Albert. — Obra de Deus.

— Obra de Deus — concorda Gödel.

Seus colegas no Instituto reconhecem que os amigos de aparência estranha andam e conversam em pé de igualdade. Há, na genialidade de Gödel, uma impetuosidade e uma sobrenaturalidade que fascinam Albert. Gödel sabe manipular os mais misteriosos conceitos filosóficos e matemáticos. Por seu lado, Einstein — judeu, pacifista, socialista, filósofo-cientista — é o único homem admirado por Gödel.

Só em matéria de preferências artísticas é que há certa separação. Albert, é claro, adora Mozart e Bach. Gödel, a obra de Walt Disney.

Mas os dois compartilham ideias sobre o universo do espaço-tempo, a quarta dimensão. E Gödel também acredita que a distribuição da matéria é tal que a estrutura do espaço-tempo se curva e se deforma. Por isso, uma espaçonave que se move a uma velocidade suficiente pode chegar a qualquer região do passado, do presente ou do futuro.

Nascido em Brünn, na Áustria-Hungria, Gödel estudou em Viena e foi nomeado *Privatdozent* pela universidade. Na década de 1930, os nazistas acabaram com seu cargo, acreditando que sua política era "duvidosa". Um novo cargo lhe seria concedido se ele fosse aprovado num "teste político".

Os nazistas também desconfiaram das três visitas que Gödel fizera aos Estados Unidos.

Em 1936, um estudante nazista fanático assassinou seu orientador, Moritz Schlick, na escadaria da Universidade de Viena, o que leva Gödel a desenvolver um medo paranoico de assassinatos.

Três anos depois, os nazistas o declaram apto para o serviço militar, o que instiga Gödel e sua esposa, Adele, a fugir.

Eles viajam pela Ferrovia Trans-Siberiana até o Japão e de lá seguem de navio para São Francisco, onde chegam em março de 1940.

Finalmente se instalam em Princeton, onde o cargo de Gödel no Instituto de Estudos Avançados é anualmente renovado até 1946, quando ele se torna membro permanente, sendo nomeado para o corpo docente logo em seguida.

Torna-se cidadão norte-americano em 1948, declarando aos celebrantes da cerimônia que vê incoerências lógicas na Constituição dos Estados Unidos. Albert, na condição de testemunha, teve que mandá-lo calar a boca, finalmente o distraindo com piadas batidas.

Uma vez em Princeton, a hipocondria aguda de Gödel passa a atormentá-lo: medos provenientes de seus ataques de febre reumática na infância, e que acarretam dois colapsos nervosos e um isolamento crescente.

Adele é sua esposa e companheira. Aos 21 anos, Gödel a conheceu em Viena, quando ela era uma dançarina de 27 anos na boate *Der Nachtfalter* [A Mariposa], na Petersplatz. Adele era uma divorciada católica. Tinha uma marca de nascença que desfigurava seu rosto. Os pais de Gödel viram essa união amorosa com apreensão e desespero.

Obcecado com a ideia de que os gases do refrigerador e do sistema de aquecimento central estão envenenando sua comida, Gödel parece se retrair do mundo. Fica assistindo sem parar a *Branca de Neve*, de Walt Disney, em seu projetor Kodak Kodascope 16 mm Pageant Sound, evitando o convívio social e se entregando a longas conversas telefônicas noturnas com quem se dispusesse a ouvir.

Insiste em que Adele o alimente com manteiga, papinhas de bebê e laxante Castoria, da Fletcher. Ela tenta distraí-lo de sua melancolia, dando um jeito de abrigar um flamingo cor-de-rosa no jardim da Linden Lane. Gödel resmunga que o bicho é tremendamente encantador.

Adele está mais que satisfeita por seu marido ter um cargo no Instituto, que ela apelida de lar dos pensionistas idosos.

Só com Albert é que Gödel parece recuperar certo equilíbrio. Albert é o cientista mais famoso do mundo. Gödel é o maior lógico de sua geração, embora seu nome não signifique nada para o mundo em geral.

O trajeto deles, nessa manhã da bela primavera de 1954, leva-os a atravessar um bairro que raras vezes vê brancos. A população negra do lugar reconhece Albert e lhe sorri com afeição, e ele retribui os sorrisos. Alguns moradores param para vê-lo comprar um sorvete na rua Nassau.

Um garotinho corre até Albert, brandindo um álbum.

— Pode me dar um autógrafo, por favor?

— Você sabe quem eu sou? — pergunta Albert.

— O senhor parece o dr. Einstein.

Albert reacende o cachimbo.

— Muito bem. Deixe-me ver que autógrafos você tem. — Abre o álbum de autógrafos. — Ah, sim. Veja, Gödel.

Gödel olha para a assinatura: *Tony Galento*.

— O pugilista peso pesado — anuncia Albert. — Tony Galento Duas Toneladas. Ele mora em Orange, em Nova Jersey. Tem 1,73 metro de altura. Pesa 109 quilos. Tony Duas Toneladas.

— Não é correto dizer que ele pesa duas toneladas — observa Gödel.

— A arte nobre é uma arte do exagero — retruca Albert. — Galento ganhou uma aposta de 10 dólares por ter comido 52 cachorros-quentes antes de lutar com Arthur DeKuh em 1932. Tiveram que fazer um corte no calção de boxe do Galento para ele entrar. Depois disso, ele nocauteou DeKuh em quatro *rounds*.

Albert e o menino caem na gargalhada.

— Olhe, Gödel, o autógrafo do Jerry Lewis. Sabe quem ele é?

— Não.

— E do Frank Sinatra. Conhece o Sinatra?

— Ele ganhou o Oscar de melhor ator coadjuvante pelo papel do soldado Angelo Maggio em *A um passo da eternidade*.

Gödel imita o soldado Angelo representado por Sinatra:

— "Vamos a uma cabine telefônica, ou coisa assim, hein? Aí eu mostro os 750 mililitros de uísque que escondi aqui embaixo da minha camisa esportiva solta e esvoaçante."

— Cara, que doideira — diz o menino. — Quer dizer, nossa!

Gödel começa a cantar "There's No Business Like Show Business", com seu sotaque alemão carregado.

Albert entra na brincadeira e os dois cantam e dançam juntos.

— Extraordinário — elogia Albert. — Onde aprendeu isso?

— Com Adele. Na *Der Nachtfalter*. Meu avô Joseph era cantor, membro da Brünner Männergesangverein [Associação Masculina de Canto Coral de Brünn].

— Um coral? — pergunta Albert. — Que maravilha! Um coral, quanta alegria.

O rosto de Gödel fica sério.

— Existem outros mundos e seres racionais de natureza diferente e superior. O mundo em que vivemos não é o único em que viveremos no futuro, ou em que já vivemos no passado.

— Vocês têm uma caneta? — pergunta o menino.

— Eu tenho — responde Albert. — Mas se você pretende ser um colecionador sério de autógrafos, deve ter sempre uma caneta. — Albert pega sua caneta-tinteiro, uma Waterman 22 Taper preta, de ponta fina. — Tome.

— Pensei que você tivesse dado a caneta ao Paul Ehrenfest, em Leiden, não deu? — pergunta Gödel.

— Aquela foi a Waterman com que escrevi $E = mc^2$ pela primeira vez.

Albert assina alegremente seu autógrafo e, abaixando-se, cata no bolso uma moedinha de 5 centavos e a dá ao menino.

Rindo, o garoto despenteia o cabelo de Albert, que lhe diz:

— Você devia pedir o autógrafo do meu amigo aqui, o professor Gödel.

— Por quê?

— Porque o trabalho do Kurt Gödel sobre os fundamentos da matemática modificou o mundo em que vivemos.

— Ele fez uma bomba?

— Não, não fez.

— Ele é um gênio igual ao senhor?

— Ele é um gênio. Sim. Se entende o universo inteiro, como eu, desde a maior galáxia até a menor partícula elementar, não sei. Se, tal como eu, ele vai descobrir os princípios que abarcarão tudo numa teoria de campo unificada, veremos...

— Está bem — diz o menino. — Assine aqui, Kurt.

Gödel assina seu nome e acrescenta: *"2 + 2 = 4".*

— Isso eu sei — diz o menino.

— Então, isso também faz de você um gênio da matemática — declara Gödel.

— Que doideira — retruca o garoto. — Vocês são muito engraçados.

Ao devolver a caneta-tinteiro, o menino aperta a trava que solta a tinta e o líquido preto esguicha nas mãos de Albert.

— Pode ficar com ela — diz o cientista, rindo e limpando as mãos no lenço.

O garoto sai correndo, agitando no ar o álbum de autógrafos e a caneta-tinteiro, triunfante.

Albert e Gödel retomam a caminhada.

— Eu sinto afinidade com os oprimidos — diz Albert. — Talvez eles herdem a Terra e se juntem a nós no além-mundo. Diga-me, Kurt, você acredita no além?

— Sim, acredito. Tem que haver outro mundo além deste.

— Por quê?

— Por que não? — retruca Gödel. — Qual seria a razão para criar o homem, se só lhe fosse permitido realizar um dos milhares de coisas de que é capaz? Olhe, você e eu chegamos à Terra sem a menor ideia de por que tínhamos chegado ou de onde vínhamos. Quem se atreve a dizer que partiremos do mesmo modo, sem a menor pista? Com toda a probabilidade, a Terra vai acabar, de qualquer modo.

— Saber da existência de algo em que não podemos penetrar — diz Albert —, das manifestações da razão mais profunda e da beleza mais radiante: este saber e esta emoção é que constituem a verdadeira atitude religiosa; nesse sentido, e apenas nele, sou um homem profundamente religioso.

— Como eu digo, o mundo vai acabar, de qualquer modo.

— É claro — concorda Albert, surpreso com a intensidade da visão gödeliana da probabilidade do fim da Terra.

— Creio que entraremos no próximo mundo com lembranças deste aqui, e que as matérias básicas serão preservadas, com certeza. Sabe qual é a equação mais amplamente conhecida?

— $E = mc^2$?

— Não — responde Gödel. — É *2 + 2 = 4*.

— Hahaha — faz Albert. — "Porque Teu é..."

— "A vida é..." — retruca Gödel.

— "Porque Teu é o..." — diz Albert.

Juntos, dançando para lá e para cá, os dois entoam: "Assim expira o mundo. Assim expira o mundo. Assim expira o mundo. Não com um estrondo, mas com um suspiro."*

Arfante, Albert diz:

— Seja franco comigo, Kurt Gödel, você tem comido?

---

* Versos finais do poema "The Hollow Men" [Os homens ocos], de T. S. Eliot. Tradução de Ivan Junqueira.

Gödel dá uma risadinha aguda.

— Isso não tem graça, *Doktor* Gödel.

— Você come para se consolar — diz Gödel —, por não ter descoberto uma teoria de campo unificada que junte mecânica quântica com relatividade geral.

— Você não acredita nela? — pergunta Albert.

— Não.

— Por que não?

— Porque não acredito na ciência natural. Tudo que ela conseguiu fazer foi a televisão e as bombas. Você não confia na matemática?

Albert levanta os suspensórios das calças largas.

— Acredito na intuição.

— Deus? — pergunta Gödel.

— Deus não debate ideias comigo. Infelizmente. Por que o universo está se expandindo com o tempo, hein? Ele está mesmo em expansão. Existe um novo espaço-tempo.

Gödel olha para o céu.

— Vivemos em um mundo em que 99% das coisas bonitas são destruídas. O mundo não entende. O mundo não entende uma palavra do que dizemos.

— É por isso que você não tem comido, Kurt?

— Não tenho comido porque meus remédios estão errados. Porque meus médicos não sabem escrever. Querem me internar em um hospital psiquiátrico. Meu túmulo será construído em um asilo de loucos. E o seu?

— Meu túmulo — diz Albert — será um local de peregrinação.

Gödel ri.

— Onde os peregrinos verão os ossos de um santo?

— É — responde Albert. — O que vai acontecer com seus restos mortais, Kurt?

Gödel ri.

— Serei cremado durante noventa minutos, a uma temperatura de 760 a 1.150°C. Não haverá lápide. Nada de "Descanse em paz". *Requiescat in pace.* Como é que sabemos que vamos descansar em paz? Eu confio na matemática. Desconfio da linguagem.

— E ninguém confia em nenhum de nós — retruca Albert. — Aqui em Princeton, sou conhecido como o idiota da cidade. O que você realmente quer, Kurt?

— Ser lembrado como o homem que descobriu que não se pode confiar na linguagem. E você?

— Não ser lembrado como o homem que inventou a bomba atômica. Sabe qual foi o maior erro que já cometi?

— Diga — responde Gödel.

— Assinar aquela carta ao presidente Roosevelt, defendendo a construção da bomba.

— Você pode ser perdoado. Havia uma grande probabilidade de que os alemães estivessem trabalhando nisso, e de que pudessem ter êxito e usar essa arma hedionda para se tornarem a raça superior. E agora, o que você vai fazer?

— Mandar um bilhete para Bertrand Russell, na Inglaterra. Russell pode publicar o que achamos que precisa ser feito. "Devemos pôr fim à raça humana, ou deve a humanidade renunciar à guerra? As pessoas não querem encarar essa alternativa, porque é muito difícil abolir a guerra." Será que é ignóbil tentar prevenir a destruição da vida na Terra?

Do lado de fora do Instituto, de repente Gödel se distrai com a figura alta e muito magra de um homem de testa franzida.

— Ora, ora — cochicha. — Pelo visto alguém cujo nome começa com O resolveu aparecer.

— Achei que ele estivesse em St. John, nas Ilhas Virgens — diz Albert.

— Posso lhe desejar feliz aniversário? — pergunta Oppenheimer.

— Obrigado, meu caro diretor.

O alto e aristocrático Oppenheimer, nascido no ano anterior àquele em que Albert produzira $E = mc^2$, entrega-lhe um embrulho e diz:

— Venha ao meu gabinete na hora do almoço, para um drinque de comemoração. Você também, Kurt.

— Podemos esperar um dos seus martínis mundialmente famosos? — pergunta Gödel.

— Podem, com certeza — responde Oppenheimer, retirando-se para cuidar de seus afazeres.

Vários estudantes param na entrada do Instituto para observar aquele encontro.

Albert abre o embrulho de presente que Oppenheimer lhe deu. Contém um exemplar do *Bhagavad Gita*.

Oppenheimer havia inserido um marcador de livros com uma anotação: "As linhas de combate se aplicam a nós. Feliz aniversário ao maior de todos os cientistas. J.R.O."

Albert lê: "Na batalha, na floresta, à beira dos precipícios nas montanhas,/ Na vasta escuridão do mar, em meio a lanças e flechas,/ No sono, na confusão, na mais profunda vergonha,/ As boas ações praticadas por um homem o defendem."

Quando Albert e Gödel entram no Instituto, uma multidão de alunos e membros do corpo docente irrompe em aplausos espontâneos. Muitos estão com câmeras e fotografam Albert.

Preservando a compostura e o senso de humor, ele faz o que os fotógrafos estudantis esperam; exatamente o que fez no aniversário de 72 anos, quando Arthur Sasse, fotógrafo da United Press International, batalhou para convencê-lo a deixar que fosse tirada mais uma foto do aniversário no Princeton Club: pôs a língua de fora.

Os alunos e professores comemoram e emendam numa entoação ensurdecedora de "Parabéns pra você".

JOHANNA

À tarde, Johanna Fantova vai à rua Mercer cortar o cabelo de Albert.

A dupla é amiga desde a década de 1920. Johanna, nascida na Tchecoslováquia, vinte anos mais jovem do que Einstein, é curadora de mapas na Biblioteca de Princeton desde o início dos anos 1950 e, junto com *Frau* Dukas, atua como assistente particular e secretária de Albert em meio expediente.

Ele se deleita com o cuidado com que Johanna penteia e corta sua cabeleira rebelde e branca e apara seu bigode. Os tufos de cabelo se acumulam no lençol que ela enrola em volta dos ombros dele. As atenções da amiga parecem aumentar a loquacidade de Einstein.

— Eu atraio todos os malucos da Terra. Sinto pena dessas pessoas. Uma mulher me pediu meia dúzia de fotos, que ela quer deixar para os netos, porque não tem mais nada para deixar de legado.

— Você acredita nela?

— Não. Mas vou mandar as fotos mesmo assim. E há um físico dizendo que eu sou matemático e um matemático dizendo que eu sou físico. Talvez Joseph McCarthy e sua comissão me informem quem eu sou. Estou cansado da perseguição deles ao Oppenheimer. Por que não examinam o que Heisenberg fez por Hitler?

— Heisenberg é um bom pianista.

— Tão bom pianista quanto Hitler era pintor.

— Heisenberg quer visitar você.

— Haha. Eu estarei fora.

— O filho do Niels Bohr também quer.

— Aage Bohr é mais agradável que Heisenberg, mas fala demais.

Ignorando o fato de Johanna estar cortando seu cabelo, Albert gira a cadeira para o piano.

— Vivo meus devaneios na música. Vejo minha vida em termos de música.

— Eu sei.

— Sabe? Escute...

Começa a tocar Mozart, a "Sonata nº 16 para piano em dó maior, K. 545".

— É da música que mais tiro alegria na vida.

Johanna fica ouvindo, balançando a cabeça ao ritmo da música, tal como Albert, extasiado.

Frau Dukas está muito ocupada na rua Mercer.

Agita-se com as providências para o concerto noturno, tal como o de 1952, quando o Quarteto Juilliard tocou Bartók, Beethoven e Mozart. Albert tinha sido convidado a tocar com eles.

Para o concerto desta noite, ele tem outra ideia escondida na manga. Com os ouvidos de *Frau* Dukas fora do alcance da sua voz, ele tira o fone do gancho e disca o número da carta de Born.

Mimi Beaufort atende.

— Mimi?

— Sim.

— Aqui quem fala é Albert Einstein.

— Eu estava torcendo para que fosse o senhor. Queria lhe desejar um feliz aniversário.

— Ora, obrigado. Obrigado, Mimi.

— Como vai o senhor, dr. Einstein?

— Considerando-se que sobrevivi triunfalmente ao nazismo e a duas esposas, vou indo muito bem. O que está fazendo?

— Tocando música.

— Que música?

— O segundo movimento da "Sonata de Mozart para violino e piano em mi menor, K. 304".

— Está com seu violino aí perto?

— É claro — responde Mimi.

— Pode tocar para mim?

— É claro que posso.

Albert ouve, extasiado.

— Bravo! — exclama. — Bravo! — Altamente empolgado, sai tagarelando: — Você precisa vir me visitar daqui a dez dias. Alguns músicos ótimos virão fazer um pequeno concerto de aniversário para mim. Quero que você esteja aqui. Será que viria tocar para mim?

— É claro. A que horas?

— Às sete e meia. Você sabe meu endereço?

— É claro, procurei na lista telefônica.

— Você gosta de sorvete?

— Com certeza.

— Eu também. Vamos tocar Mozart e tomar sorvete.

— Posso levar minha irmã, Isabella? Podemos tocar essa sonata de Mozart?

*

Albert sai do gabinete e vai em busca de *Frau* Dukas. Encontra-a na cozinha e diz:

— Vou sair por umas duas horas.

— Vai aonde?

— Ao Instituto, com Gödel. Você precisa fazer os preparativos da festa. Não devo atrapalhar. Ah, e, sim, Helen, vou me encontrar com o coexecutor do meu testamento, Otto Nathan. Por favor, certifique-se de termos uma quantidade suficiente de sorvete para os convidados de logo à noite.

Einstein sai de casa e vai andando pela rua Mercer, regendo sua entoação de "Eine kleine Nachtmusik", de Mozart:

— *Da*-da-*da* da-*da*-da-*da*-da-*da*! *Da*-da-*da* da-*da*-da-*da*-da-*da*!

Não presta atenção ao sedan Ford Tudor cujo motorista e passageiro lhe lançam olhares displicentes.

Os dois homens esperam que ele desapareça de vista para se dirigirem à porta de entrada da casa de Albert.

Frau Dukas atende a porta.

Acha que talvez eles sejam da Ciência Cristã, ou Testemunhas de Jeová, ou da Igreja da Cientologia.

Um dos homens, de pescoço curto e grosso, sorri com dentes amarelados.

— Olá. Será que poderíamos dispor de uns minutos do seu tempo?

— Receio estar muito ocupada — responde *Frau* Dukas.

— A senhora é Helen Dukas? — indaga o segundo homem.

— Sou, sim. Em que posso ajudar?

— A senhora é secretária e governanta do dr. Einstein?

— Sou, sim. O dr. Einstein não está no momento. Os senhores gostariam de marcar um horário para falar com ele?

— Pensando bem — diz o primeiro homem —, é com a senhora que gostaríamos de falar.

— Comigo...? Sobre o que querem falar comigo? Quem são os senhores?

Os dois exibem carteiras pretas que contêm a identificação como agentes especiais do escritório do FBI em Newark, no estado de Nova Jersey. Agente especial John Ruggiero e agente especial Jan Grzeskiewicz.

— FBI? — questiona *Frau* Dukas. — Há algum problema?

— Não há problema algum, *Frau* Dukas — diz Ruggiero, o dos dentes amarelados. — Apenas gostaríamos da sua ajuda por um momento, para esclarecer alguns fatos.

— Muito bem. Se não for demorar. É melhor os senhores entrarem.

— Será que podemos conversar em particular? — pergunta Grzeskiewicz.

Ela os conduz ao gabinete de Einstein.

Grzeskiewicz dá as costas para *Frau* Dukas e seu parceiro. Levando a mão a um bolso interno do paletó, aciona um pequeno gravador. Um Protona Minifon. Seu relógio tem um microfone embutido. Ruggiero pega um caderno de notas e uma esferográfica. Encarrega-se das perguntas:

— Para começar, eu gostaria de saber: a senhora trabalha para o dr. Einstein desde 1928?

— Trabalho, sim.

— Como secretária e governanta?

— Sim. Antes disso, a esposa do dr. Einstein exercia essas funções, além de cozinhar.

— Elsa. Em Berlim?

— Sim, Elsa — confirma *Frau* Dukas. — Há uns 25 anos. Em Berlim. E agora o dr. Einstein tem 75 anos. É frágil. Sofre do coração. E eu tenho meu trabalho para fazer, senhores.

— Nós também, senhora — diz Ruggiero, rindo e pegando um maço de Camels em seguida. — Aceita um cigarro?

— Não — responde *Frau* Dukas.

Ruggiero acende um cigarro.

— Temos ordens de lhe perguntar se a senhora conhece ou já ouviu falar de Georgi Mikhailovich Dimitrov. O que sabe dele?

— Dimitrov? Que ele foi acusado, com outros comunistas, de ter planejado o incêndio do Reichstag. Foi absolvido.

Ruggiero lê em seu caderno de notas:

— Dimitrov se instalou em Moscou e, como secretário-geral do comitê executivo do Comintern, estimulou a formação de movimentos da frente popular contra os nazistas, exceto enquanto Stalin estava cooperando com Adolf Hitler. Durante 1944, ele comandou a resistência ao governo satélite do Eixo na Bulgária e, em 1945, voltou a esse país, onde foi imediatamente nomeado primeiro-ministro de um governo dominado pelos comunistas, chamado Frente da Pátria. Assumindo um controle ditatorial dos assuntos políticos, ele realizou a consolidação comunista do poder que culminou na formação da República Popular da Bulgária, em 1946. Ele procurou o dr. Einstein em Berlim.

— Não tenho nenhuma lembrança disso. De qualquer modo, o dr. Einstein recebia poucas visitas e resolvia seus assuntos pelo correio.

— A senhora tem cópias da correspondência do dr. Einstein?

— Nenhuma que esteja disponível.

— A senhora se interessa por política, *Frau* Dukas?

— Só no sentido de que me opus à ascensão de Hitler na Alemanha. Meu círculo de amigos era judeu. Eu me interessava, acima de tudo, por questões judaicas. Meus interesses na vida são as questões judaicas e o dr. Einstein. Os senhores estão sugerindo que o dr. Einstein simpatiza com os comunistas?

— Isso lhe parece uma suposição justa? — pergunta Ruggiero, em tom de desculpas.

— Não, não parece.

— A senhora não concorda, *Frau* Dukas, que, com o passar do tempo, sua mente perdeu a clareza?

— A respeito de quê?

— Nomes, datas, locais — diz Ruggiero. — Relacionados à vida do dr. Einstein em Berlim, de 1928 a 1933. Temos provas de que a secretária principal do dr. Einstein, Elsa Einstein, ou a enteada mais velha dele, tiveram contato com espiões soviéticos.

— A enteada foi secretária dele até 1926, quando se casou. Ela morreu. Elsa também.

— A senhora se lembra do apartamento do dr. Einstein?

— Naturalmente.

— Com duas entradas e saídas. A escada principal dava para a Haberlandstrasse. E a outra?

— A escada de serviço levava à rua Aschaffenburger.

— Perfeito para mensageiros entrarem e saírem sem ser observados?

— Se o senhor diz. Isso nunca me passou pela cabeça.

— Passou pela minha — retruca Ruggiero. — Foi por causa da saúde precária, em março de 1928, que o dr. Einstein teve que contratar uma nova secretária. Elsa Einstein falou com a irmã da senhora, Rosa, sobre a Organização de Órfãos Judeus. Rosa a recomendou. E a senhora foi ao nº 5 da Haberlandstrasse na sexta-feira, 13 de abril de 1928, para ser entrevistada.

— Sim. E eu pretendia recusar a indicação.

— Por quê?

— Porque não entendia nada de física.

— Mas a senhora mantinha contato com comunistas?

— Decerto que não.

— Mas o seu cunhado, Sigmund Wollenberger, era comunista, assim como o sobrinho dele, Albert Wollenberger. Quando o dr. Einstein veio para os Estados Unidos, a tia de Wollenberger foi quem o afiançou. E o envolvimento do dr. Einstein em várias organizações comunistas era conhecido, dentro e fora da Alemanha. Ele foi curador dos orfanatos do Socorro Vermelho Internacional, membro da Sociedade de Amigos da Nova Rússia, da Assistência Internacional aos Trabalhadores e do Comitê Mundial Contra a Guerra Imperialista.

— Pode ser. Não lembro.

— A senhora está dizendo que o dr. Einstein nunca foi comunista?

— Definitivamente, não.

— Nem anticomunista?

— Talvez não.

— E a senhora?

— A mesma coisa.

— A senhora não é anticomunista?

Frau Dukas permanece calada.

Ruggiero se vira para o homem da gravação, Grzeskiewicz:

— Você tem alguma pergunta?

— Não — responde Grzeskiewicz.

— Muito bem, *Frau* Dukas — diz Ruggiero. — Obrigado por sua cooperação. A senhora foi muito gentil.

— Não há de quê.

— Posso contar com sua palavra solene de que este encontro permanecerá confidencial?

— E se não permanecer?

— A senhora será detida nos termos da Lei de Espionagem. A reputação do dr. Einstein será destruída. A senhora não gostaria de seguir o caminho dos Rosenberg, não é?

Frau Dukas se esforça para conter a raiva.

— *O senhor esqueceu?* Esqueceu que Sartre chamou esse julgamento de linchamento judicial que manchou de sangue uma nação inteira?

— O dr. Einstein também protestou, não foi, *Frau* Dukas? Assim como fizeram Bertolt Brecht, Dashiell Hammett, Frida Kahlo.

— *Acho melhor os senhores se retirarem* — diz *Frau* Dukas.

— Então, *Frau* Dukas, não mencione esta visita, sim? — pede Ruggiero. — Ela não aconteceu, está bem?

Frau Dukas os conduz à porta em silêncio.

— Tenha um bom dia, *Frau* Dukas — diz Ruggiero.

Ela está com medo e não responde. Passa um tempo parada, vendo-os caminharem para um Ford, parecendo muito satisfeitos.

Os agentes do FBI não saem imediatamente da rua Mercer.

Ruggiero se vira para Grzeskiewicz.

— Você está pensando o mesmo que eu?

— Que ela nos disse um monte de merda?

— Sim.

— É o que eu acho, parceiro.

Grzeskiewicz tira o gravador do bolso, rebobina a fita e faz uma seleção ao acaso, para ver se o aparelho funcionou.

— *Meus interesses na vida são as questões judaicas e o dr. Einstein. Os senhores estão sugerindo que o dr. Einstein simpatiza com os comunistas?*

— Ele é, sim — diz Ruggiero, ligando o carro e partindo. — Nós o pegamos. Já podem preparar a cela.

— E a Velha Faiscante? — Grzeskiewicz ri.

— Acho que sim.

— Já viu a Velha Faiscante em ação?

— É claro — responde Ruggiero. — O cara é amarrado pelas correias. Diz suas últimas palavras. Há um zumbido do exaustor na câmara de execução. Um estouro bem alto, e o cara entra em convulsão por uns quinze segundos. Disparam uma segunda onda de choque nele. É para condenar os crimes ultrajantes contra a humanidade. As pessoas precisam saber história.

— Quais foram as últimas palavras do cara que você viu?

— Não lembro.

— Quais acha que serão as do Einstein?

— Sei lá — responde Grzeskiewicz.

— $E = mc^2$, talvez?

— Essa é ótima. Pode ser que você tenha razão.

— Sabe o que isso significa?

— $E = mc^2$?

— O que isso quer dizer?

— Como é que eu vou saber?

— Algum tipo de titica judaica?

— Judaica ou comunista.

— Dá na mesma.

— Ferramos o cara.

— Ele mesmo se ferrou.

— Que nem Cristo.

— Não exagere, parceiro. Estamos nos Estados Unidos da América.

Na manhã de quarta-feira, 24 de março de 1954, na loja recém-inaugurada de Ann Taylor na Palmer Square West, Mimi e Isabella escolhem cuidadosamente seus vestidos de festa.

Mimi escolhe um vestido de coquetel de xantungue preto. A saia tem por forro uma anágua de crinolina, para dar volume. A anágua tem um debrum de fitas na barra. Ela compra um par de sapatos de salto baixo em tom prateado-escuro.

— Grace Kelly? — pergunta Mimi.

— Eva Marie Saint — responde Isabella. — *Sindicato de ladrões*. Edie Doyle.

Mimi ajuda Isabella a escolher um vestido com estampa floral.

— Quem sou eu? — indaga Isabella.

— Doris Day.

— Elas são todas muito velhas — diz Isabella. — Estamos mais para Audrey Hepburn.

— "É como se eu estivesse tentando alcançar a Lua."

— *Sabrina?*

— *Sabrina.*

MARIAN ANDERSON

Albert está em seu meio, com amigos, na reunião na sala de música, no térreo da rua Mercer, 112.

Ao piano vertical Bechstein, acompanha a célebre contralto Marian Anderson.

Duas décadas antes, Anderson fazia recitais regulares por toda a nação. Deparando-se com o preconceito racial por toda parte, fora proibida de se hospedar em quartos de hotel e de jantar em restaurantes. Albert abominava a discriminação contra ela. Em 1937, lhe recusaram um quarto de hotel antes de uma apresentação na Universidade de Princeton, e, por isso, Albert a hospedou. Agora, corriam rumores de que ela receberia um convite para ser a primeira negra a se apresentar na Metropolitan Opera House.

Nessa noite, ela canta para Albert a "Ave Maria" de Schubert.

A plateia aplaude com estrépito.

Por mais que a maioria deles saiba quem eram todos, Albert apresenta seus convidados, um a um:

— Minha enteada, Margot. J. Robert Oppenheimer e sua esposa e filhos: Oppie e Kitty, Toni e Peter. Kurt e Adele Gödel. János Plesch, meu médico, sua esposa, Melanie, e os filhos do casal: Andreas Odilo, Dagmar Honoria e Peter Hariolf. Dr. Otto Nathan, coexecutor do meu testamento. O primeiro professor negro de Princeton, Charles T. Davis, estudioso e crítico literário, e Jeanne e Anthony e Charles. Do Japão, Toichiro Kinoshita, físico teórico. Da Suécia, o matemático Arne Carl-August Beurling e Karin. O historiador de arte Erwin "Pan" Panofsky e Dora e Wolfgang e Hans. Da China, o físico Chen-Ning Franklin Yang e Chih-li Tu. Johanna Fantova. Mimi e Isabella Beaufort.

Todos aplaudem.

— Meu médico me orientou a não tocar violino esta noite — diz Albert, com um risinho. — Por isso, a srta. Mimi e a srta. Isabella Beaufort vão executar o segundo movimento da "Sonata de Mozart para violino e piano em mi menor, K. 304".

Mimi e Isabella executam com perfeição a peça de Mozart.

No final, a plateia fica de pé e aplaude vigorosamente.

Frau Dukas se aproxima de Mimi e Isabella e lhes entrega buquês enormes de rosas vermelhas.

Albert ergue os braços e pede silêncio.

— Agora, convido as irmãs Beaufort a tocar, numa parceria inusitada, o "Andante do Concerto para piano nº 21 em dó maior, K. 467", de Mozart. A flauta, dois oboés, dois fagotes, duas trompas, dois trompetes, tímpanos e cordas vão acompanhá-las.

A orquestra ocupa seus assentos bastante apertados sob mais aplausos.

Albert assume o papel de maestro.

A música ecoa pela rua Mercer.

Sentado na calçada, escutando, está um menininho negro, segurando seu caderno de autógrafos e a caneta-tinteiro preta de Albert, a Waterman 22 Taper.

Mais uma vez, aplausos extasiados se seguem à apresentação.

Todos se curvam para agradecer. Albert, Mimi e Isabella dão as mãos.

Terminados os aplausos, Albert pergunta, baixinho:

— Vocês querem me visitar amanhã?

— É claro que sim — diz Mimi. — Será que um dia poderemos velejar com o senhor?

— Vou pensar um pouquinho — responde ele. — Vocês sabem nadar?

— É claro — responde Mimi. — O senhor sabe?

— Não — diz Albert. — Nunca aprendi.

Do outro lado da sala, *Frau* Dukas supervisiona as criadas que servem a comida do bufê. Sopa de ovos, a favorita de Albert. Aspargos. Filé-mignon de porco com castanhas. Salmão e maionese.

Uma mesa inteira separada para os morangos, sorvetes e merengues.

— Não fomos formalmente apresentadas — diz *Frau* Dukas a Isabella. — Sou Helen Dukas, a secretária do dr. Einstein. Sua apresentação foi linda.

— Obrigada.

— Vocês vêm de uma família musical?

— Não — responde Isabella. — No mínimo, somos militares. Meu tio, Bradley Beaufort, tem um emprego secreto em Langley, na Virgínia, e faz a ligação com a Casa Branca. É amigo do presidente Eisenhower e da primeira-dama.

— Ah — diz uma voz. — Sou Otto Nathan. Fico feliz por vocês estarem conhecendo *Frau* Dukas. Ela é minha excelente coexecutora do testamento do dr. Einstein.

— É uma responsabilidade e tanto — observa Mimi.

— Sim — concorda Nathan. — É uma honra.

Mimi não consegue imaginar por que Nathan, com seu terno pesado, menciona seu papel. Mas afinal, tal como Albert, ele também parece ser um homem de enigmas.

No domingo, 28 de março, Mimi visita Albert na rua Mercer. Depois de os dois curtirem a noitada musical, Mimi diz que tem uma ideia para um projeto escolar com fotografias: "Dr. Albert Einstein."

— O senhor se dispõe a cooperar?

— Sim, sem dúvida — responde ele, entusiasmado. — Faça-me perguntas.

— Posso começar por sua família?

Albert enche e acende o cachimbo.

— Sim. Sim. Tenho muitas fotos de família. A fotografia nunca envelhece. Você e eu mudamos. As pessoas mudam, mas as fotografias permanecem sempre as mesmas. Como é bom ver uma foto do pai e da mãe tirada há muitos anos! Você os vê tal como se lembra deles. Mas, conforme vão vivendo, as pessoas mudam por completo. É por isso que acho que a fotografia sabe ser gentil.

— Também acho.

Sentam-se lado a lado à escrivaninha dele. Albert exibe os álbuns de família.

Mimi faz anotações e, com sua máquina fotográfica Ansco Shur-Flash, tira uma seleção de fotos dos álbuns de família de Einstein.

— Meu pai se chamava Hermann Einstein. Judeu alemão. Nasceu em 1847. Morreu em 1902.

— O que ele fazia?

— Fazia? Era vendedor de colchões de plumas. — Einstein mostra a Mimi algumas fotografias de coloração sépia. — Quando eu era criança, com uns quatro ou cinco anos, meu pai me mostrou uma bússola. A agulha se portava com determinação, um modo completamente desconexo de como se portavam os eventos que podiam aparecer no vocabulário inconsciente dos conceitos... Até hoje eu lembro... essa experiência deixou em mim uma impressão permanente. — Suspira. — Ele teve dois filhos com minha mãe, Pauline. Eu e minha irmã, Maja. Maja morreu em 1951.

— Quem é essa? — pergunta Mimi.

— É Mileva, com quem me casei em 1903. Tivemos três filhos. Uma, Lieserl Marie, já não está viva. Tivemos dois filhos homens: Hans Einstein, nascido em Berna, e Eduard Einstein, nascido em Zurique, que foi internado com esquizofrenia. Mileva e eu nos divorciamos em 1919 e, no mesmo ano, me casei com Elsa Einstein-Löwenthal, minha prima, que tinha duas filhas do primeiro marido, Max Löwenthal. Herdei duas enteadas, Margot e Ilse. Tenho um neto, filho do Hans Albert, que é Bernhard Einstein; e Klaus, que morreu de difteria quando pequeno, e uma neta, a filha adotiva do Hans. Portanto, esta é minha família. Simples, não?

— Na verdade, não — diz Mimi. — Quero conversar com o dr. Oppenheimer.

— Quer? Por quê?

— Quero saber sobre o papel do senhor na produção da bomba atômica.

Albert se retrai.

— Meu papel na produção da bomba atômica consistiu em um único ato: assinei uma carta ao presidente Roosevelt. Essa carta frisou a necessidade de uma experimentação em larga escala, para avaliar a possibilidade de se produzir uma bomba atômica. O Oppenheimer lhe dirá que eu tinha plena ciência do perigo terrível que representava para toda a humanidade, caso os tais experimentos lograssem êxito. Mas a probabilidade de que os alemães trabalhassem nesse mesmo problema, com boas chances de sucesso, me instigou a dar o passo que dei. Não vi outra saída, apesar de sempre ter sido um pacifista convicto. Matar em tempos de guerra, a meu ver, não é melhor do que o assassinato comum.

— Essa continua sendo sua opinião?

— É claro. Lembre-se disto, Mimi. A emoção mais bela e profunda que podemos experimentar é a sensação do místico.

Aponta para o emblema emoldurado da religião jainista, símbolo da doutrina da não violência.

— A mão aberta. Na posição do *abhayamudra*, está vendo, o gesto hindu e budista? A roda no centro é a roda do Samsara, a lei da *dharmachakra*. A palavra no centro da roda é *ahimsa*, não ferir. Não violência. Todos estamos juntos nesta Terra pequenina, mas cada pessoa acha que está no centro dela. Existimos em linhas paralelas, mas nos encontramos, não é? Nós nos encontramos no espaço-tempo. É uma questão de relatividade, Mimi.

— $E = mc^2$?
— Sim... Já falei o suficiente. Quero que você e Isabella velejem comigo. Vão se divertir. Eu também.

TINEF

No fim de março, Albert sai no *Tinef* com Mimi e Isabella pelo reservatório do condado de Mercer, o lago Carnegie, varrido pelos ventos.

Ele entrega a Mimi um lápis e um bloco de papel.

— Segure isto aqui, caso haja necessidade de fazer cálculos.

Ele aproveita o vento, indiferente à água agitada e à espuma. Mimi e Isabella se sentam no assoalho do barco, uma de cada lado da quilha, com as costas apoiadas no banco.

— Pensem em Melville — diz Albert. — Considerem a sutileza do mar, o modo como suas criaturas mais temidas deslizam embaixo d'água, quase todas não aparentes e traiçoeiramente escondidas sob os matizes mais encantadores de azul... Considerem tudo isso, depois se voltem para esta terra verde, gentil e sumamente dócil; considerem os dois, o mar e a terra, e será que não descobrem uma estranha analogia com alguma coisa em vocês mesmas?

Mimi e Isabella seguram firme nas laterais do barquinho. Albert sabe o que faz. Se é mesmo capaz de fazê-lo, já é outra história. A espuma vai encharcando os três.

— Nosso progresso depende da nossa direção em relação ao vento. Mas, com o vento a 45 graus, vamos bordejar contra ele.

O *Tinef* vai arremetendo pela água. Destemido, com o cachimbo bem preso na boca, Albert, como timoneiro, mostra-se indiferente aos veleiros que passam com pilotos gritando advertências. Retruca para eles:

— "Vaidade das vaidades, tudo é vaidade."

Com crescente consternação, Mimi e Isabella notam que as mãos de Albert estão trêmulas e que ele treme violentamente de frio.

— Quer que eu fique no leme? — pergunta Mimi.

— Se você quiser — responde ele.

— É claro — diz a jovem.

Para que Mimi assuma o leme, é preciso os três trocarem de lugar no barco. O vento bate com força na embarcação. Todas as superfícies estão escorregadias. O que seria uma manobra simples e rápida, em condições normais, torna-se algo desajeitado. Isabella se mantém mais ou menos imóvel onde está.

Albert consegue se firmar numa posição agachada. Segura-se no leme com uma das mãos, estendendo a outra a Mimi para se equilibrar.

Isabella se inclina para a frente, a fim de lhe dar apoio. Com isso, altera consideravelmente a distribuição do peso no barco, que salta e aderna.

Albert se vira de lado e, ao se contorcer, seu corpo faz o barco adernar num ângulo ainda mais agudo. Ele perde o equilíbrio, solta a mão de Mimi, tropeça para trás e cai do barco entre as ondas, desaparecendo sob a superfície.

— Ah, não! — grita Mimi.

Para não bater em Albert, submerso, ela afasta o barco alguns metros, faz uma virada rápida e orça a vela para velejar na direção do vento.

Redireciona a embarcação para onde vê Albert, aflito, voltar à tona. Navegando contra o vento, vai parando o barco, empurrando o pau de carga para sotavento, a fim de reduzir a velocidade. O barco quase parou no momento em que Einstein fica a seu lado.

Mimi controla o ângulo da embarcação enquanto Isabella estende a mão sobre a borda para agarrar a jaqueta de Einstein. Com toda a força, ela o puxa de volta para dentro e o acomoda no piso do veleiro.

— Vamos voltar! — grita Mimi contra o vento.

Isabella aninha em seus braços o encharcado Albert, que lhe diz:

— "'Bem que eu queria não ter chorado tanto!', lamentou-se Alice enquanto nadava, tentando encontrar a saída. 'Agora devo estar sendo castigada por isso, eu acho, afogando-me em minhas próprias lágrimas! Isto, sim, é que será uma coisa esquisita. Mas, hoje, tudo está esquisito.'"*

O nome de Albert abre muitas portas. *Frau* Dukas constata que a de Bradley Beaufort não é exceção.

Faz 29°C e está úmido no bairro de Washington, conhecido como Fundo Nebuloso. O escritório de Beaufort fica no conjunto de prédios da CIA situado em frente ao Departamento de Estado Norte-

---

* Trecho de *Alice no País das Maravilhas*, de Lewis Carroll.

-Americano, no nº 2430 da E Street NW. O emblema da CIA é nitidamente visível.

Beaufort recebe *Frau* Dukas em seu escritório, com uma cortesia digna do Velho Mundo.

— Muito obrigada por me permitir visitá-lo — diz ela.

Beaufort lhe pede que explique suas apreensões, e *Frau* Dukas conta a história da visita que recebeu dos agentes do FBI.

Uma secretária taquigrafa anotações.

Beaufort abre várias pastas de arquivo em sua mesa.

— A senhora compreende, *Frau* Dukas, que a CIA não é o FBI, certo?

— Eu sei — responde ela.

— O histórico do dr. Einstein é extraordinário — diz Beaufort. — Cientista. Filósofo. Ativista. Sempre adversário do chauvinismo e do racismo.

— Eu sei — diz *Frau* Dukas. — Ele se manifestou em defesa dos Meninos de Scottsboro, vítimas de racismo no Alabama, e, depois dos linchamentos de 1946, uniu-se a Paul Robeson na Cruzada Norte-Americana Contra o Linchamento.

Beaufort abre outro arquivo.

— Há uma visão de que ele simpatiza com o comunismo.

— A defesa que ele fez do Partido Comunista nunca implicou apoio ao stalinismo. Ele se pronunciou em defesa da liberdade de expressão. Por favor, será que isso é crime?

— Não, não é.

— Ele nunca se interessou pelas questões levantadas pela Revolução Russa.

Beaufort a encara.

— Mas ele se considera socialista. Pense no que escreveu na *Monthly Review*. "A anarquia econômica da sociedade capitalista, tal como existe hoje, é, na minha opinião, a verdadeira fonte do mal

(...). Chamo de 'trabalhadores' todos aqueles que não compartilham a propriedade dos meios de produção. Visto que o contrato de trabalho é 'livre', o que o trabalhador recebe é determinado não pelo valor real dos bens que ele produz, mas por suas necessidades mínimas e pela demanda dos capitalistas de uma força de trabalho que se relacione com o número de trabalhadores que competem por empregos."

Frau Dukas mal consegue conter sua impaciência.

— Por favor... — diz.

— Ouça-me até o fim — retruca Beaufort. — "Nas condições vigentes, é inevitável que os capitalistas privados controlem, direta ou indiretamente, as principais fontes de informação, a imprensa, o rádio e a educação. Assim, é extremamente difícil, a rigor, quase impossível, na maioria dos casos, o cidadão individual chegar a conclusões objetivas e fazer um uso inteligente de seus direitos políticos. A produção é feita visando ao lucro, não ao uso."

— O que o senhor quer dizer com isso?

— Ele diz: "Numa economia assim, os meios de produção pertencem à própria sociedade e são utilizados com planejamento. Uma economia planejada, que ajusta a produção às necessidades da comunidade, distribuiria o trabalho a ser feito entre todas as pessoas aptas a trabalhar e garantiria o sustento a todo homem, mulher e criança."

— O senhor terminou? — pergunta *Frau* Dukas.

— Terminei — responde Beaufort. — Mas estou meramente repetindo as palavras do próprio dr. Einstein.

— Eu sei — diz *Frau* Dukas. — Ele ditou esse artigo para mim.

— Portanto, devemos ao menos ter uma visão equilibrada da visita que os agentes do FBI lhe fizeram.

— Se o senhor assim diz.

— É o que eu digo.

Frau Dukas se levanta para se retirar.

— Espere, *Frau* Dukas — pede Beaufort.

Ele lhe mostra um arquivo com a etiqueta "Bureau Federal de Investigação, Seção de Leis de Liberdade de Informação/Privacidade. Assunto: ALBERT EINSTEIN. Arquivo nº 61-7099".

Beaufort o entrega à secretária.

— Conduza *Frau* Dukas à saída — diz. — Depois, leve este arquivo para a fornalha.

— O senhor quer que ele seja destruído? — indaga a secretária, perplexa.

— É para isso que serve a fornalha — responde Beaufort.

Ele sorri para *Frau* Dukas.

— O diretor do Bureau Federal de Investigação guardará uma cópia, sem dúvida. Pois que guarde. No que concerne ao governo dos Estados Unidos, não haverá mais investigações sobre o dr. Einstein.

— Isso é mesmo verdade? — pergunta *Frau* Dukas num sussurro.

— Hoje, pela manhã, discuti o assunto com o presidente. Estamos em completo acordo. Dwight Eisenhower é um homem de palavra. Agora, *Frau* Dukas — acrescenta Beaufort —, certifique-se de mandar lembranças minhas a Mimi e Isabella.

— Farei isso.

— Elas são musicistas muito talentosas... jovens admiráveis.

— Eu sei — concorda *Frau* Dukas. — Pensam maravilhas do dr. Einstein. Desconfio que estão um tantinho apaixonadas por ele. E vice-versa. O dr. Einstein sempre teve uma queda pelas damas.

— Imagino. E as damas pelo dr. Einstein. Seja como for, o mundo livre tem uma dívida incalculável para com ele. Trata-se de um dos maiores homens que já viveram.

O telefone toca.

A secretária atende à ligação e se retesa.

— Senhor? — diz. — É para o senhor...

Sempre uma bisbilhoteira compulsiva, *Frau* Dukas demora-se do lado de fora da porta.

— Quem é? — pergunta Beaufort à secretária.

— O presidente, senhor — responde ela. — Quer saber como foi a entrevista.

Pelo resto de 1954, cuidar-se é, como se vê muito bem, algo que Albert não faz.

Essa é a opinião do elegante dr. János Plesch, que faz um exame rigoroso em seu paciente.

Plesch pergunta se Albert vem sofrendo com dores no peito e ele responde que não, enfaticamente.

Assim, Plesch o faz se despir, ficando apenas de cueca, deitar-se na mesa de exame, sentar-se e respirar fundo.

— Meu peito está doendo — diz Albert. — Por que ele dói?

— Porque há um edema na bolsa cheia de líquido que envolve seu coração. Você está com pericardite.

— Estou?

— Sim, está.

— Tenho que ir para o hospital?

— Não. Você precisa de um bom repouso. Uma dieta sem sal e diuréticos. E pare de fumar cachimbo.

— Parar de fumar cachimbo?

— Deixo isso a seu critério.

— Não posso parar de fumar cachimbo.

— Pense no assunto. Quero que você tire uns dias para descansar em casa. Sem visitas. Sem trabalho.

— Meu fígado dói — diz Albert.

— Seu fígado está ótimo — afirma Plesch. — É no seu coração que temos que ficar de olho.

*

Albert segue mais ou menos a recomendação do médico e a transmite a *Frau* Dukas. No entanto, insiste que isso não o impede de receber telefonemas de Mimi e Isabella, que lhe desejam, com todo o carinho, pronta recuperação.

A ideia de que a diminuição das forças de Albert é consequência do incidente no lago Carnegie deixa Mimi obcecada.

— Desculpe — diz ela. — A culpa foi minha.

— Isso foi no ano passado — retruca Albert. — Não foi culpa de ninguém. Não sua, com certeza.

— Fui muito medrosa. Foi um acidente bobo.

— O medo da morte é o mais injustificado de todos — diz Albert —, porque não há risco de acidente para quem morreu. Em que mais posso ajudá-la, Mimi? No seu projeto? Como vai o progresso dele?

— Está ótimo — responde Mimi. — Eu queria saber... só se o senhor não se importar... se perguntaria ao dr. Oppenheimer se ele disporia de alguns momentos para conversar comigo.

Albert concorda em perguntar.

Assim, Mimi liga para o gabinete de Oppenheimer no Instituto. De acordo com a secretária dele, a agenda de Oppenheimer parece estar lotada.

Deveres familiares interrompem o progresso do projeto de Mimi.

Whitney Beaufort está definhando e é internado num hospital.

Mimi e Isabella passam as longas férias no Beaufort Park.

Vez ou outra, Mimi conversa com Albert por telefone e toca violino para ele. A "Sonata para violino e piano em mi menor, K. 304", de Mozart. Isso se torna uma espécie de ritual. Em outras ocasiões, Isabella faz o mesmo.

Kurt Gödel mantém contato com elas. Conta-lhes que Albert sente falta da visita delas e está preocupado com o bem-estar das duas.

— Ele me pediu para ficar de olho em vocês — diz Gödel.
— Acha que vocês são ótimas musicistas. Eu também acho. Ouçam o meu conselho. Estudem e pratiquem até atingirem a perfeição. Como o dr. Einstein.

No outono, a visita das irmãs a Albert, na rua Mercer, é retomada e continua durante todo o frio inverno de Princeton.

Albert se deleita com a música tocada por elas.

Mimi começa um novo caderno de recordações, no qual anota alguns versos de William Carlos Williams: "A única coisa em que resta acreditar, alguém que pareça belo."

E:

Para Albert

brilho do bordo na fumaça da fogueira
fogueira queimando folhas
salpico miúdo de carvalho escarlate
amarelo-cromo dos tulipeiros
matizes de carvalho e nogueira-americana
freixo e mogno, cor crescente de cogumelo
ouro das folhas da nogueira-pecã

Mimi Beaufort
1954

Na sexta-feira, 17 de dezembro, um dia cinzento e calmo, Mimi, Isabella e Einstein ouvem na rua Mercer a cobertura radiofônica do acendimento das luzes da árvore de Natal de Washington pelo presidente Eisenhower, prenunciando o Desfile Natalino da Paz. Cinquenta e seis árvores menores foram iluminadas, representando os cinquenta estados, cinco territórios norte-americanos e o Distrito de Columbia.

O presidente diz: "Mesmo nesta época alegre de festas, não nos atrevemos a esquecer os crimes contra a justiça, a recusa da misericórdia, a violação da dignidade humana. (...) Tampouco ousamos esquecer nossas bênçãos."

— O senhor acha que tudo isso fará algum bem aos Estados Unidos? — pergunta Mimi a Albert.

— Mal não vai fazer — responde ele.

— O que o senhor gostaria de ganhar no Natal? — pergunta Isabella.

— Aquele rádio novo em miniatura que vi anunciado nos jornais. O radiotransistor Regency TR-1.

Na noite de Natal, Mimi e Isabella lhe dão o radiotransistor Regency TR-1.

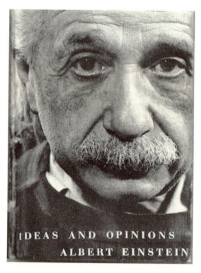

CAPA DO LIVRO *IDEIAS E OPINIÕES*

Albert lhes dá exemplares em pré-lançamento de seu livro *Ideias e opiniões*.

Escreveu uma dedicatória em cada um deles:

Seu idealismo e sua música têm iluminado meu caminho e, vez após outra, deram-me coragem renovada para enfrentar a vida com animação. Você demonstra a Verdade, a Bondade e a Beleza. Sem o sentimento de companheirismo com homens de mentalidade semelhante, de preocupação com o objetivo, com o eternamente inatingível no campo da arte e da pesquisa científica, a vida me pareceria vazia. Você me faz lembrar a beleza da Vênus de Botticelli, emergindo de sua concha. Sua razão para ser bonita é que, como Vênus, você não sabe que o é.

No ano-novo de 1955, o dr. Oppenheimer finalmente concede uma entrevista a Mimi.

Ele a conduz gentilmente a seu gabinete no Instituto. Junto à porta há uma chapeleira em que está pendurado um chapéu *porkpie*. Mimi o olha de relance com admiração.

— Usei isso em Los Alamos — diz Oppenheimer.

Ele é alto, ascético, tão magro que chega a ser frágil, com nariz comprido e olhos intensos, vívidos, azuis, sérios e penetrantes.

Senta-se, fumando um cigarro após outro e roendo as unhas, atrás de sua escrivaninha, que fica sob um grande quadro-negro em que se vê um labirinto de equações escritas a giz.

Remexe no colarinho da camisa azul e, de repente, com os braços finos e compridos, levanta-se da cadeira e começa a andar rapidamente pela sala, de um lado a outro, descalço.

Apreensivo, faz breves indagações a Mimi sobre o acidente de barco e pergunta com ternura pela saúde de Einstein. Parece meio estranho à jovem o fato de ele não ter ligado para Einstein a fim de obter essas informações por conta própria.

Mimi lhe explica seu trabalho escolar.

— O senhor se importaria se eu lhe fizesse algumas perguntas?

— Pode me perguntar o que quiser — responde ele, com um sorriso consideravelmente charmoso.

Mimi se prepara para fazer suas anotações.

— O que o senhor tem em comum com o dr. Einstein? — começa.

— Para início de conversa, ambos somos filhos de judeus asquenazes não ortodoxos.

— O senhor ainda faz pesquisas de física?

— Não. Sou o humilde diretor deste Instituto. Naturalmente, leio as publicações e acompanho o que está acontecendo na física de alta energia e na teoria quântica de campo. A ignorância é a mãe do medo.

— O senhor é forasteiro, como o dr. Einstein?

— Até certo ponto. Pode-se dizer que sim. Somos de gerações diferentes, mas, sim, acho que temos isso em comum.

— Os senhores se conheceram há uns vinte anos?

— Em 1932, no CalTech, o Instituto de Tecnologia da Califórnia. Na verdade, só estabelecemos uma relação estreita nos últimos sete anos, mais ou menos, desde que nos tornamos colegas aqui no Instituto. Ele tem sido um grande apoio para mim.

Oppenheimer se interrompe. Faz uns ruídos curiosos, maneirismos estranhos no meio da conversa: *"nim-nim-nim-nim"* ou *"hahn-hahn-hahn".*

— Você soube da história recente da suspensão do meu credenciamento de segurança?

— Estou a par de alguma coisa.

— No ano passado, fui informado de que meu credenciamento de segurança, quer dizer, meu acesso a informações sigilosas... *nim-nim-nim*... estava sendo removido por causa de acusações de que minha lealdade era duvidosa. Exerci meu direito de requerer audiências adequadas. Infelizmente, elas levaram à crueldade de três semanas de um interrogatório quase judicial. Inclusive, entre outras coisas, questionando minha oposição a um programa intensivo de desenvolvimento da bomba de hidrogênio e meus contatos com comunistas nas décadas de 1930 e 1940. O dr. Einstein se manifestou em minha defesa.

— Ele disse que o admirava não só como cientista, mas também como um grande ser humano?

— Sim, disse. *Nim-nim-nim*. Foi gentileza dele. Permaneci aqui como diretor, escrevendo meus artigos e lecionando. Às vezes, as plateias de minhas palestras me ovacionam, sabe, para expressar solidariedade e indignação com o tratamento que recebi. Mesmo assim, minha paz de espírito e minha felicidade foram praticamente destruídas.

— O dr. Einstein não considera o bem-estar e a felicidade como fins em si. Como Schopenhauer.

— Sei que ele acredita que uma das motivações mais fortes que levam os homens para a arte e a ciência é fugir da vida cotidiana, com sua crueldade dolorosa e sua monotonia incorrigível, fugir dos grilhões dos nossos desejos, em eterna mutação. Eu me solidarizo com isso.

— Mas não é verdade que, durante mais de duas décadas, o dr. Einstein foi isolado da comunidade dos físicos teóricos?

— Talvez seja verdade. Mas ele continua sendo um exemplo carismático para o mundo, na medida em que representa a imagem do grande cientista. Talvez o maior cientista que o mundo já viu.

— Quais são as diferenças entre os senhores, digo, em termos de traços de caráter?

Oppenheimer abre um sorriso triste.

— Não sou nenhum Sigmund Freud. Mas, agora que você perguntou, acho que ele é cercado por nuvens de mito. É totalmente desprovido de sofisticação, de traquejo mundano. Na Inglaterra, diriam que ele não tem muito "berço". Nos Estados Unidos, a visão é que ele não tem muita instrução. Nem sequer é um violinista muito bom. Não tem um diálogo natural com estadistas e homens de poder. Eu tenho, porque acredito na disciplina da mente e do corpo. *Hahn-hahn-hahn*. Disciplina. Sim. Autoridade. Disciplina.

— E o senhor se submete à autoridade?

— Sim.

— Ao passo que o dr. Einstein não?

Oppenheimer dá um sorriso murcho. Acende outro cigarro.

— Pode-se dizer que sim.

— Para o senhor, terá sido isso que esteve por trás da invenção da bomba?

— Deixe-me dizer uma coisa. Há um versículo da escritura sagrada hindu, o *Bhagavad Gita*. Foi ele quem esteve por trás da invenção da bomba. Vishnu está tentando persuadir o Príncipe de que ele deve cumprir seu dever. Para impressioná-lo, assume sua forma com armas múltiplas e diz: "Agora me transformei na Morte, na destruidora de mundos." De um modo ou de outro, acho que todos pensávamos assim. Você precisa entender que escolhi o lugar para a criação da bomba atômica. Em 1945, aquele planalto solitário era a casa de umas 4.500 almas que trabalhavam na bomba. Todas as principais decisões foram minhas. Foram todas corretas.

— O senhor sentiu medo?

— Medo de quê?

Oppenheimer bate a cinza do cigarro com o dedo mindinho. Mimi nota o calo que esse hábito já causou. E pergunta:

— Medo de que a bomba não funcionasse?

— Tive medo do que aconteceria se ela não funcionasse. Entenda bem: a bomba tinha de ser feita.

— Essa é a verdade?

— É difícil saber a verdade na vida. Existem verdades acidentais. Às vezes, a verdade acontece de forma inesperada. Sabe, verdade e mentira se confundem, às vezes. Mas a ciência pura e a tecnologia são complementares. Todas as coisas de qualidade que descobrimos se transformam num aparelho algum dia. Essa é a verdadeira qualidade.

— Qual é a qualidade do dr. Einstein... a qualidade fundamental, a que está no centro do coração dele?

Oppenheimer traga profundamente o cigarro.

— Bondade e uma originalidade extraordinária — diz. — *Nim-nim-nim...* Em termos intelectuais, a compreensão que ele tem do que significa que nenhum sinal possa se deslocar mais depressa que a luz. Sua compreensão brilhante da física. A teoria da relatividade geral. Sua descoberta de que a luz seria desviada pela gravidade... — Seu olhar contempla ao longe. — O simples fato de estar com ele é um assombro. É um homem de grande boa vontade para com a humanidade. Como posso dizer? Ele exibe certa inofensividade. Numa palavra, o *ahimsa* do sânscrito: não ferir, ser inofensivo. É uma pureza maravilhosa, ao mesmo tempo infantil e profundamente teimosa. Os cristãos dirão: Glória a Deus nas alturas e paz na Terra, boa vontade para com os homens. Quanto à bomba e à equação... *hahn-hahn-hahn.* Ele escreveu uma carta a Roosevelt sobre a energia atômica. Acho que isso teve a ver com sua agonia diante da maldade dos nazistas e com não querer ferir ninguém. Mas a carta não surtiu efeito. Ele não é responsável por tudo que veio depois. Por Hiroshima... por Nagasaki.

— Todos acham que é.

— Talvez achem.

— O senhor é responsável?

— Talvez seja. *Nim-nim-nim*. O próprio Einstein sabe que ele não é. Não é o responsável pela violência suprema das armas atômicas. Ele descobriu os quanta: a compreensão profunda do que significa a impossibilidade de que qualquer sinal se desloque com mais velocidade que a luz. Até hoje, a teoria da relatividade geral não está bem comprovada. Só nesta última década é que pudemos valorizar plenamente a descoberta de Einstein. Ou seja, a luz é desviada pela gravidade.

— Com quem ele se parece, em toda a história?

— Eclesiastes.

— Eclesiastes?

— Sim. Ele é o Eclesiastes do século XX. O *Koheleth* dos hebreus, o congregador, o professor, o pregador que nos diz, com sua animação indômita: "Vaidade das vaidades, tudo é vaidade."

— E o senhor... pai da bomba atômica. Por que criou esse monstro?

— Porque quando o sujeito vê uma coisa tecnicamente boa, ele vai em frente e a cria, e só discute o que fazer com ela depois do sucesso técnico. Foi assim que aconteceu com a bomba atômica.

— Por que Nagasaki foi necessária?

— Até hoje ainda não entendo por que Nagasaki foi necessária. Ah, sim, sei que há aqueles que acreditam sinceramente que o Japão tinha fanáticos que, mesmo depois de Hiroshima, recusavam-se a admitir que era hora da rendição. Os números são indescritíveis. Ninguém os conhece com exatidão. Ouvi dizer que 140 mil pereceram em Hiroshima; cem mil sofreram ferimentos terríveis; 74 mil morreram em Nagasaki; outros 75 mil sofreram com queimaduras, lesões e radiação gama. Os ferimentos se aprofundaram até os ossos. Entre a pele e os ossos humanos, tudo foi instantaneamente destruído. Você já sentiu o cheiro de carne humana queimando?

Mimi observa Oppenheimer acender outro cigarro.

— Eu soube que há pessoas — diz ele — que creem sinceramente que a destruição generalizada do bombardeio de Nagasaki e a carnificina de homens, mulheres e crianças podem ter sido praticadas para perturbar a cabeça dos soviéticos, num gesto da Guerra Fria. Bem... Por que não perguntar para as crianças que brincam nas ruas de Princeton?

— O senhor acha mesmo que elas entendem o que aconteceu?

— Por que não entenderiam? Algumas crianças seriam capazes de resolver alguns dos meus principais problemas de física. Sabe por quê?

— Diga.

— Porque elas sabem coisas que esqueci há muito tempo. Muito tempo.

Em fevereiro, Mimi pede para conversar com Kurt Gödel.

Marcam um horário na quinta-feira, 3 de fevereiro, que vem a ser o dia mais frio do ano em Nova Jersey, com mínima de -17°C.

Foi ideia de Gödel eles se encontrarem no gabinete de Albert no Instituto.

O quadro-negro está coberto de equações. Os livros se empilham nas prateleiras sem nenhuma ordem particular. A cadeira de Einstein está num ângulo enviesado em relação à escrivaninha.

É um encontro curioso. Mimi, em pleno desabrochar, com um casacão de caxemira até o tornozelo, gola larga de pele de cordeiro e botas de neve Gaylee, forradas de pele, para diante do esquálido Gödel, e vice-versa.

Gödel tira o cachecol e o sobretudo.

— Ele compreende o universo na sua totalidade — diz, fitando Mimi através dos óculos redondos. — Há um conjunto de princípios que abarcam tudo. Ele está perto de Deus. Compreende pensando. Pensando. Pensando. Mil vezes eu o ouvi dizer: "Vou pensar um pouquinho." Eu sou um ser dos números, de abstrações e formas que não existem na chamada vida real. Pense num número. Qual é?

— Dez.

— Dez o quê?

— Meus dez dedos.

— Você pode ver os seus dez dedos. Mas não pode ver o dez. Não pode *ver* as formas da geometria. Você vê a imagem de um triângulo, digamos. Ela não é um triângulo. Não existem triângulos na Terra. Existem na sua mente. Pense no tempo. Pense bem.

— Estou pensando bem.

— Ótimo. Viu? Ele não existe.

Mimi intui que Gödel está divagando. De repente, ele pergunta:

— Você conversou com Oppenheimer?

— Sim.

— O que achou dele?

— Ele é frio. Distante. Mas muito gentil.

— Ele se preocupa demais com a política de Washington. Está esgotado. Ao contrário de Einstein. No epílogo que Goethe escreveu para *A canção do sino*, de Schiller, há palavras que poderiam ter sido escritas para ele: "As ideias, que foram seu nascimento peculiar;/ Ele reluz qual brilhante meteoro que parte,/ Combinando com a sua a luz eterna." Eu temo por ele. Em 14 de março, ele completará notáveis 76 anos. Está muito frágil. Enfraquecendo...

Como se quase não conseguisse enxergar, Gödel esquadrinha o gabinete de Einstein, agitando os braços.

— Ele nunca mais tornará a ver este lugar. Este lugar nunca mais o verá. "Duvida que o sol seja a claridade,/ Duvida que as estrelas sejam chama,/ Suspeita da mentira na verdade,/ Mas não duvida deste que te ama!"[*]

---

[*] William Shakespeare, *Hamlet*. Tradução de Millôr Fernandes. Porto Alegre: L&PM, 1997.

Gödel se encosta na parede, desesperado.

— O que farei da minha vida... O que você fará da sua... Qual é o seu sonho?

— Eu tinha um sonho — diz Mimi. — O sonho de estudar música em Londres com minha irmã. Na Royal Academy of Music. Mas nossa família não tem dinheiro para pagar as anuidades e as despesas. O sonho acabou.

— Muito me entristece saber disso — declara Gödel. — Seja ousada. Talvez o Todo-Poderoso proveja o que falta.

— Eu gostaria de acreditar nisso.

— Quanto mais penso na linguagem — diz Gödel —, mais me admira que as pessoas nem sequer entendam umas às outras. Porém nunca abra mão da esperança. Está com frio?

— Sim.

— Temos isso em comum. Infelizmente, "A velhice rabugenta e a juventude não podem viver juntas..." Sabe quem escreveu isso?

— Acho que foi Shakespeare.

— Na verdade, não se sabe — diz Gödel. — "Cheia de prazer é a juventude,/ Cheia de cuidados, a velhice;/ Qual manhã de verão é a juventude,/ Como o clima hibernal é a velhice;/ Como o verão, é valente a juventude,/ Árida como o inverno é a velhice." — Ele sorri para Mimi. — Acredite no misterioso e na magia. Lembre-se de Goethe. "Magia é acreditar em si mesmo; se puder fazer isso, você poderá fazer qualquer coisa acontecer." Albert tem razão: "A coisa mais bonita que podemos vivenciar é o misterioso. Ele é a fonte de toda a arte e toda a ciência verdadeiras." Não se esqueça disso.

Em meados de março, *Frau* Dukas liga para Mimi e Isabella em seu alojamento.

— O dr. Einstein pediu que vocês venham visitá-lo — diz ela. Sua voz beira a aflição. — Quer que toquem para ele a "Sonata para violino e piano em mi menor de Mozart, K. 304". Kurt Gödel estará aqui.

Mimi e Isabella chegam à rua Mercer e encontram *Frau* Dukas mais animada do que soou ao telefone.

Albert fica radiante ao vê-las.

— Olhem — diz. — Um inglês, físico de Princeton, me mandou este presente pelo meu aniversário de 76 anos.

O presente é uma engenhoca feita com uma vara de 1,5 metro de altura. Numa das pontas há uma pequena esfera de plástico penetrada por um tubo. Há uma bolinha na extremidade do tubo.

— Isso é um modelo para demonstrar o princípio da equivalência. A corda com a bola fica ligada a uma mola. A mola puxa a bola sem parar. Vejam, ela não consegue dominar a força da gravidade ao puxar a bola.

Albert empurra a vara para cima e a esfera quase atinge o teto.

— Quando eu a deixar cair, não haverá a força da gravidade. Aí a bola vai entrar no tubo. Olhem!

Ele deixa a engenhoca cair até encostar no chão. E a bola se aninha no tubo.

— Pronto! — Albert ri, e os outros riem com ele. — Vocês se lembram... Eu lhes contei que, uns setenta anos atrás, meu pai me deu uma bússola magnética. Devo tudo àquela bússola.

— Por mais que o senhor a virasse para lá e para cá, tentando ser mais esperto que ela — diz Mimi —, para fazer a seta apontar para outra direção, a agulha sempre voltava para o norte magnético. Isso demonstrou que havia alguma coisa por trás de tudo, alguma coisa escondida no universo.

— Sim. Sim. "Apareça", eu cochichava — diz Albert. — "Onde você está escondida?"

Mimi e Isabella o encaram com os olhos cheios de amor.

Já tinham ouvido a história da bússola. E Mimi, é claro, a havia decorado.

Nesse momento, sentem uma alegria intensa, pois na caixa do violino de Mimi está o presente especial que as duas compraram para ele.

Pretendem entregar esse presente a ele depois de tocarem a peça de Mozart.

— Agora — diz Albert —, vamos ao Mozart... Mimi, Isabella, ajudem-me a descer. *Frau* Dukas, onde está o Gödel?

— Está a caminho — responde *Frau* Dukas.

Mimi e Isabella o escoram pelos braços e o ajudam na descida para a sala de música.

Frau Dukas abre a porta para Gödel.

— Ah, Kurt — diz Albert —, meu semideus de pernas finas. O maior lógico desde Aristóteles.

Gödel franze o cenho.

— Você não pode provar isso.

— Acabei de ditar uma carta à posteridade — anuncia Albert. — Por favor, leia-a para nós, Johanna.

Fantova folheia seu bloco de taquigrafia e lê em voz alta:

— "Cara posteridade, se você não se tornar mais justa, mais pacífica e, de modo geral, mais racional do que somos... Ou fomos... Ora, nesse caso, vá para o diabo que a carregue. Depois de enunciar, com todo o respeito, este desejo devoto, subscrevo-me... ou me subscrevi. Atenciosamente, Albert Einstein."

Na sala de música, Mimi e Isabella tocam a "Sonata para violino e piano em mi menor de Mozart, K. 304".

Albert exclama:

— Bravo, bravo, bravo!

— Obrigada — diz Mimi. — Temos uma surpresinha para o senhor.

— Mimi e Isabella — retruca ele —, antes que me surpreendam mais uma vez... Por favor, durante todo o tempo em que temos desfrutado a nossa carinhosa amizade, nenhuma de vocês jamais me chamou de Albert. Por favor. Me chamem de Albert.

As irmãs sorriem para ele, e Albert retribui o sorriso.

Juntas, elas seguram um embrulho pequeno, amarrado com fitas.

— Para nosso queridíssimo Albert — diz Mimi. — Aqui está um objeto fabricado pela firma inglesa J. M. Glauser & Sons.

— É uma Mark 4 — diz Isabella —, que tem a capacidade de prender as bolhas numa caixa dupla, antes que o líquido encha até o topo.

— É uma máquina britânica de fazer bolhas? — pergunta Albert.

As irmãs riem.

Mimi responde:

— Peças semelhantes foram fornecidas para as expedições ao monte Everest em 1922.

— E também em 1924 — acrescenta Isabella. — Esta é um pouquinho mais moderna.

Albert desfaz o embrulho, que contém uma bússola prismática perfeita, modelo Glauser Mark 4.

— Vou chamar esta bela criatura de "Mimi e Isabella".

No começo de abril, *Frau* Dukas telefona.

Um problema de família exige que ela passe uma noite em Manhattan, longe da rua Mercer. Johanna Fantova está fora da cidade. Será que Mimi e Isabella podem cuidar do dr. Einstein por 24 horas? As duas ficam felizes e aceitam.

Preparam um fettuccine para ele e o servem, conforme seu pedido, com azeite.

Mais tarde, ajeitam-lhe as cobertas na cama, acomodando delicadamente a cabeça dele nos travesseiros.

Juntas, ficam de vigília à cabeceira. Apenas o badalar do relógio de pêndulo, de hora em hora, e os suspiros ocasionais de Albert interrompem o silêncio.

Os médicos do cientista constatam que ele sofreu uma hemorragia interna, resultante de um aneurisma na aorta abdominal.

Dizem que um cirurgião pode muito bem corrigir a aorta.

— Quero partir quando eu quiser — afirma Albert. — É de mau gosto prolongar a vida artificialmente. Fiz a minha parte, está na hora de ir. Partirei com elegância.

Albert morre à 1h15min de 18 de abril de 1955, no Hospital de Princeton. Tinha 76 anos.

O presidente Eisenhower diz: "Nenhum outro homem contribuiu tanto para a vasta expansão do conhecimento no século XX. No entanto, nenhum outro homem foi mais modesto na posse do poder que é o conhecimento, mais seguro de que o poder sem sabedoria é mortífero.

Para todos os que vivem na era nuclear, Albert Einstein foi o exemplo da portentosa capacidade criativa do indivíduo numa sociedade livre."

Para Mimi e Isabella, a primavera de Nova Jersey, no Beaufort Park, é tão triste quanto bela.

A perda de Albert é quase insuportável para elas.

Elas penduram fotografias dele nas paredes do quarto, tiradas de jornais e revistas.

Isabella pratica as peças de Mozart sem cessar.

Mimi passa o tempo escrevendo *Dr. Albert Einstein* e lendo todos os trabalhos dele que conseguiu obter.

Compra uma máquina datilográfica portátil Smith-Corona Skyriter, juntamente com o "Curso Smith-Corona de Datilografia em

10 Dias", em discos LP para gramofone. Isabella se junta a Mimi no curso e a ajuda na datilografia.

As duas queriam ter podido mostrar as páginas àquele que era objeto delas.

O futuro das irmãs é sombrio.

Elas foram informadas de que não haveria fundos para bancar as anuidades da Royal Academy of Music e arcar com as despesas de viagem e acomodação.

Abatidas, voltam para Beaufort Park, a fim de enfrentar os anos incertos que teriam pela frente.

Na quarta-feira, 22 de junho, o carteiro entrega um envelope às irmãs. Contém um convite de Kurt Gödel para que elas o acompanhem numa ida ao cinema. O filme escolhido por ele é *A dama e o vagabundo*, de Walt Disney.

Com o convite de Gödel há também uma carta endereçada a elas, com o carimbo "Pessoal & Confidencial".

Para: Srta. Mimi Beaufort e srta. Isabella Beaufort
De: Dr Otto Nathan, advogado
Executor: Espólio do dr. Albert Einstein
Coexecutor: Srta. Helen Dukas

Sobre o espólio do dr. Albert Einstein

Fui orientado a informar a V. S.ᵃˢ que o falecido dr. Albert Einstein, de Princeton, Nova Jersey, desejava que nenhuma consideração financeira as impedisse de dar seguimento a seus estudos na Royal Academy of Music, na rua Marylebone, Londres NW1, Reino Unido.

Meu escritório foi instruído a pagar integralmente as suas anuidades acadêmicas e as despesas necessárias de viagem e acomodação. O dr. Einstein queria que V. S.ᵃˢ soubessem, nas palavras dele:

"Desejo-lhes toda a sorte na vida. Que Deus as proteja. Espero que, em algum lugar do universo, eu possa fazer o mesmo. Hei de me empenhar ao máximo."

Há uma fotografia em preto e branco anexa:

Trazia a dedicatória:

> *Para Mimi e Isabella Beaufort*
> *Aqui quem fala é Albert Einstein*

CRÉDITOS DAS IMAGENS

Com exceção das creditadas abaixo, todas as imagens utilizadas neste livro estão em domínio público.

- p. 12 Einstein com Dukas, 1930 (Bettmann / Getty Images).
- p. 24 Aos dois anos, mais ou menos (Universal Historical Archive / Getty Images).
- p. 38 Luitpold Gymnasium (Granger).
- p. 46 Aarau (Art Collection 3 / Alamy).
- p. 47 A fotografia favorita de Marie (CPA Media-Pictures from History / Granger).
- p. 55 Mileva (Granger / Alamy).
- p. 57 Heinrich Friedrich Weber (ETH-Bibliothek Zürich).
- p. 59 Marcel Grossmann (ETH-Bibliothek Zürich).
- p. 71 Berna (Paul Popper / Popperfoto / Getty Images).
- p. 86 Alfred Kleiner (ETH-Bibliothek Zürich).
- p. 90 Com Hendrik Lorentz (Paul Ehrenfest).
- p. 95 A primeira Conferência Solvay (Couprie / HultonArchive / Getty Images).

p. 98   Marie Curie (Hulton-Deutsch Collection / Corbis / Getty Images).

p. 98   Paul Langevin (Keystone-France / Gamma-Keystone / Getty Images).

p. 102 Albert e Elsa (Biblioteca do Congresso / Getty Images).

p. 106 (esquerda) Max Planck (Debschitz-Kunowski / Ullstein Bild / Getty Images).

p. 106 (direita) Walther Nernst (Ullstein Bild / Getty Images).

p. 115 Sarajevo (Imagno / Getty Images).

p. 126 (da esquerda para a direita) Tete, Mileva e Hans Albert (Granger / Alamy).

p. 129 Entrada do salão principal de palestras (Andrea Praefcke).

p. 141 (foto superior) Elsa e Albert, 2 de junho de 1919 (Bettmann / Getty Images).

p. 146 Chaim Weizmann (Bettmann / Getty Images).

p. 164 Palestina, 1922 (cortesia dos Arquivos Albert Einstein, Universidade Hebraica de Jerusalém).

p. 166 Conferência do Nobel, Gotemburgo, 11 de julho de 1923 (Gothenburg Library Archive).

p. 178 Helen (Bettmann / Getty Images).

p. 179 No Grand Canyon (cortesia dos Arquivos Albert Einstein, Universidade Hebraica de Jerusalém).

p. 180 (no alto) Nativos da tribo hopi (cortesia dos Arquivos Albert Einstein, Universidade Hebraica de Jerusalém).

p. 180 (embaixo) Charlie Chaplin (Imagno / Getty Images).

p. 185 (embaixo) Terremoto, Los Angeles, 10 de março de 1933 (Bettmann / Getty Images).

p. 192 Com Winston Churchill (Time Life Pictures / Getty Images).

p. 193 No Royal Albert Hall (Imagno / Getty Images).

p. 203 A criatura da rotina (Alan Richards / Camera Press).

p. 206 Com Leo Szilard (The March of Time / The Life Picture Collection / Getty Images).

p. 217 Gandhi redigindo um documento na Casa Birla, em Bombaim, agosto de 1942 (Kanu Gandhi).

p. 221 Kurt Gödel (Alfred Eisenstaedt / LIFE Picture Collection / Getty Images).

p. 235 Johanna (Princeton University Library).

p. 245 Marian Anderson (Metronome / Getty Images).

p. 251 *Tinef* (Ann Ronan Pictures / Print Collector / Getty Images).

p. 274 Colagem sobre Albert Einstein (da esquerda para a direita: Universal History Archive / Getty Images; Photo12 / UIG / Getty Images; Ullstein Bild / Getty Images; Granger / Alamy; Bettmann / Getty Images; Paul Fearn / Alamy; Universal History Archive / Getty Images; Corbis / Getty Images; Pictures from History / Granger).

p. 277 Albert Einstein (Bettmann / Getty Images).

CRÉDITOS DOS TEXTOS

Foram feitos todos os esforços para identificar os detentores de direitos autorais e obter sua permissão para usar o material protegido por esses direitos. A editora pede desculpas por quaisquer erros ou omissões e agradeceria por ser notificada de quaisquer correções que devam ser incorporadas a futuras reimpressões ou edições deste livro.

Somos gratos às seguintes fontes pela permissão para reproduzirmos material sujeito a direitos autorais:

Excertos de Albert Einstein & Max Born, *Born-Einstein Letters, 1916-1955*. Londres/Nova York: Macmillan, 1971. Reproduzidos mediante permissão da Macmillan Publishers Ltd.

Excerto de uma carta de Arnold Sommerfeld para Hendrik Antoon Lorentz, datada de 24 de abril de 1912, publicada *in* M. J. Kein (org.), *Paul Ehrenfest: The Making of a Theoretical Physicist*. Nova York: Elsevier Science, 1970, p. 185.

Excerto do poema "St. Francis Einstein of the Daffodils", de William Carlos Williams, *in* A. Walton Litz e Christopher MacGowan (orgs.), *The Collected Poems of William Carlos Williams: Volume I, 1909-1939*. Nova York: New Directions Publishing Corp., copyright © 1938. Reproduzido mediante permissão da Carcanet Press Limited e da New Directions Publishing Corp.

Carta de Bertrand Russell para Lady Colette Malleson em 10 de agosto de 1918, publicada na *Bertrand Russell Autobiography*. Londres: Routledge, 1975, p. 301, copyright © 2009 The Bertrand Russell Peace Foundation Ltd. Todos os direitos reservados. Reproduzida mediante permissão da Taylor & Francis Books UK e de The Bertrand Russell Peace Foundation Ltd. [*Autobiografia de Bertrand Russell,1872-1970*, s/ind. tradutor. Rio de Janeiro: Civilização Brasileira, 1967-1972.]

Excerto do poema "The Hollow Men", de T. S. Eliot, dos *Collected Poems 1909-1962*. Londres: Faber & Faber Ltd, copyright © 1936 da Houghton Mifflin Harcourt Publishing Company. Copyright © renovado em 1964 por Thomas Steams Eliot. Reproduzido mediante permissão da Faber & Faber Ltd e da Houghton Mifflin Harcourt Publishing Company. Todos os direitos reservados. ["Os homens ocos", *in* T. S. Eliot, *Poesia*, trad., introd. e notas de Ivan Junqueira, apresentação de Affonso Romano de Sant'Anna, edição especial, texto integral. Rio de Janeiro: Nova Fronteira, 2014, pp. 135-138.]

Excertos de William Carlos Williams, *Selected Essays of William Carlos Williams*. Nova York: New Directions Publishing Corp., copyright © 1954 de William Carlos Williams. Reproduzidos mediante permissão da New Directions Publishing Corp.

Frases do filme *Sabrina*, roteiro cinematográfico de Billy Wilder e Samuel L. Taylor, Paramount Pictures, 1954.

intrinseca.com.br
@intrinseca
editoraintrinseca
@intrinseca

1ª edição	ABRIL DE 2021
impressão	BARTIRA
papel de miolo	PÓLEN SOFT 70G/M²
papel de capa	CARTÃO SUPREMO ALTA ALVURA 250G/M²
tipografia	BEMBO